皆川博子
日下三蔵 編

皆川博子随筆精華Ⅲ
書物の森の思い出

河出書房新社

皆川博子随筆精華 Ⅲ 書物の森の思い出

目次

第一部　季（とき）のかよい路　009

第二部　舞台（いた）つ記（き）　083

第三部　アリスのお茶会　161

第四部　ビールが飲みたい　227

皆川博子随筆精華Ⅲ

書物の森の思い出

装画　新倉章子
装丁　柳川貴代

第一部　季のかよい路

かるたとり

百人一首のなかで、二首だけ、そらんじている札があった。子供のころのことである。

来ぬ人をまつほの浦の夕なぎに焼くやもしほの身もこがれつつ

恋すてふ我が名はまだき立ちにけり人知れずこそ思ひ染めしか

二首とも、恋の歌だが、共に物語のなかにつかわれているのを、読みおぼえた。

来ぬ人を……は、『小太郎と小百合』という童話である。小学校の一年のころ、夢中で読んだ本の一つだ。

たしか小太郎と小百合はそれぞれ、隣りあった国の城主の息子と姫であり、仲が好かった。母親同士が姉妹といういとこだったかもしれない。

城の近くに深い森があり、そこに深い澄んだ湖がある。

ある日、小太郎と小百合は森に遊びに行き、小百合は湖水に棲む魔にさらわれて……というような話だったと思う。

かなり波瀾に富んだ物語だったが、ストーリーはほとんどおぼえていない。

いったん小太郎に救われ、また別れてしまうのだったろうか。

そのなかで、行方の知れぬ小太郎を慕う小百合に、乳母が、恋しい人に会うおまじないを教える。

何を焼くのだったか忘れたが、その何かを焼いて、同時に、〈来ぬ人を……〉のうたをとなえよ、というのであった。

最初にさらわれるのが小百合なのだから、小太郎が行方不明というのはおかしい。湖水の魔にさらわれるのは、小太郎のほうだったのだろうか。

とにかく、私がはじめておぼえた百人一首が、この〈来ぬ人を……〉であった。

後に小太郎と小百合によく似た物語を、仏蘭西の童話のなかに見出した。幼なじみの王子と王女がいて、そのどちらだかが森のなかの湖水の精にさらわれ、という発端が、ほとんど同じだった。おそらく、仏蘭西の童話を下敷にしたものだったのだろう。

子供のころに読んでストーリーの細部は忘れても、おもしろかったという印象だけが強烈に残っているものがいくつかあり、後年、読みかえしてみたいと思いながら、なかなかめぐり逢えないでいたのだが、古本屋めぐりや復刻本などのおかげでその大半を手にすることができた。

たとえば、ジュリアン・グリーンの『閉ざされた庭』というのがあった。これを読んだのは小学校三年のころで、重い暗い物語に惹(ひ)かれた。

数年前、ジュリアン・グリーンの全集が人文書院から刊行され、そのなかの『アドリエンヌ・ムジュラ』が、昔読んだ『閉ざされた庭』と同一であることを知った。周囲の抑圧から自殺に追いつめられてゆく少女の物語である。十か十一のころ、この陰鬱(いんうつ)な小説を息をつめるようにして深い共感とともに読んでいた。私は『小説現代』の新人賞によって物語書きの道に入ったわけだが、その受賞作『アルカディアの夏』が、やはり抑圧された少女を主人公にしたものだった。直木賞受賞作の『恋紅』にしろ、受賞第一作の『会津恋い鷹』にしろ、主人公は、置かれた場所に安住できない少女であった。私のなかの、よほど、コアになっている部分なのだろう。

話が百人一首からそれたが、それついでに、もう一つ、昔の本とのめぐり逢いについて書くと、やはり小学校一年のとき夢中で読んだ本を、今年、古本屋でみつけたのである。半世紀を経てのめぐり逢いであった。

一冊は、「涙の握手」というタイトルで、そのころ渋谷に住んでいた私は、東横デパートの書籍売場に通い、立ち読みで読みあげた思い出の本であった。

もう一冊は、同じ一年の夏休み、海の家で集団生活を送らされた、そのときみつけた少女雑誌の付録で、『三吉馬子唄(さんきちまごうた)』。歌舞伎の「重(しげ)の井(い)子別れ」をリライトしたものだった。文を書いているのは西條八十(やそ)、さしえは須藤重(しげる)。両方とも、手もとにあって読みかえすということができない本だったから、それだけに記憶は鮮烈だったのだろう。

『小太郎と小百合』は、ついぞ、めぐり逢いの機を持たない。同年輩の人に、こういう本を読んだおぼえはないかとたずねてみるのだが、だれも知らないという。

幻の本だけれど、百人一首の〈来ぬ人を……〉をその本で知ったという事実は、幻ではない。

〈恋すてふ……〉は、もう少し後、小学校の三年のころだ。親に厳禁されていた『現代大衆文学全集』のなかの一冊、国枝史郎集の、「染吉の朱盆」のなかにあった。人血を混ぜた朱漆を塗った盆にそのうたがしるされてあり、というようなおどろおどろしした話だから、親が読むなというのも当然だったかもしれないが。

正月の二日、我が家に母方の親類が集まって遊ぶのが、戦前のならわしだった。

一日は父の弟妹たちが家族とともに年始にくる。二日は、母の姉たちが子連れで集まる。二日の集まりのほうが、子供だった私にはたのしかった。年の近いいとこが多いからである。

母は男二人女四人のきょうだいの末で、四人姉妹は、実によく似かよった顔だちをしていた。

やがて伯母たちと、いとこたちが二組に分かれて、華々しいかるた合戦が始まる。

いとこのなかでも年長の者は、対等に伯母たちと太刀打ちするのだが、私や、私と同年輩のいとこなどは、はねとばされそうな勢いであった。このときばかりは、子供だからと斟酌(しんしゃく)などしてもらえない。袖(そで)がひるがえり、のびた手が、ぱしッと札をはねる。私は〈来ぬ人を〉と〈恋すてふ〉、二枚だけとれる札を、一生けんめいみつめているのだけれど、たいがい、大人の手のほうが早かった。

かるたとりの前に、らかん廻(まわ)しだの、狐拳(きつねけん)だので遊ぶけれど、これは前座で、大人たちは早くかるた合戦にうつりたいのだった。

合戦がたけなわになると、私たち子供は、矢玉とび交う戦場に茫然(ぼうぜん)と佇(た)っているようなもので、一人前に座布団に座ってはいるけれど、乱舞する手と札を、気をのまれて眺めているばかりだ。

そのうち、子供ははじき出されて、二階に移動し、おとなしく、トランプなどをはじめる。

階下では、「恋すてふ……」「はいッ」「来ぬ人を……」「はいッ」「天津風(あまつかぜ)……」「はいッ」と、伯母や年長のいとこたちの声がとびかっている。

〈来ぬ人を〉は、私には特別な札なんだけれどな、と思いながら、みかんの皮を剝(む)く。

二階の子供たちも、〈ウスノロ〉という、機敏な反射神経を必要とするトランプ遊びをはじめ、ここでも、運動神経の欠如した私は四度びりになってウスノロの罰、手の甲をしっぺで叩かれるのだ。

『銀座百点』一九八七年一月

ヨデの話

この上なくストイックで、この上なく楽天家。

父の特性は、この二語に要約される。

父はしばしば、〈テンカイフク〉という言葉を口にする。

子供のころ、意味がわからなかった。

〈天、恢復〉だろうか、〈天下衣服〉だろうか、〈転回河豚〉の言いまちがいだろうか、などと字をあてはめて考えていた。〈展開服〉というのもあるな。

〈禍を転じて福と為す〉と説明され、〈転禍為福〉かと納得したのは、かなり大きくなってからだ。

〈我が上に生じることは、すべて善きこと〉というのも、父の信条である。

ちなみに、その娘の私は、〈嘆きのおヒロ〉と自認する、心身脆弱、弱気一点張りの自閉愛好症患者だ。

晴朗なストイシズムは、神道の持つ特性と通底する。〈通底〉より〈通天〉がふさわしいか。

父が神道を基底とする宗教意識を持つのも、故（ゆえ）なしとしない。神霊の実在を確信し、憑依（ひょうい）現象を奇と思わないということは、ずいぶんどろどろしたものを含んでいそうなのだが、陰湿な部分は、父から欠落している。父が削ぎ落としたものは、私が内部に溜めこんでいる。


父の人生は、決して順風満帆ではなかった。

市井（しせい）の開業医というのは、父が本来望んだ道ではなかった。商売よりは学究にむいている人である。東北の、蔵王の麓（ふもと）の農村に長男として生まれた。学業は秀れていたが、相当な腕白（わんぱく）でもあったらしい。小学校のころ、餓鬼大将として、子分をひきい、喧嘩（けんか）してまわった。しかし、喧嘩の相手はかならず上級生のグループだったというのも、父らしい。――こういう性質は、私にはまったく遺伝しなかった。つたわっていたら、小説書きにはなっていない。

仙台二高から東京帝大の医学部にという秀才コースを進んだ。自分が頭がいいと、できの劣る人間は、歯がゆくてならないのだろう。父の末弟は、父に勉強を教わるとき、しじゅうなぐられ、泣いた。教え方はかなり荒っぽかったらしい。ていねいに嚙みくだいてなんていう手間はとらない。くどいことは嫌いな人なのだ。一度教えて、二度めには拳骨（げんこつ）だったようだ。

医学部卒業後、本来は、医局に残り、海外にも留学し、大学医学部の教授へというのが志望だった。――と、私は母からきかされた。父は、自分の口からは、愚痴めいたことは一言もいわない。

父の父は、昔の田舎の人だから、長男を尊重したが、同時に、長男が親や弟妹の面倒をみるのは当然、とも思っていた。父に学資をかけたかわり、父が大学を卒業するとまもなく隠居し、生活の全責任は父にかかった。父は結婚し、子供も生まれていた。自分の家族と両親、弟妹、すべての生活をひきうけねばならなくなった。弟妹はまだ学生である。その学資も父が稼ぎださねばならぬ。

そのため、父は、開業医の道を選ばざるを得なかった。代々医者で地盤があるというわけではない。三十ぐらいの年で、独力で開業したのだから、背水(はいすい)の陣という気持だったようだ。しかし、晴朗な信念の人だから、たとえ途中で起伏があっても最終的にはうまくゆくと、信じていたようだ。

事実、患者の信頼を受け、当初から繁盛した。

父に欠如しているのは、蓄財とか利殖とかいう知恵である。決して浪費家ではなく、むしろつましいくらいなのだが、どうすれば財産保全になるかなどと考えるのはわずらわしくてならないらしい。入るものは入る。出るものは出る、と、おおらかすぎて、母が苦労したようだ。

医院があったのは、渋谷の道玄坂の下、いま児童会館のあるあたりで、いまなら一等地だが、当時、借地だった。借地に借家だったのである。

戦争で焼けた。そのとき、借地権を確保しておくというふうな気配りはしなかったので、権利をほとんど只(ただ)で放棄することになった。

自分がまっ正直で裏がないから、他人もそうだと思っている。父にとっては、人間とは、勁(つよ)いものなのだ。泣きごとを言う人間を極度に嫌う。悪事をおかさずにはいられない人間の弱さは、父には理解できないらしい。

だから、泥棒なんて、父にはもってのほかだと思うのだけれど……子供のころ、いそがしい父が時たま珍しく〈お話〉をしてくれることがあった。〈お話〉は、いつも同じ、ただ一つ、何か外国の童話だ。

三人の息子が将来偉くなるため、家を出て修業する。上の二人は、何だか忘れたけれど、とにかく一人前になって帰宅し、父親をよろこばせる。

ところが、ヨデという末の息子は泥棒の修業をして帰ってきた。父親は怒り嘆くが、村長さんのとりなしで、三つの難題を出し、その三つのものをうまく盗めたら許してやるということになる。二つは忘れた。最後の一つが、〈村長さんの馬〉を盗めというのだ。馬屋のまわりは警護を固め、おまけに番人が馬の鞍の上に乗っている。

ヨデは知恵を働かせ、みごとに馬を盗み出す。馬にまたがり、声高に、「ヨデはいま、村長さんの馬、盗んだぞォ」と叫ぶ。

そのヨデのせりふを言うときの、父の無邪気に嬉しそうな顔といったら、なかった。拳をふりあげ、

「ヨォデェはァ、いィまァ、村長さんの馬（うウまア）、盗（ぬウすウ）んだぞォ！」


「父の生き方」『オール讀物』一九八七年七月

霊媒の季節

天井から吊された電灯が頼りなくまたたいて、消えた。

空襲警報、灯火管制は、前年の八月十五日以来なくなったというのに、停電はほとんど毎夜のことで、慣れているからとまどいもせず蠟燭に火をつける。弟と一本ずつの蠟燭を近寄せて立て、二本の明かりが等分に行き渡るようにして、頭を寄せあい本に読みふける。

そのとき、離れの方から、陰々とした声が聞こえてくる。弟と私は、その声を無視しようとつとめる。

降霊の声である。少し前、ずんぐりした霊媒が、父と母に、離れに案内されるのに気づいていた。

敗戦の翌年、昭和二十一年、我が家には、奇妙な神憑りの雰囲気が、戦時中よりいっそう濃厚に充ちていた。

霊媒を使った心霊実験がヨーロッパで流行したのは、今、資料が手元になくて正確なことは言えないが、たぶん大正から昭和の初期ではなかったかと思う。

父に直接確かめてはいないが、おそらくその影響を父は受けていたのではないだろうか。

医者という職業柄、人の死について考えざるを得ない。死後の霊魂の不滅を、父は、きわめて当たり前なことと信ずるようになっていた。

私が物心ついたころ、すでにそうであった。父の書棚には、『霊界通信』『心霊実験』といった本が沢山あり、子供のころ、大人の本を読むことは厳禁されているのに、それらの本を読んでいると、感心だと褒められた。

生長の家とか、大本教とか、新興宗教にも、父は関わっていた。子供のほうが一足先に、いかがわしさを感じ、嫌悪感さえ持つようになっていた。

ことに、敗戦と同時に、正と不正、真と贋、あらゆる価値観が逆転し、こちらは周囲の大人を信じられなくなった時期であった。

戦争中、国粋主義の権化のような顔で生徒を督励していた教師が、敗戦の翌日から〈私は共産党員です〉とするした札を胸に下げ、生徒に入党を説く、というふうであったのだ。

高木彬光、坂口安吾の読み物などに取り入れられているところをみても、戦後、心霊実験はまた一時流行したらしい。

父は、霊媒を名乗る男と知り合い、たいそう信用して、自宅に呼ぶようになったのである。私は、その男が嫌いで、顔もあわせないようにしていた。

心霊実験というのは、霊媒を縛り、躯の自由がきかぬようにした上で、暗闇のなかでテーブルの上のものを動かしたり、宙に浮揚させたりする、手品の一種である。メガホンを使って霊の声をきかせたりもする。それによって、死後の霊魂の実在を証明しようというわけだが、父にとって、霊魂不滅は、いまさら実験の必要もない真実なのだった。父が霊媒を招いたのは、高い霊から、真理を説き聞かせてもらい、自分を浄化させたいという、宗教的な願望であった。

この年、私は、旧制女学校の五年に在学し、受験準備をしていた。その翌年から、学校制度が変わり、中学三年、高校三年の共学制になったから、私たちの年代は最後の女学生である。

受験勉強といっても今のようなすさまじいものではなかった。戦争中、授業がなく、強制的に工場で働かされていたため、むしろ、知識に飢えていた。学校の授業では頼りないので、かってに欠席し、自宅で、津田塾出身の叔母に英語を見てもらうことが多かった。

私たちより少し上の年代の女子は、女学校を四年で繰り上げ卒業させられ、工場で働かされたりしていたから、知識、学問に対する欲求はもっと熾烈だったようだ。翌年女子大に進学したとき、同級には、二年三年、上の人たちも混じっていた。中には、既婚者もいた。今のように、受験に失敗して浪人した結果遅れたのではない。受験したくてもできない状態だったのだ。

この二十一年に、戦時中見ることのできなかった洋画が公開された。とびつくように見に行き、その後、親の目をしのんで、映画に狂った。

我が家では、頻繁に、交霊会がもよおされ、同好の人々が集まるようになった。敗戦で心の拠り所を見失った人たちは、なにか縋るものが必要だったのだろうか。集まる人のなかには、牧師もいれば、神主もいた。奇妙な集団であった。交霊会を開いては、心霊の声に何かと指示をあおいでいた。光は霊力を傷つけ、時として霊媒に死をもたらすということで、雨戸を閉め暗幕をめぐらした真の闇の部屋で、いんちき霊媒ののたまう言葉にみな、振り回されていたわけだ。
始め拒否していた子供たちもまきこまれるようになった。そうして、父は私に霊媒の素質があると信じ込み、訓練を始めた。進学はできたが、私は霊媒になるべきであるという父の信念はゆるがず、思い出すのも嫌な、それこそ地獄めいた日々が始まる。おかげで、人間の心の闇は垣間見た。もちろん私に超能力など、かけらもないと言い添えておく。

『問題小説』一九八九年七月／『昭和感傷日記　思い出の戦後史』東洋経済新報社、一九九五年七月

手の勘、人間の勘

医師と向かいあわせに腰掛け、上半身肌脱ぎになった患者の胸に聴診器をあて、手で胸や背を打診し……。父は内科の開業医だったので、わたしは子供のころからそういう光景をみなれて育った。

父はすでに老年で引退している。最近、わたしは体調をくずし、入院した。このごろの病院は、最新の検査機が揃っている。血液検査や超音波、胃カメラ、レントゲン、あらゆる疾患は、機械が発見してくれる。その結果を読み取るのは医師であり、判断の能力を問われもするのだろうし、人間の勘よりは、機械のほうがはるかに正確だということもあろう。医師が触診で異常を見出しても、さらに、機械による徹底的な検査は欠かせない。

しかし、患者としては、医者との接触の乏しさに、一抹、物足りなさをおぼえもする。

夏のさかりの入院だったので、空調はあるのだけれど、寝汗をかき、とたんに汗疹(あせも)ができた。汗疹くらい、医師が一目みればわかることなのだが、病院は小回りがきかず、皮膚科の専門医の診療を受けた。

温かみのあるたいそうよい病院だったし、担当のお医者さまも、頼もしく親切だし、看護婦さんたちもこまやかに行き届いていた。

ただ、すべてが機械化されてゆくことによって、これから教育をうけ、育つ若い医師は、数字の読み取りは的確になっても、「手」の勘は、失われはしまいか。先行きにたいし、そんな感慨を持つのは、よけいな杞憂(きゆう)だろうか。

産科の場合、機械の数字は帝王切開を必要とする数値をしめすが、実際は正常分娩(ぶんべん)で大丈夫ということも多いと、聞いた。

医師の仕事とかぎらず、機械は、正確だし、便利だし、一度馴れれば手放せなくなるけれど、人間の「手」の温かみと、「勘」が、失われてゆくのは、怖い。


「私のゆく「昭和(とし)」！くる「平成(とし)」」『ミセス』一九八九年十二月

時代の歌

ときどき思い返しては不思議な気がする。子供のころ、母や祖母からききおぼえた童謡が、どれも、ひどく陰気な悲しげなものばかりであることだ。

母や祖母は、やはりだれかからききおぼえたのだろう。

母の育った明治末から大正という時期は、そんなに、暗鬱な時代だったのだろうか。

歌詞は、どれも、ひとつのドラマを背景にもっている。

「笛や太鼓にさそわれて、山の祭に来て見たが。
日暮はいやいや、里恋し、風吹きゃ木の葉の音ばかり。
母さま恋しと泣いたれば、どうでもねんねよ、お泊りよ。
しくしく、お背戸に出て見れば、空には寒い茜雲。
雁、雁、棹になれ。前になれ。お迎えたのむと言うておくれ。」

という歌などは、まるで、人攫いにさらわれた子供が救いをもとめているようにさえきこえる。

聞きおぼえた幼いころ、わたしは、だまされ攫われた子供の歌だと思い込んでおり、この歌をきくと、妙にうら淋しく、そうして、おそろしくなった。

渋谷の宮益坂の裏に、そのころは住んでいた。昭和の初期、そのあたりは、屋敷町で、庭の木立が深かった。檜の匂いとその歌が、記憶のなかで結びついているのは、薪で沸かす檜風呂が、裏の背戸につきでた離れにあったからかもしれない。

いっそう不思議なのは、つぎの歌である。

「お母さま　泣かずにねんね　いたしましょ　あしたの朝は　浜に出て　かえるお船を　待ちましょう
お母さま　泣かずにねんね　いたしましょ　赤いお船の　おみやげは　あの父さまの　わらい顔」

父親が船で帰ってくるのなら、母親はなにも泣くことはない。帰っては来ないことを、母親は知っているのにちがいない。

それを子供に告げることはできず、ただ泣き伏しているのだろうけれど、この子供——おそらく女の子——の、大人びた対応は、子供心にも奇妙に感じられた。

泣かないで寝ましょうね、と、子供が母親をなだめているのである。子供も、内心、悲劇を悟っているのではないか。そんなふうに、気をまわしたくなる。

メロディーがまた哀切なのだ。

次の歌は、情景は明らかである。

「かあさん、かあさん、むこうから、勲章つけて、剣さげて、もしや、ぼくの父さんが、帰ってきたのじゃあるまいか。

まあまあこの子はどうしたの。ゆうべも言ってきかせたに。かわいおまえの父さんは、三年前に戦死した」

祖母がわたしを寝せつけるのに歌ってきかせたのだから、〈戦死〉は、日清戦争か、日露戦争だろう。

その後の好景気、不景気をくぐりぬけて、この歌は、連綿と、戦争で夫を殺された女の恨みをこめて歌いつがれてきたらしい。

太平洋戦争でも、多くの死者がでたのだが、それにたいする女の恨み歌が童謡の形をとったものは、寡聞にして知らない。

次の歌は、明らかに一家離散の歌である。

「十五夜お月さん　御機嫌さん　婆やは　お暇(いとま)　とりました
十五夜お月さん　妹は　田舎へ　貰(も)られて　ゆきました
十五夜お月さん　母(かか)さんに　も一度　わたしは　逢(あ)いたいな」

父親は会社が倒産、母親は病死、奉公人には暇を出し、妹は里子にだされ、〈わたし〉はひとりきり。そういう社会的な背景を持った歌詞であろう。

もちろん、子供らしい歌もあることはあった。小学校唱歌というのは、明るく元気よく、無邪気な歌詞で、いまも歌いつがれてもいる。しかし、わたしの印象につよく残っているのは、消えてしまった悲惨な歌のほうだ。

歌をとおして、おさないわたしは、大人の世界を垣間見ていたのかもしれない。そうして、大人の悲劇が、もろに子供の宿命となることも、漠然とながら直観していたのだろう。

『小説宝石』一九九〇年一月／『皆川博子の辺境薔薇館』河出書房新社、二〇一八年五月

季（とき）のかよい路

三つか四つのころのことを、鮮明におぼえているはずはないのだけれど、一つ二つ、記憶にあざやかな場面がある。

その一つは、祖母が縫物をしているかたわらで、小切れをもらったわたしが、人形の着物を縫おうと、苦労しているところだ。

地味な縞木綿（しまもめん）の端切（はぎ）れだった。

袂（たもと）の縫い方がわからなくて、二つ折りにした四角い切れのぐるりを、全部縫ってしまい、子供心にも、これでは手がとおらないとわかり、しょげていた。

小学校に入ってからは、裁縫はいちばん嫌いな課目になったのだが、幼いころの、だれにも強制されない端切れいじりは、楽しかった。針目が曲がろうと不揃いだろうと、だれも叱りはしなかったのだから。

針に糸をとおすことも、糸の端に結び玉をつくることもできなくて、いちいち、祖母にたのむ。

祖母は少しもめんどうがらず、そのたびに、仕事の手をやすめてくれた。

幼時、私は、ひとりで祖母の家に泊まることが多かった。祖母と、当時まだ独身だった叔母が、めいっぱい甘やかしてくれたので、自分の家よりはるかに居心地がよかった。

祖母が縫物をしている場所は、記憶の中では、いつも、縁側だ。

この〈縁側〉という場が、最近の家屋から、失われてしまった。

板敷の縁側は、季節の移り変わりを、肌に知らせてくれる場所であったと、今になって気づく。

陽射し（ひざ）が強い真夏の昼日中、庭にでて、石燈籠のそばにしゃがみこみ、その下にある蟻（あり）地獄を、時のたつのを忘れてながめ、それから縁側にもどってくる。

なにげなく腰かけて、小さい悲鳴をあげる。

ガラス戸の真鍮（しんちゅう）のレールが熱く灼（や）けていて、腿（もも）に火脹（ひぶく）れができた。夏の牙は、思いもかけないところにひそんでいた。

陽がかたむけば、縁側は、こよない夕涼みの場所になった。

蚊遣（かやり）の煙にもまけない藪蚊（やぶか）を団扇（うちわ）で追いながら、ひごろ忙しくて子供の相手などしたことのない開業医の父が、珍しく早めに往診を終え、くつろいで、〈お話〉をしてくれるのも、夏の縁側だった。

父の〈お話〉は、一つしかなかった。

三人の兄弟がいる。家を出て、二人の兄は、それぞれ出世して帰郷するが、末の子は、泥棒になる。

村長の馬を、だれにも気づかれず盗んでみせれば、泥棒の罪をゆるしてやるといわれ、頓智をはたらかせて、堅固な警備をかいくぐり、みごとに馬泥棒に成功する。

というような話だった。

謹厳で、真面目一方の父が、泥棒成功譚を子供たちに語るときの、無邪気な活き活きした表情が、何度聞いても、おもしろかった。

末っ子の名前はヨデという。

「ヨデはいま、村長さんの馬、盗んだぞ」

と、腕をふりあげて高らかに告げる父の口調も、いつも、同じ朗らかさだった。

その声をきくと、子供たちは、なんとなくカタルシスをおぼえ、夏の夜が至福にみちた。

秋の気配を、まっさきに教えるのも、足の裏につたわる縁側の感触だった。

毎朝、雨戸をあけるのが、私の役目になっていた。

昼間はまだ夏服を着ているのに、早朝、足の裏から全身につたわる縁側の冷たさは、あきらかに秋のもので、やがて、コスモスが咲き始める。

雨戸の敷居はすり減っていて、これも傷んだ板戸はしばしばはずれ、庭に落ちた。

不便きわまりないのだけれど、なだめなだめ雨戸を走らせるおもしろさもあった。

木の敷居は、歳月と、なじんでいた。〈時〉を木目の間に吸い込み、その量が増えるに連れ、少しずつ、ゆるやかに朽ちてゆく。腐朽は、時間と木質との情のこもった交感ともいえた。

そうして、冬。

早暁、足の指先がしびれるほど冷たい縁側は、長い日脚がのびる昼間、どこより明るい暖かい日溜(ひだ)まりとなった。

小学生のころ、仲のよい友だちの家に、広縁(ひろえん)があった。

小さい家なのだけれど、八畳と四畳半、二間つづいた和室の前にとおった縁側が、八畳の前はふつうの三尺幅だが、四畳半の前は、一間(けん)幅で、その空間が、私たちには、たいそう贅沢な特別な場所に感じられたのだった。私の家には広縁がなかったから、なおのことだった。

四、五人でお手玉やおはじきをするのに、広縁ほど手ごろな場所はなかった。

天気がよければ、原っぱに茣蓙(ござ)を敷いたり風呂場の簀子(すのこ)をならべたりして、ままごとの座敷にするのだけれど、雨の日は、広縁にままごと道具をならべた。

友だちのおばあさんは、しじゅう襷(たすき)がけで拭き掃除をしていた。縁側の床板も、歩けば滑るほどに磨き立てられていた。

子供が遊ぶと傷がつくと、おばあさんは嫌った。

〈痩(や)せた小さいからだをこごめて雑巾(ぞうきん)がけばかりしているおばあさん〉というものは、あのころ、わりあい、あちこちの家にいたような気がする。

そういうおばあさんにとって、毎日念入りに磨き立てている黒光りする縁側は、たいそう愛着のある大事な場所だったのだろう。

――我が家でも、縁側は、毎日二回雑巾掛けをし、それも私の役目で、そのときばかりは、縁側がいやに長く感じられたのだったが……。

戦前の和風の家は、子供のための特別な部屋は、ほとんどなかった。

そのかわり、遊ぶ空間の一つとして、縁側が与えられていた。

だから、傷つけられまいとするおばあちゃんと、ここを子供の特権の場と無意識ながら心得ている私たちとは、けっこう対立関係にあり、嫌な顔をされても私たちはがんばってままごと道具をひろげ、寝ころがって——行儀が悪いと叱られながら——本を読んだ。襷がけでこまめに働くおばあちゃんを、私たちは恐がりながら、尊敬もしていた。私たちに綺麗なお手玉をつくってくれるのは、そのおばあちゃんだったから。

親しい家なら、玄関をとおらず、いきなり縁先に顔をだし、声をかける。外と内を、あいまいに仕切るのが、縁側だった。縁側は、おだやかな、あいまいな、日本の風土に適していたのだろう。あいまいであると同時に季節の流れに鋭敏な、やさしい空間。敗戦後の窮屈な土地事情と、西欧の生活様式の採り入れは、家から、無駄な空間である縁側を追放した。

いま、私が住んでいる家も、大方の現代家屋がそうであるように、縁側はなく、窓はすべてアルミサッシで、時の流れ、季節のうつろいを受けつけない。

都会の家々に縁側がよみがえることは、もうないのだろうか。

『銀座百点』一九九三年一月

医学と超能力と

このエッセイの依頼があったとき、はじめ、ご辞退した。親を謗る言葉は書きたくないし、読者としても、読まされるのは、快いことではないだろうから。

親との葛藤の時期を、私はいまだに、冷静に距離をおいてみることができないでいる。すでに両親とも老いた。過去になにがあろうと、いたわりの目で見るのが当然だと自戒しても、親について書こうとすれば、みぞおちが痛くなる。この年になれば、とっくに溶け消えていていい感情だ。

思い返せば、やはりいい親だったというふうに、寛容な気持ちでしめくくることができるのなら、喜んで、エッセイも引き受けるのだが。

こう書くと、よほどひどい親だったのかと、読者の誤解を招く。

父も母も、まわりからずいぶん尊敬されていた。ことに父は、医師として患者さんの深い信頼を得ていた。患者さんに慕われて当然のすぐれた開業医であったと、私も思う。

診断は適切であり、まじめで、私利私欲はなく、ひたすら患者さんのためにつくした。医師として、人を病苦から救うのを天職と信じていた。深夜、しばしば電話で起こされ、往診にでかけていく父を、私も見ている。いったん止まった心臓をマッサージを何時間もつづけて蘇生させ、患者さんの家族から、神様のよう、と敬愛されもした。

厳格だが、愛情も深い父であった。長男なので、職をやめた祖父のかわりに、両親、弟妹を養わねばならず、大学に残って学究的な仕事をしたいのをあきらめ、収入の多い開業医の道をえらんだ。そのことに、いっさい不平は言わなかった。

ただ、父は、信じ込むと、疑うということを知らなかった。

いつ、どうして、心霊の実在をあれほど強固に信じるようになったのか、そうして神道に傾倒するようになったのか、私は知らない。

透視とか念写とかいった、いまでいえば超能力が、父が若かったころ、流行した。父は無邪気にそれを信じた——いまでも、信じている——。

『心霊研究』という雑誌が、私の家には山積みになっていた。子供のころ、私は、童話やファンタジーを読むように、それらの本を読んだ。雑誌にのっている心霊写真と称するものは、子供の目にも、いんちきくさかった。

大本教(おおもときょう)から生長(せいちょう)の家(いえ)と、父は、新宗教の団体に入っては満足できず、ほかの団体にうつることをしていたらしい。私が幼稚園から小学校の低学年のころは、生長の家に入っており、私もときどき子供のための集会にともなわれた。かくべつ宗教の臭みはなく、楽しい子供会といった雰囲気だった。小学校一年の夏休みには、その団体の主催する海の家に参加させられたが、お祈りもなにもなく、水泳を教えられただけだった。祈らされたのかもしれないが、おぼえていない。年上の人たちもいっしょなので、家にはない大人の本を読めて嬉しかったことだけが記憶に残っている。

　そのくらいですめば、なにごともなかった。戦争が激しくなってからは、宗教はすっとんでしまった。

　思い出すのもいやな生活がはじまったのは、敗戦後だ。霊媒をまねいて交霊会をひらいている集団があり、父はそれに、一時参加した。それから、独自に、霊媒と称する男をわが家に招き、交霊会をもつようになった。

　最初は、霊媒と父と母、三人だけでやっていた。父は、霊媒をとおして自分の守護霊から神に通じる教えを乞いたいと、真摯に願っていたのだった。

　霊媒は、鼻の頭が酒焼けした小男だった。父が自分の好きかってをひとりでやるぶんには、かまわないが、子供たちをも強制的に列席させるようになった。

　はじめのころは、私たちに疑念をもたせないために、安楽椅子に腰掛けた霊媒の手首を縛った。テーブルの上に夜光塗料をぬった人形だのガラガラだのメガホンだのが用意される。空襲のときに使った暗幕をはりめぐらし、室内を暗黒にする。霊は、霊媒のからだからエクトプラズマというものを出して、それで物体をあやつる、ということになっている。エクトプラズマは、光に弱いから、暗黒にする。手回しの蓄音機でレコードをかける。静かなメロディが、霊媒がトランスにはいるのを助ける。やがて、ガラガラが鳴り、夜光塗料を塗った人形がぴょこぴょこ宙を動き回り、メガホンが宙に浮いて、「わしじゃよ」と野太い声が頭の上のほうからひびく。これが、霊媒の守護霊で、役行者（えんのぎょうじゃ）の弟子ということになっていた。

信じたがっている者は、奇妙な点からいっさい目を背（そむ）ける。人形やメガホンが近づいても、後ろをさぐったりしてはいけない。エクトプラズマにふれると、霊媒の命にかかわる。そんな霊媒のいんちきに都合のいい言葉に、なんの疑いも父は持たないのだった。

今であれば、だれも、こんな子供だましの手品にひっかかりはしないだろう。

戦前から戦争中にかけての神懸（かみが）かり状態が、敗戦後のわが家には、いっそう濃厚だった。心霊を父は神霊と字をあて、すべてについて教えを乞うていたのである。

家族ばかりではない、いつのまにか、大勢の人が、交霊会に集まるようになっていた。そうして、小さいながら宗教団体をなのるようになった。正式に登録したものではなかっただろうと思う。事業家の能力のある人はいなかったようだ。

一般の集まりのほかに、幹部だけの交霊会があり、そのとき、いんちき霊媒は、米ソのあいだで、第三次大戦が勃発（ぼっぱつ）する、阻止するために、力を集め祈れ、と、しばしばのたまうた。危機感をもたせないと、みなの熱意が持続しないと、狡猾（こうかつ）な霊媒は踏んだのだろう。

さいわい、自作自演で危機をつくりだそうというほど悪辣（あくらつ）ではなかった。

そのかわり、憑霊（ひょうれい）状態——いわゆる神懸かりになることを、父をはじめ、大人たちは奨励した。

そういう状態は、子供や女がなりやすい。男の会員は妻や子供を神懸かりにすることに熱をこめた。私は、自動書記――わかりやすく言えばお筆先――をやらされた。自分のすることは、すべて善、と父は確信していた。子供がどんな悲惨な精神状態にあるか、まったく父にはわからなかった。

母を私がゆるせないのは、そのときとった態度がずるかったからだ。やめさせてくれと、泣いて頼む子供に、「お父さまがおっしゃることだから」としか、母は言わなかった。

戦前、天皇の名のもとで、政府が権力をふるったように、母は、自分が望むことを、父の名でおこなった。戦前から、親には絶対服従をたたきこまれた子供は、さからうすべを持たなかった。

霊媒がだんだん、ぼろをだしはじめ、集まる人も減って、団体は自然消滅したようだ。

私は、結婚に逃げ込み、夫がふつうの生活に根をはった人だったので、救われた。それでも、親の束縛を断ち切るためには、惨憺たる争いを経なくてはならなかった。といっても、ほとんど私のひとり相撲だったのだが。具体的に書くスペースはないし、書くつもりもない。他人からみれば、些細なことの積み重ねにすぎない。

父に関しては、なつかしい思い出も、ある。口直しに、それを書こう。夏の夕暮れ、風呂上がりの父が、猿股一枚の裸で、団扇をつかいながら、ただ一つだけ知っている〈お話〉をしてくれたこと。風邪をひいて熱をだしたときは額に、お腹の痛いときはお腹に、手をあててくれたこと。戦争末期に召集令がおり、敗戦で除隊になり帰ってきたとき、口髭がなくて、なんだかおかしかったこと……。

「私の父、私の母」『小説中公』一九九五年十一月/『私の父、私の母ＰａｒｔⅡ』中央公論社、一九九六年三月

迷犬ファラオ

ファラオという立派な名前をつけた。成犬の写真をみると、古代エジプト王の称号で呼んでも名前負けしないであろうと思われる、気品のある犬である。シェトランド・シープドッグ。シェルティと呼ばれる種類だった。

三十年あまり前、団地住まいから、今の家に越してきた。私鉄の分譲地の、小さいながら一戸建ての家なので、これなら犬といっしょに暮らせると思ったのだ。

そのころ越してきた他の家の人々も、思いはみな同じだったとみえ、向こう三軒両隣だけではない、一区画十数軒、どの家も言いあわせたように犬を飼いはじめた。

右隣は紀州犬の巨大なゴロちゃん、そのお隣は名前は忘れたがダックスフント、お向かいは柴犬のアカくん、そのお隣がペキニーズのチャコちゃん、うちの南側のお宅はこれも柴犬のドナちゃん（『ドナドナドーナ』の歌が流行（はや）っていた）。わんわん横町と呼ばれた。

三十年を経た今は、犬はめっきり減った。飼い主が亡くなり、代替わりした家もある。

わが家のファラオは、家にきたときは、両手でかるく抱き上げられるチビであった。玄関の土間に箱をおいて寝かせたら、みじめな声で鳴く。子犬の目ときたら、哀しげで愛らしくて、それが鼻をならして、ぼくさびしいよ、と訴えるのである。娘と私は、たちまち蒲団にいれてしまった。まったく、飼い主が悪かった。私も娘も、ネコかわいがりに甘やかしてしまったのである。

庭に出すようになったら、雀に負けて餌をとられていた。鳥がくるとこわがって耳を伏せ、ちぢこまるのだった。

階段がこわくて、玄関から道路に下りられない。散歩をするためには、下まで抱いておろしてやらなくてはならなかった。

成犬になってからも、夜は家にいれて、私の横に寝かせていた。――今は本がふえて、私の寝床は、犬どころか、ハムスター一匹おく余地がない。

ファラオの称号はじきにパコになり、その上、アホノフ・ステテコヴィッチ・パコチンスキーと別名がついた。〜〜ノフは名前ではなく名字だから、名字・父称・名字という妙なロシア名だが、ほかに呼びようのない甘ったれのおばかさんに育て上げてしまった。

さんざん甘やかしておいて、悪さをすると叩いて怒りつけるという、今にして思えば最悪の、教育ママのような育て方だった。

居間のソファは、下半分、布地が剝げて無残な姿になった。パコが齧ったのである。

絨毯は泥だらけになった。庭と居間をパコがかってに出入りするためである。

からだを洗ってやると、隙を見て庭にとびだし、地面をころげまわって、長い毛のはしに泥団子をぶらさげ、部屋に走り込んで、壁紙に泥をなすりつけた。

お手というと寝そべり、お座りというとこちらの膝に足をのせて甘えた。

そのころ、テレビだったと思うが、まったく芸をしないのを芸にしている犬を見た。

パコが意識的にこちらの指示を無視し、逆のことをやってみせていたのなら、その反抗心に敬意を表するが、単にアホだったとしか思えない。

犬のくせに、方向音痴だった。公園に連れていくと、しばしば迷子になった。


子供のころ――昭和初期――シェパードにあこがれていた。少年向けの雑誌に、『見えない飛行機』という少年小説が連載されていた。作者は山中峯太郎。戦前の話だし、とびとびに読んだのでストーリーはなにもおぼえていない。主人公の少年の名前さえ忘れたのだが、少年の相棒がシェパードで、タケルという名前だったことは明瞭に記憶している。

このタケルが賢い。自動車に乗って悪漢を追跡するのだが、右へ曲がれ、左に曲がれ、とタケルが主人公に指示する。どうやって意思を伝達するかというと、片耳を伏せるのである。四つ年下の次弟も、タケルを飼いたがっていた。親は生き物を飼うのを好まなかった。弟は野良猫を二匹拾ってきて、ワビ、サビと名づけて物置でこっそり飼っていたが、母親にみつかって捨てられてしまった。

シェパードの子犬というのを、知人がくれた。母親は顔をしかめたが、弟は狂喜した。さっそくタケルと名前をつけた。少し大きくなったら、雑種とわかった。片耳を伏せて方向を指示するどころか、むやみに騒がしいオバカちゃんだった。

何年とたたず、タケルは死んだ。その後、弟は犬を飼わない。

私は、若いころ、しばらくのあいだ、ヒヨコを数匹飼っていた。一匹、たいそう人なつっこいのがいて、私の口のなかに小さい頭をつっこんで舌の上のご飯粒を食べるようになった。かわいがりすぎて、みな、死なせてしまった。茣蓙(ござ)の上に粟(あわ)をまいて、たらふく食べさせていたら、胸がふくれるほど食べて、死んだ。

ヤモリを飼ったこともあった。マッチ箱にいれて、グレゴリー・ザムザと名づけていた。いつのまにかいなくなった。

生き物と同居するのに、私はむいていない。気になっていじりすぎてしまう。

犬と暮らした日々は、犬に楽しくふりまわされる日々でもあった。

方向音痴のパコは、夜、トイレに出て、そのまま行方不明になった。

それ以来、私は生き物を飼わない。

道端に犬がいると、つい、かがみこんで耳の後ろを撫(な)でてしまうけれど。

『ドッグ・ワールド』一九九九年一月／
『愛犬幸福論——犬を愛する名文家35人の私的エッセイ』PHP研究所、二〇〇六年十一月／
『きみと出会えたから——34人がつづる愛犬との日々』PHP文芸文庫、二〇一五年十一月

時のかたち

心地よく贅沢な

家のなかで一番居心地のよい贅沢な場所。思い返すと、それは、縁側だった。

ことに晩秋から初冬、朝夕は足の裏に板の感触がひやりとつたわるけれど、昼日中はガラス戸越しの陽射しがおだやかで、北側の薄暗い茶の間とは別世界だった。薄い座布団を敷き、祖母はいつも縁側で繕い物をしていた。学齢前の幼いわたしは、そのかたわらで、端切れをもらい、人形の小さい着物を縫った。二つ折りにした布を袖にするつもりで三方全部縫ってしまい、これでは手が通らぬと子供ごころにもわかり、少し悲しくなっていると、祖母が手を貸して仕上げてくれた。

夏の縁側は、ガラス戸のレールに触ると火傷するほどに熱くなるが、やがて夕風が昼の熱気を吹きはらい、湯上がりの父は素肌の肩に冷たい濡れタオルをかけ、団扇を使う。子供たちは花火に興じる。開業医であった父は朝八時半ごろから昼過ぎまで、待合室で順番を待つ患者さんを診療し、午後三時ごろから往診、途中で夕食に帰り、また往診に出、夜中も急患に呼ばれるというふうで多忙をきわめ、子供たちと顔を合わせる時間もろくになかったのだが、たぶん、夏の日曜日の夕方だったのだろう、花火にくわわったり〈お話〉をしてくれたりすることがあって、その場所も縁側だった。

わが家の縁側は十畳と六畳、二つの部屋の前に三尺幅でまっすぐのびるだけだったが、友達の家は、四畳半の茶の間の前が広縁(ひろえん)になっていた。おはじきやお手玉で遊ぶのにもってこいの場所で、わたしたちのお手玉は、いつも陽の光を十分に吸いこんでいたのだった。

『朝日新聞』二〇〇〇年七月二十五日付夕刊

西シベリアの森で

白系露人という言葉は、いまでは、意味が通じにくくなっているだろうか。

開業医であった父の患家に、白系露人の女性がいた。大柄でもの静かな穏やかな印象のひとだった。私は六つか七つぐらいだったから、革命の知識は乏しかったけれど、亡命という言葉につきまとう淋(さみ)しさは、そのひとから感じていた。

わたしの名前はヴァレンシアです。でも、呼びにくかったらバラさん、と呼んでください。日本語だった。ヒロコさんにね、とバラさんはブラウスをプレゼントしてくれた。やわらかい白地で胸元と袖(そで)はギャザーでふっくらし、胸に花模様の繊細な刺繍(ししゅう)が散った、スラブ系の民族衣装ふうなデザインだった。

わが家は質実な家風で、華やかなものは乏しく、私の服は灰色が多かった。診察時間が終わり患者さんのいない待合室で、バラさんはひろげたブラウスを私の胸にあて、「大きすぎました」と、はにかんだ。

どのみち着ることはできない大人もののサイズのブラウスを私が見たのはそのときだけで、たぶん、母がほかのだれかに譲ったのだろう、消えた。

雑誌に目下(もっか)、ロシア革命前夜からラスプーチン事件までを素材にした小説を連載している。その取材でニコライ皇帝一家が惨殺され埋められた場所を取材するため西シベリアを訪れたのは一昨年のことだ。氷雨が降っていた。森の中の、雑草が生い茂る空き地に、ロシア正教独特の形をした木の十字架が立っていた。その地で会った女性が、花の刺繍の白いブラウスを着ていた。六十年ぶりにバラさんが記憶の底からよみがえった。

『朝日新聞』二〇〇〇年七月二十六日付夕刊

濡れた切符

　雨の日、自動改札機のスロットに濡れた切符を通しながら、思い出すことがある。

　私は小学校の三年生ぐらいだった。横なぐりの激しい雨だったか、うっとうしくみじめったらしい、北原白秋の詩句を借りれば〈黴くさいインキいろの青い雨〉だったか、六十年も昔のことだから記憶は正確ではないのだが、あとにつづいた出来事のためか、後者であったような印象が強い。

渋谷に住む祖母の家に遊びに行き、その帰りだった。井の頭線を家にもよりの下北沢駅で下り、改札口で切符をわたしたら、若い女性の駅員が、恐ろしい顔つきで不正乗車だと咎めた。日付がちがう、古い切符を拾って使ったのだろうと駅員は言い、ちゃんと買いました、渋谷駅に問い合わせてくださいという私の主張はいれられなかった。

　家に帰り着いたとたん、激しく泣いた。往診から帰ってきていた父に事情をきかれた。話すやいなや、血相を変えて父は私を駅にともなった。

「うちの娘は、決して嘘はつかない」。駅員があおざめるほどの剣幕で、父は怒った。私は少しうしろめたくなった。父に嘘をついたことはなかったが、母には、執拗な叱責が恐ろしくて、ものをなくすたびに、嘘で糊塗していた。問い詰められて白状し、叱責はいっそう厳しくなるのだったが。父の信頼に値しないと思い、駅員を怒りつける後ろで、うなだれていた。

　駅員はわざと意地悪をしたわけではなく、私が雨に濡れた切符を丸め皺くちゃにしていたので、日付の文字を読み違えたのだろうと今になって思い当たるが、雨の改札口は、時折、父の声音を思い出させる。

『朝日新聞』二〇〇〇年七月二十七日付夕刊

墨のにおい

ミステリーにもちいられる謎の定番の一つに、〈ダイイングメッセージ〉がある。死に瀕(ひん)した被害者が、犯人の手がかりを知らせるために残すメッセージである。たとえば、犯人の頭文字を記す。それだけではあまりに簡単すぎるので、被害者はその一部を書いて力尽き、ほかの文字と読み間違えられる、といった工夫を作者はこらす。最近読んだミステリー短篇に、この手法をとったものがあったのだが、小文はミステリーについて書こうとしているのではない。

その短篇の、せっかくの謎をばらすわけにはいかないので、ほかの漢字をたとえにひく。被害者が口という文字を残したとする。これが、田と書こうとして書ききれなかった、というのであれば、被害者は書き順を知らなかった、という伏線がどこかに必要になる。最後の一を書く前に、十が書かれてしかるべきであるから。私が読み落としたのかもしれないが、伏線がないとすれば、作者は漢字の書き順に無頓着(むとんちゃく)だったのだろう。

そのことを、あげつらうわけではない。書き順を、最近は学校で教えなくなったのだろうか、と感慨を持ったのである。一応教えても、昔のようにやかましくは言わないのかもしれない。

書道で、草書、行書を正しく読み書きするためには、書き順は不可欠の知識だった。将来、文章をあらわすのに、ワープロ、パソコンのキーを叩くだけになれば、書き順は不要になる。習字の授業は、いまや消滅したのだろうか。私もこの小文をキーを叩いて記しているのではあるけれど、墨のにおい、筆の感触がいずれ消えるのだろうかと思うと、戦前育ちの身としてはいささか淋(さみ)しい。

『朝日新聞』二〇〇〇年七月二十八日付夕刊

テンプルちゃん

映画館に入ったのも、劇映画を見たのも、たぶん、それが初めてだったのだろうと思う。小学校にあがる前だったろうか。

金髪の巻毛の愛くるしい女の子が、山道を登る。汗にまみれ、上着を次々に脱ぎ捨てる。後から息を切らして登ってくる若い女が、拾い集め、女の子を怒りつける。

羊飼いの男の子が歌っている。女の子もまねして歌う。ロ、ロ、ロ、ロ、ロッシッシ。六十何年昔に一度見ただけなのに、単純なメロディだからだろう、いまだに覚えている。

ハイディとデーテ叔母さんの登場の場面は、後年本で読んだとおりだった。本には歌はでてこなかったが。テンプルちゃんはロ、ロ、と歌うとき唇をとがらせ、シッシと歌うとき、前歯がちょっとのぞいて両方の頰に笑窪（えくぼ）が浮かぶ。

シャーリー・テンプルは、当時、どんな大人の俳優女優も及ばない大人気の子役だった。『アルプスの山の娘』には本格的に歌い踊る場面はないが、タップを踏み、歌うのが愛らしくて、アメリカの、いや、ヨーロッパでも日本でも、最高のアイドルになっていた。

コラムやエッセイにこれまでしばしば書いたことなのだが、我が家は実に堅苦しく、映画、芝居は関心を持つことさえ憚(はばか)られる雰囲気であった。映画館は不良の溜まり場と、親はみなしていた。『アルプスの山の娘』は、さすがに、子供向けの〈いい映画〉だったから見せてくれたのだろうが、だれといっしょに行ったのだか、そっちはまるでおぼえていない。

　昨日見たばかりのように思い出せるのは、おじいさんが作ってくれた屋根裏の藁(わら)の寝床、山羊(やぎ)とペーター、フロイライン・ロッテンマイヤーの金切り声、ハイディが戸棚にかくしたパンの山……。車椅子に乗ったクララの髪は縦ロールだった。

　不思議でならなかった場面がある。クララの家にいるハイディが――〈お医者さん〉からだったろうか〈おばあさま〉からだったろうか贈り主は忘れた――ガラス玉をもらう。空洞の内部に小さい農家があって、たえず雪が降りしきっている。それを見ているうちに、ハイディはホームシックになって泣きだすのだが、ガラス玉のなかに、どうして雪が降りつづけるのか、いまだに仕組みがわからない。泡坂妻夫さんに伺ったらわかるのかもしれないのだけれど、おりを得ていない。この場面は、原作にはなかった。拙作「たまご猫」という短篇は、この雪の降るガラス玉がヒントになっている。ガラス玉の猫形の空洞に、花が散り舞い、雪が降りしきる。

　このコラムの担当編集者Sさんは、アメリカに一年留学していたことがある。ホームステイ先の家族とレストランに入ると、大人にはリキュールなどの食前酒、高校生だったSさんにはジュースのカクテルがでる。そのカクテルの名前が、〈シャーリー・テンプル〉だったそうだ。

「思い出の映画」『小説現代』二〇〇一年五月

梅雨時の花

溝板という言葉がほとんど使われなくなったのは、道端にU字型に口を開けた溝が少なくなったから当然なのだろう。

細い路地まで舗装され、下水道が完備して、詰まった溝の汚水が道にあふれることもなくなった。清潔になったおかげで、梅雨時でも道端のじめじめした湿っぽさが薄れた。

四つ五つのころ、よく、祖母の住まいの前を流れる溝の傍にしゃがみこんでいた。ドクダミの葉をせっせと摘んでいたのである。

地下茎を強靭にはりめぐらせ、U字溝のコンクリートと砂利道の狭い隙間から生え広がる紫がかった暗緑色の葉は、やわらかい春の日にも、強烈な酷暑の夏にも、黄熟の秋にも、地を覆い茂っていたはずなのだが、遠い記憶のなかでは、ドクダミ摘みは湿っぽい梅雨の季節とひとつになっている。

そのころ、祖母の家は世田谷にあり、私は渋谷に住んでいた。父は開業医で、自宅の一部を診療所にあてていた。往診にもちいる自家用車の運転手が、私をしばしば祖母の家に運んだ。何日か泊まっていると、また運転手とねえやがむかえにくるのだった。年子の弟がヘルニアで、泣きわめくと脱腸するから、泣かせないよう母がつききりであやしていなくてはならず、そういうとき私は邪魔にならないよう祖母の家に行かされるのだが、わが家とは比較にならぬ居心地のよさで、迎えがきても、私は帰るのを嫌がった。

祖父母と若い叔父、叔母が住む世田谷の家は、時間がとまっているように静かで穏やかだった。祖母の家では、私は叱られたことがなかった。叱られるような悪さをする必要もなかったのだ。

昼間は叔父と叔母は学校に行くから、私は祖母とふたりだけになる。階下に二間か三間、二階に一間の小さい借家だった。鼻先に生け垣がせまる狭い庭をのぞむ縁側で、縫い物をする祖母のかたわらで、私は小さい端切(はぎ)れをもらい、見よう見まねで針をはこぶ。針に糸をとおせず、一々(いちいち)祖母に頼む。祖母はことさら笑顔を作るわけでもなく、面倒くさがりもせず、何度でも頼みに応じてくれる。

買物籠をさげて市場に行く祖母についていく。私が泊まるときの買物は、店で揚げたての甘藷(かんしよ)の天麩羅(てんぷら)ときまっていた。古新聞紙でくるんだのを籠にいれ、他に何を買ったのだか覚えていない。自分の好物だけしか記憶にない。

津田塾に通っていた叔母が帰宅すると、家の中がぱっと明るむ。私は顔だちも気質もまるで可愛げのない子供で、我が家にいるときは、使用人の敵意を肌に感じ、ひりひりした思いでいることが多いのだったが、叔母は小さい姪をそれは可愛がってくれた。後年、笑いながら言っていた。

二階で宿題をしていると、階段を、短い足でよっこらよっこら上がってくる足音がする。勉強がいそがしいのだけれど、相手をせずにはいられなかったのよ。

　家では一人で寝るのだが、祖母の家では、祖母か叔母が添い寝してくれた。冬なら、冷えた足の先を両の腿の間にはさんであたためてくれるのだった。両親のスキンシップがない分を、祖母と叔母が十分に補ってくれた。

　E・M・シオランの〈常軌を逸したわずかな場合を除けば、人間は善をなそうなどとは思わぬものである〉という言葉に私は深く共感するが、シオランには、〈人間が努力や打算によらず生まれながらにして善良であるということがあれば、それは天上の過失のしからしめることなのだ〉という言葉もあって、それを借りるなら、祖母と叔母は、天上の過失によって生まれてきたのであった。私が愛されたのみではない、他に悪意を向けたことを知らない。

　私自身は、シオランが人間とはかかるものと言うとおり、〈自分に打ち克ち自分の気持ちをおさえつけなければ、悪に汚染されていないどんな些細な行為すら成し遂げることはできない〉偏屈なたちだが、幼いころはまだ、克己せずとも、悪に汚染されない行為はできたとみえ、梅雨空の下で溝の縁のドクダミの葉をせっせと摘むのは、祖母のためであった。祖母の持病である慢性の鼻炎に、ドクダミの葉を揉んだのが効くとだれに教えられたのだったか。

　六月から七月にかけて、ドクダミは、毒という呼び名には似つかわしくな白い清楚な愛らしい花をつける。花といっても、四片の花びらと見えるのは総苞で、中心に立つ淡黄色の蘂が、微小な雄蘂と雌蘂の集合からなる本来の花なのだそうだが。

強い悪臭と厚かましい繁殖力から人に嫌われるが、薬効力を持つドクダミの白い花は、悪の翳（かげ）りにも厚かましさにも縁のないまま他界した祖母、叔母の追憶にかさなる、私には懐かしい野草だ。

『朝日新聞』二〇〇二年六月五日付夕刊／
『花祭りとバーミヤンの大仏　ベスト・エッセイ2003』光村図書出版、二〇〇三年六月

楽しい授業

女学校の英語の授業時間が少しも苦にならなかったのは、先生の教え方が巧みだったからだ。最初のうちは教科書は使わず、まず、簡単な英語の歌の輪唱からはじまるのだった。

Are you sleeping? Are you sleeping?
Brother John,
Brother John.
Morning bells are ringing,
Morning bells are ringing,
Ding ding dong!
Ding ding dong!

これだけの簡単なフレーズを、口移しに教えられ、スペリングをおぼえる必要もなくて、先生の手のタクトにしたがって、楽しく輪唱した。

輪唱の次に、紙芝居みたいに、簡単な絵をみせて英語のフレーズを口にされる。彼女は何をしていますか。椅子に腰掛けています。私たちは、先生の口許をみつめ、赤ん坊が言葉をおぼえるように、繰り返す。ついで、動作に移る。私は立ち上がります。私は窓のほうに行きます。私は窓を開けます。英語で唱えながら、そのとおりの行動をする。

六十数年昔、戦前の授業風景だが、十二歳の女の子たちにとって、英語の授業は、遊びのように楽しいものであった。

都立の女学校だったが、Direct Method という教授法を、若い女の先生が独自にとりいれる自由が、そのころの母校にはあったのだ。

母校の先輩たちは、代々、教師に綽名を奉っており、私たちもそれを受け継いでいた。てらてらと赤ら顔の体操教師はシャケであり、生物の教師はメダカの干物であった。伝統的な綽名は品がよく親愛の情がこもっていた。話がそれるが、敗戦後、私たちの代になって新しく入ってきた教師につけた綽名は、バカヒンだのゲビだのと、まことに殺伐とした、嫌悪さえこめたものになった（メダカの干物のどこが上品なんだ？　と突っ込まないでください）。話を戦前に戻す。

英語の先生には、綽名はつけなかった。だれもが、限りない敬愛の気持ちをもって、お名前で呼んでいた。

戦争が激化して英語の授業が廃止になり、つづいて全授業が廃止され、生徒たちは軍需工場で働くようになるのだが、その哀しい時期になる直前に、先生は結婚され退職なさった。十代の女学校生活といえば、思い出したくもない暗鬱な日々ばかりなのだが、林口先生の英語の時間だけは、一点の暗さもない、幸福とも呼べる時を持てたのであった。

「わが師の恩」『小説新潮』二〇〇五年八月

絵と私

小学校の二年のとき――昭和十二年――渋谷から世田谷に引っ越した。身の回りに突然本が増えたのは、そのときだ。

父は開業医だった。渋谷の宮益坂の裏あたりに家を借り、その一部を医院にあて、家族も住んでいたのだが、子供が増えて手狭になり、世田谷に家族用の住まいをかまえた。渋谷の家には、それまで世田谷の小さい借家に住んでいた祖父母と独身の叔父叔母が移り住んだ。父は世田谷の自宅から渋谷の医院まで車で通った。

新しい家は、大正から昭和初期にかけて流行った和洋折衷の造りで、外観は洋風、部屋は和室、応接間だけがとってつけたような洋間であった。さして広からぬ応接間に巨大な書棚が据えられ、それを満たすために――そのためだけに――何種類もの全集物が買い込まれた。世界文学全集や戯曲全集など、全集物がいろいろ刊行されてほどない時期でもあった（久世光彦さんのエッセイで知ったが、向田邦子さんも同じような書棚体験をされたらしい）。両親は忙しく、弟妹はまだ幼く、まるで私のために備えられたような本の宝庫であった。おかげで私は、親の目をしのびながら禁忌をおかして本の海の中を漂う幸運に恵まれたのだが、そのあたりのことは何度か書いたり喋(しゃべ)ったりしているので、はしょる。

棚を埋めた書物のなかに、世界美術全集があった。大判で、表紙は暗い褐色の模造革に金の箔押しがしてあり、ボール紙のサックに一冊ずつおさめられていた。天地と小口には金がべったり塗られているので、真新しいのをひらくと、かすかにばりばりと音がした。小口には湾曲したボール紙が当ててあり、丸背が歪(ゆが)まぬためとは知らぬ子供は、しまうときに邪魔でならず、親に内緒で捨てたりした。どうせ他の家族はだれも見ない。私の本だと思っていた。

古代から現代まで、時代ごとに輪切りにして一巻にし、その時代の美術を、東洋西洋日本、絵画から彫刻、工芸まで集めてあった。あいにくカラー図版は三分の一ほどであったが、教養だの理論だのとは無関係に、中世の宗教画、近代の印象派、キュービズム、エコール・ド・パリ、浮世絵……その名称もほとんどまだ知らず、ただ眺め、没頭していた。好きな画家、嫌いな絵、関心をもてないものと、おのずとわかれ、ギュスターヴ・モローにもっとも惹(ひ)かれた。物語性が強い絵だからだろうか。具象画のみならず、現代の抽象画からも、私は言葉にはならぬ物語を読み取っていた。絵の奥にはいつも物語が潜んでいた。

絵を描くのも見るのも好きだったのは、美術全集のせいだけではないと思う。小学校にあがる前から挿絵を真似て描き散らしたりしていた。しかし描きたいものと幼い手が描きあげたものとのギャップは、根元の蟻(あり)が樫(かし)の巨木を見上げるほど……というのもおこがましいか。眼高手低の嘆(たん)をつくづく味わったのは、小学校一年の図画の時間だった。国語の教科書の挿絵、どれでも好きなのを模写せよと言われ、私が選んだのは桃太郎凱旋(がいせん)の図であった。子供だましの簡単な絵ではない。精緻な筆致で描かれた、鎧(よろい)をつけた若武者の姿が好ましくて、せっせと鉛筆で模写したのだが、半分も写さないうちに時間切れとなった。

大人にはどうも、子供はのびのびとした絵を描くべきだという固定観念があるようだ。あの時代の風潮か今もそうなのか知らないが、当時は、画用紙からはみだすように勢いよく塗りたくった絵が褒められた。私は一年生に与えられるクレヨンが、嫌いだった。先端の鈍く太いクレヨンでは、どうしたって、モローみたいな神秘的な絵は描けない。二年だか三年だかになると、クレパスの使用を指定される。クレヨンよりは厚塗りができて油絵に少し近づくが、淡い繊細な色はだせないし、細い線も描けない。べた塗りするほかはない。焦(じ)れったかった。

私が始終画集に見入ったり、下手くそではあるけれどしきりに絵を描いているのを見た叔母が、上野の美術館に連れて行ってくれた。印刷された画集ではわからない、さまざまなマティエールに目を奪われた。

本も乱読していたけれど、将来小説を書くようになりたいと望んだことはなかった。小説とはきわめて難しいもので、私には書けないと、はなから諦めていた。上半分が空白で下に縦罫(たてけい)のあるノートに絵物語を書いて遊んでいたが、物語のほうは、読んだものの猿真似にすぎなかった。挿絵画家になりたいと、そのころは本気で思っていた。

戦争の激化、空襲、敗戦とつづいた。あいかわらず絵を描くのは好きだったけれど、渋谷の医院は焼けて、世田谷の家で父は開業したものの、凄まじいインフレーション、食糧難。暮らしは楽ではなかった。女子大の英文科に進んだが躰を壊して中退し、私は何事にも自信を失っていた。それでも未練がましく、近所の画家が生徒を取っていると知って日曜日ごとに通うことにした。焼け跡に素人が建てた掘っ建て小屋のような画家の家に通ってくる生徒は、私のほかに数人いたと思うのだが、よくおぼえていない。

画室に何枚もおかれた画家の作品は、同じモチーフで習作中らしく、どれも、不等辺三角形にデフォルメされた牛と横笛を吹く少年が、脇田和のようなあっさりした色彩で描かれていた。画家には若い妻と四つか五つぐらいの小さい男の子がいた。妻はみごもっており、身動きが大儀そうだった。画室のほかには食堂と居間と台所を兼ねる板の間が一つあるだけだったが、新しい木のにおいのする小さい家に住む三人の家族は、私には物語のなかの人物のように感じられた。重苦しい私の家とは雰囲気がまるで違っていた。

木炭紙にコンテで描く人体デッサンを初めて学んだ。モデルは髪の長い十五、六の少女だった。少女雑誌の口絵のような絵を描こうとする私に、若い画家はたいそう熱心に、対象を面で捉えることを教えた。人体に輪郭はないんだ。面でできているんだ。この面とこの面は、明るさが異なるだろう。髪の毛は、マッスで捉えなさい。

何回か通って一枚デッサンを描きあげると、すぐに、同じモデルを油絵で描くことになった。とたんに、私はすくんでしまった。コンテで明暗をあらわせても、色彩となると、どうしたらいいのか、皆目わからなかった。とまどう私に、石膏デッサンの基礎から教えこもうと思ったのだろう、画家は、油絵具を使う日曜日のほかに、別の日に特別、ひとりでくるように言った。月謝は増やさないのだから、今思えば、商売気をはなれた、ずいぶんな好意だったのだ。

その石膏は、能面のように顔の前半分だけで、それぞれの面を強調した、角張ったものだった。人物デッサンなら夢中になるけれど、面白みのない石膏には、すぐに飽きてしまった。私には、是非とも画家になるという意地も根性もなかった。なによりも自信が欠落していた。画家を目指すなら、石膏デッサンがその第一歩なのだということも知らなかった。背後に立った画家が後ろからおおいかぶさるようにして指導し、前に回した手が胸に触れるのが何だか気味悪くて、通うのを止めてしまった。

しばらくしたら、画家の妻が私の家にきた。人体デッサンが続いていたら、触られても止めなかったかもしれない。

に、止めるのか続けるのか伺いにきたと、遠慮がちに言った。一人分の月謝が入るかどうかは、画家の家計にとって大きかったのだと、今になって思う。そのときの私は、そこまでの気遣いはなく、小さく首を横に振った。

結婚し、子供も生まれて、団地に住んでいたころ、近くで他の画家が生徒を取っていることを知り、性懲りもなくまた通いだした。日曜日に、学齢前の子供を連れて通った。初老の気さくな画家だった。基礎も何も教えられずいきなり油絵で、静物が多く、たまに人物モデルを使ったりした。油絵具の色合いには言いようなく惹かれた。チューブから絞り出した絵具を、油のしみこんだ艶のあるパレットに少しずつ並べると、その魅力は宝石など比べ物にならないほどなのだが、あいかわらずの眼高手低、カンバスに色をおけば、見るからに素人くさいものにしかならず、一年足らずで止めた。絵具代、カンバス代を賄いきれないことが大きかった。食を削ってでも描くという自信と気迫があれば、結婚し子供を産むことはしなかっただろう。そのかわり挫折し自殺につながった可能性は大きい。結婚した相手がきわめてまっとうな生活感覚の持主だったので、生き延びた。自分は何の才能もないのだ、半分死んで生きるほかはないのだと、相手にも子供にも申し訳ないことを思っていた。ときどき、水のないところで暴れる魚のような気分になった。

連れ合いの姪が武蔵野美術学校（現・武蔵野美術大学）を出て素人に絵を教えるようになったので、姪を師にまた習い始めた。私は四十に近くなっていた。じきに物語書きの方が忙しくなり、ついに絵はものにならず、完全に止めた。物語を創りそれが本になることで、内心の飢餓が鎮まりもしたのだろう。物語書きも四十の手習いである。犬掻きもできないのに背の立たない海にいきなり放り込まれたようで、わけもわからずもがいているうちに三十年余り経ってしまった。

宇野亞喜良さんのイラストレーションに六〇年代から魅了されてきたことは、今度刊行される短篇集『絵小説』の最終話に記した。短篇はいずれも、詩の一節を私が選び、それを発想のもとにして宇野さんが絵を描いてくださり、詩句と絵から私が物語を創るという過程を経ている。毎回この詩から宇野さんがどんな絵を描いてくださるのかとわくわくし、意表をついた素晴らしい絵をいただくごとに、身に余る嬉しさをおぼえた。こんな言い方を宇野さんは嫌がられると思うけれど、ご寛容ください。この仕事のあいだ、美術全集を見ながら物語を想像していた幼いころを、私は懐かしく思い出しもしたのだった。

『青春と読書』二〇〇六年八月／『皆川博子の辺境薔薇館』河出書房新社、二〇一八年五月

お焦げのお結び

部屋に暖房といったら火鉢が一つしかない冬の朝は、寒かった。

ガスストーヴは応接間に恭しく(うやうや)おいてあるだけの酷寒の朝、瀬戸の大火鉢には四角い金網がかぶせてあり、その上に、ねえやが肌着をのせて暖めておいてくれるのだった。

小学校に上がる前だから、七十年あまり昔のことだけれど、思い切ってパジャマを脱ぎ捨てた素肌に、暖かい――時には火傷(やけど)しそうなほど熱くなった――下着をつけたときの、感覚は、今でも鮮やかだ。

もう一つ嬉しいのが、着替えた後に、小皿にのせてねえやがわたしてくれる、小さいお結びだった。

台所にガスはひいてあったから、薪(まき)で炊くよりは楽であるにしても、スイッチを入れたら後は放っておける電気釜と違って、火加減をしじゅう見ていなくてはならない。油断すると吹きこぼれる。

だから、ねえやは真冬でも朝の五時には起きて、前の晩にといだ米を入れた釜をのせてあるガスコンロにマッチで火をつけるのだった。水仕事の絶えないねえやの手は霜焼けで赤くふくれ、指の頭のあかぎれに黒い膏薬がつまっていた。固い練り膏薬を針の先で少しとって、火に焙ってやわらげ、割れた傷口に指先に押し込むとき、ねえやの顔は痛そうに歪んだ。

炊きあがったご飯をお櫃に移すと、釜の底にお焦げが残る。炭化した部分は捨てる他はないけれど、ほどよく焦げたのをぎゅっと握って醤油をしみこませたお結びは、こよない朝の〈おめざ〉だった。白飯を握って醤油をつけて焼いた〈焼きお握り〉とは味が違う。

今のように種類が豊富ではないまでも、戦前でもご馳走はあったけれど、思い返してもう一度食べたいと思うのは、お焦げのお結びだけだ。

ああ、もう一つ思い出す。スマック・アイスというアイスクリームだ。母が銀座かどこか、買い物にちょっと遠出したときの、子供たちへの土産は、かならずスマックだった。直径三センチ、長さ十センチぐらいの円筒形のアイスクリームの外側を、はりはりした薄いチョコレートでくるんである。子供の時食べた味には、懐かしさが加わるから、客観的にそんなにおいしいかどうかわからないし、今だって似たようなのはあるのかもしれないけれど、あのころは、何より嬉しいおやつだった。

戦争が激化すると、食べ物が乏しくなった。ことに、甘いものがなかった。疎開した先が東北の親類の家で、正月でなくても何かというと餅を搗いた。搗きたての柔らかいのを丸めて、茹でた枝豆のすりつぶしたのをまぶしたズンダというのを、この時初めて食べた。砂糖は配給制で乏しかったはずだが、甘くておいしかった。祖母は配給の砂糖を思い切りぶち込んだのだったろうか。一緒に疎開した若い叔母が、配給の小麦粉と重曹となけなしの砂糖で、スポンジケーキを焼いてくれた。飾り付け用の生クリームなど手に入らない。淋しいからと、叔母は、溶いた食紅で、ケーキの上に模様を描いた（思い出が深いので、最近、占領下のポーランドを舞台にした小説の一場面に使った）。

昔はよかった、などとは、絶対思えない。朝五時に起きて、割れて血を吹く指先に膏薬を詰めながらお釜のご飯を炊くより、スイッチひとつで炊きあがる電気釜を使えるほうが、はるかによい。冬の朝、火鉢一つで震えているより、エアコンと床暖房で暖かく過ごせるほうが、どんなにかありがたい。

だから、お釜のお焦げのお結び、醬油の香りが唾を誘うあれを、もう一度食べたいなんて贅沢は言わない。幻のマイ・ラスト・メニューにとどめておこう。

「「食」を読む」『野性時代』二〇〇七年三月

ねえやのお握り

久世光彦（てるひこ）さんが雑誌に長年書き続けられた「マイ・ラスト・ソング」というエッセイがある。生の最後にどんな歌を聴きたいか、という自問自答から始まったエッセイは、久世さんの心に刻まれた歌にまつわる、戦前から戦中戦後にかけての歴史にもなっている。

マイ・ラスト・ディナーは何だろうなと、久世さんのひそみにならって思いめぐらしてみる。つまりは懐かしい思い出のある食べ物ということになるが、生を終わる前にただ一つ食べたいものといえば、幼いときに食べたごく素朴なお握りが、思い浮かぶ。

一口で食べられる小さいお握りが二つ三つ、小皿にのっている。

戦前のことゆえ、もちろん電気釜などはなかった。

ねえやは前の晩に米をとぐ。冬でも、指先が痺（しび）れそうな水に手を突っ込み、ざっくりざっくりリズミカルな音を立ててといでいた。ねえやは小さい声で歌っていた。霜夜の篠藪（しのやぶ）、霜でさーらさら、ざくりざっくりざっくりしょ、鼬（いたち）がおまんま炊くだとさ。

台所は寒かった。勝手口の板戸は建て付けが悪く、閉めていても隙間風が足元をなぶるのだった。

水を張った米の上に、手のひらを腕と直角になるようにおいて、手首のあたりまで水がくるよう加減する。

ガスコンロの上に、底の丸いお釜を据えるための特別な枠がおいてある。重い釜の縁――鍔(つば)と言ったと思う――に両手をかけ、よっこらと掛け声をかけて持ち上げ、しょ、と枠に据える。

田舎から出てきたねえやは、四つ五つの私にはずいぶん大人に見えたけれど、今思えばほんの十六か七ぐらいだった。尋常小学校を出て、十五、六になると住み込みの子守、あるいは女中として奉公に出る女の子が多い時代だった。

私はたまたま、雇うほうの家に生まれた。小さいときは、他人の家に住み込んで働くねえやの哀しみや辛さはわからなかった。

台所の脇の、陽の当たらない三畳ぐらいの部屋がねえやの寝場所だった。部屋の隅に、着替えなどを入れた行李(こうり)がおいてあった。

私は、ねえやがかまってくれるのが嬉しくて、割烹着(かっぽうぎ)の裾にしじゅうまつわりついていた。ねえやは朝の五時には起きて、ガスに火をつける。おみおつけの具を刻みながら、ねえやはたえず、火加減を見ていなくてはならない。吹きこぼれる前に火を細める。火を止めてから蒸らしてお櫃(ひつ)に移す。釜の底に、どうしてもお焦げができる。それをこそげとって、ねえやは小さいお握りを作る。

醤油をまぶして、ちょっと火に焙(あぶ)ると、それは香ばしいにおいがただよう。

幼い私が寝床を離れるのはそのころだった。

冬の朝。肌着は、ねえやが火鉢にすっぽりかぶせた箱形の網にのせ、暖めておいてくれる。寝間着を脱ぎ捨てて、炭火の熱を吸ってほっこりとした下着を素肌に着ける。

香ばしいにおいのする小皿を、ねえやが台所から持ってきてくれる。

お焦げの小さい熱いお握りが二つ三つ。香ばしい醤油味。

小説書きの仕事をするようになってから、時々ホテルに泊まる。深夜のルームサービス・メニューに、焼きお握りがある。型抜きしたご飯に醤油を塗って焼いたお握りは、冬の朝ねえやが作ってくれたお焦げのお握りとはまったく別物だ。

私はもうあのときのねえやの顔も憶(おぼ)えていないけれど、指先があかぎれで割れた両手でぎゅっと握ってくれたねえやのお握りの味は、今でも鮮明に思い出せる。

『四季の味』二〇〇八年秋

電車の切符

　小学校三年生の夏だったから、七十年あまり昔の話になる。

　渋谷に住む祖母のところに一人で遊びに行き、帰りも一人で井の頭線に乗った。今のような自動改札ではない。窓口で切符を買い、駅員が改札口でパンチを入れる。下北沢で下り、改札口で切符を渡し、出ようとしたら、駅員に呼び止められた。珍しいことに若い女性の駅員であった。

「不正乗車したわね」恐ろしい声で咎めた。

　否定したが、切符の日付が古いという。たしかに数日前の日付が記されていた。

「拾った切符を使ったんでしょう」

　まったく身に覚えがない。不正なことをしたと駅員は罵倒し、乗車賃を払えと言い、私は断固否定しつづけた。

　ようやく解放されたが、悔しくてたまらず、それでも途中は我慢していたけれど、家に帰り着くなり、大泣きした。

ちょうど居合わせた父にどうしたのだと訊かれ、事情を告げた。父は血相を変え、いっしょにきなさい、と私を連れて駅にむかった。

駅員に怒鳴りつけた。

「うちの娘は、絶対に悪いことはせん。嘘はつかん」

その怒りようは凄まじくて、駅員の唇から血の色が引いた。背が高く、痩せて骨張った体つき、三つ編みのお下げ、こけしのような丸顔に大きい目をした顔立ちを、今でもおぼえている。

切符の日付が違っているのは事実なので、駅員もがんばった。〈あおざめてがたがた震える〉と、小説などによくでてくるが、文字どおり人が震えるのを、あのとき初めて見た。父の怒りは、私の悔しさを数倍上回っていた。年嵩の駅員が出てきて取りなし、事をおさめた。

明治生まれの父は、子供の躾に厳しく、清廉、誠実を生きる信条にしていた。不正と卑しさを何より嫌った。私はいささかうしろめたかった。切符の件に関しては不正などいっさいないが、これまで一度も嘘をついたことがない、などということはない。父に嘘をついたことはない――怖くてできない――けれど、母には嘘でごまかしたことが何度かある。父の信頼に値しない子であった。

明治の男は、どれほど愛しんでいようと、小学三年生にもなった子供と手を繫いだりはしない。すたすた歩く父に、小走りになって私は並んだのだった。

「心に残る、父のこと母のこと」『月刊ＰＨＰ』二〇一〇年十二月／
『父へ母へ。１００万回の「ありがとう」』ＰＨＰ研究所、二〇一六年九月

わっと煮立ったら

所帯を持ってから六十年余りになりますが、結婚当初このかた、いまだに作っている、たいそう簡単なレシピがあります（まだ、レシピという言葉も使われていませんでした）。

みじん切りにした葱（ねぎ）と唐辛子の輪切りと挽肉（ひきにく）を炒め、火が通ったら醬油を入れ、醬油がわっと煮立ったら、豆腐を入れて、しゃもじで突き崩しながら炒める。

これだけです。〈麻婆さんのとうふ〉と題されていたように思うのですが、記憶違いかもしれません。教えてくれたのは、『暮しの手帖』という雑誌でした。〈わっと煮立つ〉という感覚的な表現は、その記事に記されていました。

麻婆豆腐というものが世にあることを、初めて知りました。つれあいも、初めて食べたと言って、美味（おい）しがりました。戦前生まれの戦争育ちですから、身につけている手料理は、ごくわずかでした。

『暮しの手帖』のおかげで、レパートリーを増やせました。それまで親がかりだったのを、二人だけで暮らすことになり、失敗だらけでした。つれあいのズボンにアイロンをかけ見事な焼け焦げを作り、炬燵の行火を直に置いて畳に丸い穴をあけ、なんとも危なっかしい暮らしぶりでした。父の知人の持ち家を格安に借りたので、一軒家ではありましたが、東京も西のはずれの畑地で、ガスも水道もひいてなくて、料理は電熱器と七輪です。外の井戸の上に水槽が据えてあり、つれあいは、出勤の前にポンプを漕ぎ、井戸水を水槽に満たしてくれます。台所の蛇口をひねれば水槽の水が出るようになっていました。風呂がなく、銭湯も近くにないので、つれあいの姉の家まで遠出し、貰い風呂でした。冬の朝は寒いので、枕元に電熱器を置き前の晩に作っておいた味噌汁の鍋をのせ、二人とも蒲団に入ったまま、うつぶせに顔だけ出して朝ご飯をとるという、お姑さんがいたら即座に追い出されるに違いないことをやっていました。……が、ご飯はどうしていたのかしら。電気釜という便利なものはなかったのに。洗濯機はもちろん電気冷蔵庫もまだ普及していなくて、盥と洗濯板で揉み洗いですし、冷蔵庫は大きな氷で冷やすものだったのですが、そのあたりのことは、まるで忘れてしまいました。

　今は、もったいないほど暮らしやすくなりました。蛇口からはお湯が出る。洗濯は乾燥まで機械がやってくれる。人の寿命は五十年と言われて育ったのに、思いもよらぬ長い時を与えられたのは、便利になったおかげもあります。そのほとんどが電気に頼っていることを思うと、複雑な気持ちにはなるのですが。いったん電気が絶たれたら、もう、暮らしが成り立ちません。

　食事作りも楽になりました。食材は豊富だし、調味料も和洋中華、東南アジアのものまで手に入り、ネットで調べれば、即座に多種多様な料理法を知ることができますし。

それでも、いまだに、『暮しの手帖』でおぼえた簡単この上ない〈麻婆豆腐〉は、私の得意料理のひとつです。

『暮しの手帖』二〇一四年八・九月（夏号）

Age 15　この年、世界が倒立した

連日連夜、空襲警報が響いた。下町が絨毯爆撃にあった。その後、私と弟妹は、祖父母と叔母に伴われ、祖父母の郷里に縁故疎開させられた。

一九四五年。私は十五歳。女学校の三年から四年に進む間の、春休みにあたる時期であった。父と母は東京に残った。

あまりに遠い記憶になったので細部はさだかではない。列車の混雑が凄まじく、途中の駅から乗る人々は、窓枠をまたいで入ってきた。席の間の通路にも乗客は座り込んでいた。

山裾の温泉地に親戚が関係している宿屋があり——営業は中止していたが——そこにひとまず落ち着いた。父の従兄が、近くの市で珪藻土の会社を経営し、市会議員でもあったりして、羽振りはよかったらしい。長男なのに名前が忠治郎で、その弟が桃太郎。兄弟の母親——よれよれの婆さんだが威勢がいい——は、おりえ婆といい、〈俺家の忠治郎〉をたいそう自慢にしていた。わたしたち子供はこの婆さんを〈ぞろり金歯〉と呼ぶことにした。前歯四枚が光り輝いていた。

おりえ婆は勇敢な逸話の持ち主であった。家が火事になったとき、屋根にのぼって仁王立ちになり、「俺家が火事だ。助けてけろ」と叫びながら赤い腰巻きを振りまわした。消防士たちがくるまで、この火伏せの呪いで頑張っていたのだそうだ。

毎朝、宿の下働きをしている娘さんが、十能（炭火を運ぶための小さなひしゃくのようなもの）で火種を持ってきてくれたこと、その娘さんが里芋の皮を剝くのを、私はデッサンしていたこと（手伝えよ、と言われそうだ。少し、手伝った）、炉端で、大きい鍋で煮込んだ芋や大根の味噌汁を食べたこと。おぼえているのはそれくらいだ。

学校が始まるので、忠治郎氏が市会議員をしている市に移った。仕事をしていない提灯屋の店の部分と二階の一部屋を借りて、疎開暮らしが始まった。

学徒勤労動員で授業がなく工場で働くのは、東京の女学校も同じだったが、生活のありようがまるで違った。そのことや、地元の生徒と疎開っ子たちのいざこざなど、いろいろあったが、はぶく。

この年が特別なのは、〈敗戦〉そうして〈敗戦直後〉だからだ。

敗戦後すぐ東京に帰り、元の女学校に復学した。校舎は空爆で焼失し、焼けなかった他校の講堂を借りて、始業式が行われた。

そのとき、敗戦より大きなショックを受けた。

二人の教師が、〈私は共産党員です〉とでかでかと記した札を誇らしげに左胸につけて、生徒たちの前に立ったのだ。

一人は私たちが三年の時就任した教師で、勤労動員中だから、授業は受けていなかった。我ら女学生がつけたあだ名はバカヒンだった（ヒンは馬の鳴き声です）。もうひとりは古くからいた国語の女教師であった。

戦争中はおくびにも出さず、愛国主義を鼓舞した教師たちが、突然、変貌したのだ。

戦前から戦中にかけて、共産党は非合法であった。敗戦と同時に、一大勢力となった。

戦争より、敗戦より、教師の裏切りが鮮烈であった。

そうして新聞はいっせいに、〈戦後民主主義〉を謳い上げ、戦争した日本を糾弾するようになった。「命を大切にしましょう」昨日まで、身を鴻毛の軽きにおけ、命を惜しむな、と獅子吼していたのに。

日本のあらゆることが——礼儀作法も——、封建的と貶められるようになった。

白衣の勇士と称えられた傷病兵は、その白衣を着け街頭で物乞いをしなくてはならなかった。電車では、募金箱を胸にさげた白衣の元兵士が車内に入り、喜捨を乞う。乗客は不機嫌に目をそらせた。国のために戦い、悲惨な姿で復員してきた将兵は、戦地で人殺しをした、と内地の人々から冷たい目を向けられた。彼らを思い、今痛哭する。

バカヒンは新設の商業という課目を担当し、簿記の付け方などを教えるようになったのだが、授業はそっちのけで、共産主義の礼賛ばかり述べ立て、デモへの参加を生徒に勧めた。学校の民主化のためにどうしたらよいと思うか書きなさい、と課題を出され、バカヒンの喜びそうなことを書いてみた。「職員会議は生徒たちのことを討議するのですから、生徒も出席させるのが民主主義ではないでしょうか」提出した翌日、バカヒンは私を呼び止め、声をひそめ「たいそうよい」と、こそこそと褒めた。うしろめたいことをやっている仲間、というような囁き声だった。こっちは猛烈に腹が立っていた。大人が望むように、書いてやったのだ。小学生の時、決まり切った言葉で兵隊さんへの慰問文を書かされたように。今でも、思い出すと怒りが湧く。

「年齢を巡るリレーエッセイＡｇｅＸ」『月刊ジェイ・ノベル』二〇一五年一月

国敗れて七十年

第二次大戦末期、〈子供の檻〉という捕虜収容所が作られた。ソ連軍と西側の連合軍が東と西からベルリンに迫り、ドイツの敗北は必至であった。収容されたのはドイツの少年兵たちである。兵力が極度に不足したドイツでは、六十歳の老人から十六歳の少年までがドイツ市民軍として郷土防衛のため武装した。実際には十二、三歳の子供まで武器を取らざるを得なかった。彼らは戦車の攻撃に備えタコツボを掘り、対戦車砲をかまえた。敵襲の気配を察知した温情ある指揮官に「戦争はじきに終わるから帰宅してよい」と言われ、我が家まであと一キロというところで米軍の捕虜になった子供兵士もいる。〈子供の檻〉には十二歳から十八歳未満までおよそ一万人が収容された。「君たちがこれまで国家から教えられたことはすべて誤りである」と教育係が教えた。アンケート用紙が配られた。「世界中の人々が自由に暮らせる方が、国家社会主義より素晴らしいと思わないか」子供たちは記した。「思わない。だれもが自由放埒を求める個人主義は、国家の秩序を破壊する」収容期間中に十八歳になった者はフランス側に引き渡され、大人と一緒の捕虜収容所に入れられ、地雷除去や鉱山などでの強制労働につかされた。ドイツ軍捕虜が収容所において連合軍から如何（いか）に残酷な扱いを受けたかは、『捕虜』（パウル・カレル&ギュンター・ベデカー）に詳しい。飢餓と疫病蔓延（まんえん）でドイツ兵捕虜の多くが死んだ。

ドイツの敗戦からほどなく、日本が連合軍に降伏した。私は十五歳だった。敗北とともにアメリカから突然押しつけられた〈戦後民主主義〉を生徒たちにどう教えるか、教師たちは途惑（とまど）い狼狽（うろた）えていた。戦時中は愛国を唱えた教師のうち二人が〈私は共産党員です〉という札を誇らしげに胸につけ、九月の始業式に臨んだ。どうだ、文句があるか、という顔であたりを睥睨（へいげい）していた。敗戦より強烈なショックを受けた。生徒への裏切りだ。

ようやく祖国に復員した将兵は、戦地で人殺しをしたと内地の人々から冷たい目を向けられ、身体欠損や盲目となった傷兵は、路傍で屈辱に耐え物乞いせねばならなかった。渋谷の街角でアコーディオンを弾きながら悲しい歌を歌っていた白衣の姿は忘れられない。〈国のため〉という言葉は軍国主義の烙印（らくいん）を押され、それまでの日本のすべてが、封建的の一言で否定された。爾来（じらい）、心の隅に小さい絶望が棲（す）みついたまま、敗戦後の七十年を過ごす。

『オール讀物』二〇一五年二月

過ぎ去りしもの　懐かし　哀し

向かい合って二列に並んだ伯母たち、いとこたち、母。いっせいに手拍子を打ちながら「へぼぬけ、へぼぬけ」と囃(はや)す。私と弟もまねをする。

十畳の座敷からはみ出しそうな人数であった。母とその姉三人がそれぞれ東京に所帯を持っていたので、正月というと、総出で集まるのだった。母は男二人女四人の兄妹の末っ子で、その子供も当然幼い。長女の私と上の弟がかろうじて仲間に入っていた。伯父たちや父は不参加だ。正月二日は我が家、そのあと、三日だったか四日だったか、一番上の伯母の家でも集まりがもたれる。母方のいとこは、総勢何人いただろう。同い年の一人をのぞき、みな私よりはるかに年上で、まばゆいほど大人に見えた。

庄屋と猟師と狐が、ジャンケンのグー、チョキ、パーのように三すくみの関係にある。庄屋は尊大にそっくり返り、猟師は鉄砲をかまえる姿勢、狐は両手を頭の両側にあげ、指先を曲げて獣の耳の形を作る。

おっちょこちょいの「ちょい！」を合図に、対した二人が思い思いの形を取る。
恰幅のよい、富家の奥様然とした一番上の伯母が、このときはメンコで闘う子供みたいに真剣になって、おっちょこちょいの、ちょい、と狐のポーズをとる。その顔が、いまだに記憶に残っている。

勝った側は「勝ったぞ、勝ったぞ」、負けた側が「負けたぞ、負けたぞ」、そして声を合わせて「おっちょこちょいの、ちょい」。で、また「へぼぬけ、へぼぬけ」が始まる。紅白対抗の勝ち抜き戦だ。

江戸時代末期から明治にかけての色里でもこの狐拳は流行り、でも「へぼぬけ」とは歌わず、「よ、よいの、よい」だったらしい。母たちの郷里である三島だけの歌い方なのだろうか。色里では、客と遊女や芸妓が差しで勝負し、負けるごとに着衣を一枚脱ぐ。あれ、嫌でござんすよ、旦那さん、もう、かんにんしておくんなさいよ、というような場面は、小学校低学年の私はもちろんのこと、伯母たちもいとこたちも、だれひとり連想しなかっただろうと思う。どこも堅い家風であった。

百人一首の歌留多取りとなると、小さい子供たちははじき出される。三人の伯母と母、年上の従兄従姉たちが、身を乗りだし、鼠を狙う猫の目つきになる。「来ぬ人をまつほの浦の夕なぎに」と朗々と読み上げる声を聞きながら、同い年のいとこと私、二人の弟は、次の間の掘り炬燵で、幼い妹の世話をするねえやといっしょに「犬も歩けば」だ。大人と子供の違いを強く感じた。ねえやは正月も休みなしだ、とまでは考えが至らなかった。

一番上の伯母の家の集まりでは、かならずジェスチュアをやった。これも二組に分かれ、相手方の一人を呼び、題を与える。身振りだけで仲間に何とかわからせようと、苦心する。ゆうかんマダムという言葉を、この遊びのとき、初めて知った。勇敢なマダムのことだと思い込んだ。そのジェスチュアをすべく選ばれたのが、明確にはおぼえていないが、旧制中学四年か五年ぐらいの従兄だったと思う。私にはさっぱりわからなかったが、年上の従姉や伯母たちが笑い転げていたから、有閑マダムをうまく表現したのだろう。

弟が相手方に呼ばれ、題を与えられた。困っている小さい弟に、相手方はやり方を耳打ちした。外股歩きでステッキを振る格好に、チャップリンかと私は思ったが、こっち側のいとこたちは「＊＊のおじさま！」と笑い声を上げた。私の父はこういう歩き方をするのかと、認識を新たにした。

この伯母の家には黒岩涙香（るいこう）の全集が揃っており、『少女の友』や映画雑誌も積まれていて、私には宝庫だった。〈不健康で頽廃的（たいはい）〉な『少女の友』は、まことに魅力があった。

やがて空襲が始まり、鉄道の駅に近い伯母の家は強制家屋疎開の対象になり、焼夷弾（しょういだん）で焼かれる前に、生身（なまみ）の躰（からだ）を叩き殺すように取り壊されたのであった。

『文藝春秋』二〇一八年二月

第二部

舞台つ記

忠臣蔵と表裏なす　四谷怪談①

顔に腫物ができると、お岩様のよう、というのが慣用句になっている、歌舞伎に興味のないひとでもお岩様の名だけは知っている、それほど有名な「四谷怪談」ですけれど、この芝居が「忠臣蔵」と裏表になっているということは、お岩様の名ほどには知られていないようです。

お岩の夫・民谷伊右衛門は、塩冶の浪人、つまり、赤穂の浪人のひとりです。

当時は、現実の事件をそのまま舞台にかけることは許されなかったので、時代を昔にうつし、浅野内匠頭は塩冶判官、吉良上野介は高師直、というふうに名を変えたのですが、風俗はそっくり江戸、客もあの仇討ち事件と承知して観ていたわけです。

何人もの作者によって、いくつもの赤穂浪士復讐譚が書かれたなかでも、「仮名手本忠臣蔵」が代表的な人気作になり、今でも舞台にかければかならず当たるとされています。

江戸の人々が忠臣蔵を愛好したことも非常なものでした。それに、異議を申し立てたのが、狂言作者・鶴屋南北です。世人がこぞって、赤穂浪士の義挙をほめたたえるなかで、南北は、色と欲のために忠義いちずの徒党から脱落し、地獄道をさまよう若者に目をむけたのでした。今でこそ山田風太郎、井上ひさし、と、慧眼の作家たちが忠臣蔵の裏をみごとにあばいて描きだしておられますが、江戸の当時において、そこに着目したのは、南北ただひとりでした。

民谷伊右衛門という若者像をつくり出した作者の目の凄さ、恐ろしさを、「四谷怪談」の台本を読み返すごとに、痛感します。南北は「忠臣蔵」と「四谷怪談」二本の狂言を二日続きで、一日目はそれぞれの前半、二日目は後半をつなげて上演することで、作のねらいを明らかにしました。今はこの上演方法はとられないので、南北の意図は忘れられがちですが、小劇場〈花組芝居〉が「いろは四谷怪談」で綯い混ぜを復活し、南北を現代に生かしています。

『毎日新聞』一九九一年十一月六日付夕刊

リアルの先に幻想　四谷怪談②

歌舞伎、と一口にいっても、出雲阿国によって創設された慶長の阿国かぶきから、現代にいたるまで、時代によって、内容はずいぶん異なります。阿国がはじめたのは、そのころの風俗をまね、男が茶屋にかよう場面をコミカルに写したりしたものでした。遊女屋が資本にものをいわせて、踊りと音楽を華やかにし、いわば、レビュー形式に変えました。〈かぶき踊り〉と呼ばれたゆえんです。

その後、舞台の内容はドラマ性を持ちましたが、江戸歌舞伎に、卑賤な下々のありようを、なまなましく取り入れたのが、これも、鶴屋南北です。江戸時代にあっては、庶民の市井生活が、リアルな〈現代〉であったわけです。その〈現代劇〉を〈世話物〉と呼び、なかでもことさら写実的なものを〈生世話〉と呼びましたが、南北が出るにいたって、〈生世話〉は、南北の独特な作風の呼称になりました。

　通り一遍の写実を、南北は突き抜け、リアルに徹することで逆に幻想的ともいえる不思議な世界を顕現させていきます。

「東海道四谷怪談」の序幕は、浅草界隈の私娼窟の活写が凄まじく、南北の生世話の代表的な場面です。

　残酷であると同時に恐ろしい笑いをも誘う南北劇の特徴も、この場面に顕著です。

　お上の目をはばかり、表向きは灸点と口入れを兼ねる見世。反古張りの襖、やぶれ障子、と見るもいぶせきあばら屋。そこに置かれた一双のぼろ屏風が、南北ならではのブラックユーモアのための小道具です。

　年増好みと娘好み双方の客を同時に満足させるため、顔を半分ずつ、眉のない年増と眉をひいた娘につくりわけた私娼が、屏風から顔を半分だけ出して、客をたぶらかすのです。

　現今の歌舞伎より、一時期の寺山修司や唐十郎の舞台に、南北のあのアナーキーさは伝わっているように、私には思えます。

『毎日新聞』一九九一年十一月十三日付夕刊

トリックの効果　四谷怪談③

　いまでは見慣れてしまって、だれも格別感嘆もしませんけれど、宝暦のころに考案された廻り舞台は、画期的な発明でした。

　観客は、日常生活、現実生活の気分をまとって劇場に入り客席につく、それを、舞台という異空間に現出する非日常、非現実の世界に力ずくでひきずりこみ、〈日常〉どころか、客が自分の存在まで忘れるほどに没入させ陶酔させなくてはならない。幕が開いたら閉まるまで、客を我にかえらせてはならない。廻り舞台による場面転換は、醒める余裕を客に与えないし、視覚的な意外性もあります。

　廻り舞台のほかにも、田楽返しやら居所変わりやら屋台崩しやら、舞台機構の工夫は、江戸の時代がさがるにつれ、めざましくすすみます。「四谷怪談」は、大道具の仕掛けの新工夫の点でも、傑出しています。

もっとも有名なのは〈戸板返し〉で、川を流れてきた戸板を伊右衛門が引き上げると、お岩の骸がくくりつけてあり、裏返すと小平の骸。この二つの死骸を一人の役者がつとめるという大けれんです。

また、お岩の亡霊が小さい提灯を抜けてあらわれたり、壁のなかに消えたり、仏壇から半身のりだしたり、仇の襟がみつかんで仏壇にひき入れたりと、客の意表をついた出没をみせます。

歌舞伎とミステリのさまざまな共通性に着眼したのは、ミステリ作家の故小泉喜美子さんでした。舞台の意外性に南北が工夫をこらしたさまは、壮大なトリックの案出に心血注ぐ本格派のミステリ作家、最近でいえば島田荘司さんや綾辻行人さんにかさなるように思われます。トリック重視はしばしば人間軽視になりがちですが、人間の本質的な暗部に据えた目が必然的にけれんにつながる南北の特質を、島田さん、綾辻さんたちもそなえておられ、ことに島田さんの近作『水晶のピラミッド』に、その傾向を感じます。

『毎日新聞』一九九一年十一月二十日付夕刊

大道具の見事さ　長谷川勘兵衛①

劇場をおとずれる楽しみの一つに、舞台装置を見るということがあります。

舞台装置は、ときに、それだけで、役者の魅力に匹敵するほどの力を持ちます。

もうずいぶん遠いことになりますが、日生劇場の「エレファントマン」の装置の美しさは、忘れられません。

歌舞伎の場合は、舞台飾りは定式があり、演目によって一定していますから、目新しい変化はないのですが、その定式が完成するまでに、数々の工夫がなされたわけです。

前回でも、歌舞伎の舞台機構・大道具の工夫のすばらしさを讃えましたが、私は歌舞伎に触れるようになったのがたいそう遅く、最初はほとんど異邦人の目で観ていました。それだけに、芝居の内容だけでなく、衣裳から装置・大道具の工夫のみごとさにも、まことに新鮮な感動をおぼえたのでした。

たとえば、セリです。舞台の下に奈落という場所がある、それを巧みに生かし、平面の舞台に垂直の動きを付加し、しかも、花道七三のすっぽん（セリの一種）には、妖怪変化や亡霊の出没する場所という性格を、約束事として与えています。地下の奈落は、まことに、地獄を思わせる暗鬱な場所です。地獄から舞台の上の空間にセリ上がってくる。劇的な出現です。

いまでは宝塚など歌舞伎以外の劇場でもセリは大活躍ですけれど、その濫觴は歌舞伎です。――正確には竹田からくりが初めてで、歌舞伎はそれを大規模にしたわけですが。

セリや廻り舞台を案出したのは上方の狂言作者・並木正三ですが、江戸で歌舞伎の装置・大道具を一手に引き受けていたのは、長谷川勘兵衛でした。

大道具師の棟梁として、長谷川勘兵衛は、現代まで伝統を引き継いでいます。代々の勘兵衛について記された『大道具　長谷川勘兵衛』は古書店などで入手可能です。

『毎日新聞』一九九一年十一月二十七日付夕刊

明治の演劇改良　長谷川勘兵衛②

十七代目長谷川勘兵衛氏の著作『大道具　長谷川勘兵衛』によれば、この名跡は、明暦の初めごろ――十七世紀半ば――に始まったそうです。このころ、江戸に町中を焼きつくすような大火があり、芝居小屋も焼失し、再建されました。その後も江戸は火事が多く、小屋は度々焼けては建て直されるのですが、その度に、規模を大きくし機構をととのえていきます。歌舞伎の演出の妙味は、大道具と密接な関係にあります。その仕掛けを一手にひきうけた代々の長谷川勘兵衛の功績は、役者、作者たちの名とともに、讃(たた)えられてしかるべきと思います。

南北の「四谷怪談」戸板返しやら提灯(ちょうちん)抜けやら数々の奇抜な仕掛けに協力したのは、十一代目勘兵衛ですが、もうひとり、十四代目の業績も傑出しています。

弘化四年(一八四七)に生まれ昭和四年(一九二九)に八十三歳で没した十四代目は、江戸歌舞伎の残照のなかで幼時をすごし、多感な二十二歳で江戸幕府の崩壊に遇(あ)い、明治の新政府の方針による演劇改良運動の渦中で、業績を残したのでした。

明治維新は日本のありようを、大変換しましたが、芝居をも、大きく変えました。

それまで、芝居といえば歌舞伎の他はなく、庶民のこの上ない楽しみとなっていたのですけれど、一方で、役者はきわめて卑(いや)しいものとされていました。芸を見せると同時に色を売るのが、江戸の役者たちでした。その陋習(ろうしゅう)をあらため、役者の社会的地位を高めようとしたのが九代目團十郎で、海外においては、役者は世間から尊敬されている、わが国も見習うべきであると主張し、福地桜痴(おうち)らとともに演劇改良に力をつくし、天皇が観劇する天覧芝居にまでこぎつけました。外相井上馨邸に天覧のための仮舞台を設計したのも、十四代目長谷川勘兵衛でした。しかし、演劇改良とともに、歌舞伎は失ったものも多々あったのでした。

『毎日新聞』一九九一年十二月四日付夕刊

大道具師の心意気　長谷川勘兵衛③

十四代長谷川勘兵衛の芸談は、幕末から明治の役者の模様を知るうえでも、貴重な資料です。明治の名優といえば、まず上げられるのが、團十郎、菊五郎、左團次の、いわゆる團菊左ですが、その五代目菊五郎と勘兵衛は幼なじみでした。

菊五郎は子供のころ、かなりのいたずら坊主だったようです。継子(ままこ)いじめの芝居をまねて年下の勘兵衛を縄でつるしあげ、そのまま忘れてほったらかしにして遊びにでてしまったというような逸話があります。このとき、いたずら仲間だったのが、三代目澤村田之助。この妖艶な役者については、次回取り上げるつもりです。長じて勘兵衛は、菊五郎、田之助をはじめ役者たちのために、さまざまな舞台上の工夫をこらしました。「義経千本桜」は、たいそう華やかでいまも人気の高い狂言ですが、狐忠信が意表をついた出没をするけれんも、この芝居の楽しみの一つです。

置舞台の真ん中に穴をあけ、そこからあらわれるというのが、以前のやり方でしたが、凝り性の菊五郎に新工夫をたのまれた勘兵衛は、御殿の階段の中ほどにどんでん返しの仕掛けをもうけ、忽然と忠信を登場させるようにしたのでした。仕掛けが狂うといけないからと階段の端を上り下りする菊五郎に、それは見た目が悪い、自分の仕事は、決して狂いはしないから安心して真ん中を踏み上るがいい、と勘兵衛は自信をもってすすめ、その結果、菊五郎は見巧者にほめられた、という話などを読むと、当時の役者と大道具師の緊密な関わりや、工夫にかける熱意がひしひしとつたわる思いがします。

日光陽明門を引き写しにつくるという金銭的にはひきあわない仕事を、勘兵衛とその配下はなしとげていますが、最近では、妹尾河童さんが、舞台の上に近世初期の四条の橋を架けるという壮挙をしました。これも金銭の計算抜きの、仕事への情熱の産物です。

『毎日新聞』一九九一年十二月十一日付夕刊

一生涯が時代象徴

一人の傑出した人物の生涯が、奇しくも一時代を象徴する、ということが、ままあります。

先にとりあげた南北もそのひとりでした。

三十年もの長い下積みを経て、南北が「天竺徳兵衛韓噺」によって、ようやく立作者として名をあげたのが文化元年、それまでの雌伏のあいだに鬱積したものが堰を切ったように数多い傑作を残して没したのが文政の最後の年。南北の活躍した期間は、江戸の爛熟期と言われる文化・文政の二十五年間と不思議なほどぴったり重なっているのです。南北が死んだ翌年、年号は天保と変わりました。

もうひとり、三代目澤村田之助の死もまた、江戸歌舞伎の終焉と象徴的に重なりあっています。

大正時代の挿絵画家、橘小夢の名を知る人は今は数少ないことと思います。『澤村田之助曙草紙』という実録物の口絵は、小夢の描いた妖艶な女形の立ち姿です。大正から昭和初期にかけての挿絵は頽廃的な媚薬のような気配が濃厚ですが、ことに小夢の絵にはビアズレーのモダンさと絵草紙の残虐美、そうして大正期のいささか感傷的・浪漫的な甘美さがまじりあった魅力があります。

幕末を代表する女形、三代目澤村田之助は、明治五年に死没していますので、残された写真はわずか二、三枚しかありませんが、実を写した写真より、通俗的な挿絵画家・橘小夢えがく極度に美化されデフォルメされた絵のほうが、田之助の真の姿をつたえてくれるように感じられます。

田之助の美しさ、役者としての素質のすばらしさは、同時代の役者たちの芸談などからうかがい知れますが、江戸が東京と変わり、芝居の世界も欧風の影響を受け改良運動が起こり、その推進役である九代目團十郎が栄光にかがやいたとき、江戸の最後の花、田之助は、肉の腐乱する病のため四肢を失い、悲惨のうちに死んだのでした。

『毎日新聞』一九九一年十二月十八日付夕刊

美しい激しい女形

観客の目に見える肉体こそが、役者の武器なのに、両手と両足を病のために切断し、それでもなお舞台に立ち観客を魅了したのが、三代目澤村田之助です。こんな役者は、古今、そうして世界に、類がありません。

いったい、両手両足を失って、どうやって芝居ができるのか。さまざまな工夫がなされています。たとえば、「日高川」を人形ぶりでつとめる。文楽の人形遣いのように、後見が数人ついて、役者が人形のような動きをするのが〈人形ぶり〉です。

また、大道具師長谷川勘兵衛の、並々ならぬ協力がありました。

田之助は、幼馴染みの勘兵衛の技倆と考案力を信頼し、ずいぶん無理を頼み込んだようです。勘兵衛はそれに、応えました。

いまでもよく上演される「本朝廿四孝」という狂言があります。武田勝頼の許嫁、八重垣姫が、恋する勝頼に危難を知らせるため、諏訪明神の使いの狐に助けられ、凍った諏訪湖をわたって駆けつけると……、一口にいえば、そんな話です。舞台は、大名の屋形で、高二重といわれる屋体が装置に使われています。勘兵衛は、田之助の衣裳のかげに支柱のある金具をつけ、畳の縁にそって切り穴をつくり、自分は高二重の床下にもぐって、弟子と二人で支柱をささえ、田之助の動きを助けたのです。手足の不自由さを観客に感じさせない出来ばえであったそうです。

私は、子供のころ田之助の実録を読み、とり憑かれてしまいました。舟橋聖一、杉本苑子の諸氏をはじめ、何人もの先輩作家が田之助を素材に作品化しておられます。ことに杉本苑子氏の「女形の歯」は、田之助の魅力と内心の苦悩をみごとに描いた傑作で、田之助にゆかりのある藤十郎が舞台にのせています。

そういう先行作品があるのを知ってなおかつ、私もまた、『花闇』のタイトルで、美しい激しい女形・田之助を書かずにはいられなかったのでした。

『毎日新聞』一九九一年十二月二十五日付夕刊

芝居町のお正月

七草もすぎ、いささか時期遅れではありますけれど、江戸の芝居町の正月をのぞいてみましょう。

元日は、芝居はなく、三番叟のみが演じられます。翁を太夫元、千歳を若太夫、三番叟を座頭役者がつとめます。

太夫元というのは、座元、つまり、その小屋の興行権をもつ者のことです。

江戸時代には、金さえあれば劇場を経営するというわけにはいかず、公に許された四座――後に三座――だけが世襲で興行を許されていたのでした。

太夫元の跡継ぎの子が若太夫です。ともに、芝居関係者のあいだではたいそうな権限をもっていました。

三番叟は、単なる舞踊ではなく、神事の意味を持ちます。日本の芸能は本来、宗教的な意識が底流にあります。

元日とかぎらず、そのころは、狂言の開幕はつねに、まず、三番叟からはじまるのでした。ふだんは早暁に開幕しますから、太夫元が出演するわけにはいかず、もっとも下っぱの役者がつとめました。見物が一人もいなくても、本日の芸能を神に捧げますという意味で、三番叟はかならず演じられたのでした。

三番叟がすむと、舞台には緋と薄緑の毛氈が敷かれ、緋毛氈の上には太夫元・若太夫、薄緑のほうには役者がずらりと居並びます。

座頭は、春狂言の役割とそれをつとめる役者の名を読み上げ、それにつれて役者は一人ひとり平伏して挨拶します。

その後、色子たちによる華やかな踊りとなります。

役者の家では、床の間にめでたい軸をかけたり松竹梅を活けたりするのは一般の家庭と同じですが、脇床に、鏡餅がずらりと並びます。役者たちの間で、鏡餅を贈答するのです。奉書紙に金銀の水引をかけた祝い箸の袋に、客の名を、主みずから筆で書き、客はその箸袋を持ち帰る習わしでした。

『毎日新聞』一九九二年一月八日付夕刊

お詫び（わ）と私事

お詫びから書き始めなくてはなりません。

去年の暮れに、三代目澤村田之助のことを書きましたが、正月の休みも明けたころ、読者の方から電話をいただきました。

未知の若い女性の方で、遠慮がちな声で、「エッセイに田之助は明治五年に死亡とありましたけれど、明治十一年ではないでしょうか」とおっしゃるのです。

ご指摘を受けて、はっとしました。

明治五年は、田之助が舞台を引退した年で、その後ふたたび上方（かみがた）の舞台に立ち、没したのは明治十一年なのでした。

数年前『花闇』のタイトルで田之助を素材に長篇を書いたときは、正確に書いたのですが、このコラムでは、記憶違いのまま、杜撰（ずさん）なことをしてしまいました。

間違いは、まことに恥ずかしく、読者の方々に申しわけないのですけれど、そのお電話は、私にとって、それは嬉しいものでした。

目をとめて読んでくださる方がおられると知ったのも、もちろんですけれど、もう一つ、その方は、

「私の曾祖母が田之助の舞台を見たことがありまして」

と、言われたのです。さらに、

「実は私は小学校の三年のときにたまたま家にあった『澤村田之助曙草紙』を読み、田之助に夢中になってしまったのです。その後、田之助が忘れられなくて……」

私は思わず、喜びと共感の綯（な）い混（ま）ざった声を上げました。

「私もそうなんです。私も小学校の三年のとき、それを読んで、心に焼きついて……」

『曙草紙』は、実録物で、決してすぐれた文学作品ではありません。それでもなお、田之助という役者は、読む者をからめとらずにはいなかったのでした。同じ読書体験を持った方にめぐりあえたのは、望外の喜びでした。

今回は、お詫びと私事でスペースを使ってしまったことが、また、お詫びの種です。

『毎日新聞』一九九二年一月二十二日付夕刊

女と〈故郷の土〉

「……死ぬるとも、故郷の土」

これは、「恋飛脚大和往来(こいびきゃくやまとおうらい)」の、忠兵衛のせりふです。

耳にしたとき、ふいに、だいぶ前に見たドイツ映画の一場面が浮かびました。

『鉛の時代』というタイトルだったと思います。東京では小さい映画館一館で上映されたごくマイナーな映画でした。反権力運動にたずさわる姉妹。姉は穏健派だが、妹は過激なテロリストの一員。官憲に追われた妹が、仲間の男性たちとともに、姉の住まいに逃げ込みます。命がけの逃避行です。

疲れ切って姉の家にたどりつき、ようやく一息つくと、妹は椅子に腰も下ろさず、姉といっしょにお茶の支度(したく)をするのです。男と同じ危険をおかし、体力的には男たちよりはるかに消耗している女が、まず、お茶をいれ、男たちはほっとくつろぎながらお茶をのみ、監督もシナリオもそれを当然としていることに私はショックを受けたのでした。

数日前、猿之助劇団の若手による「恋飛脚……」を見たのです。

飛脚屋の養子忠兵衛が、女郎の梅川(うめがわ)と馴染(なじ)み、恋敵(こいがたき)とはりあって、あずかっている公金の封印を切り、身請けの金として使ってしまう。つかまれば、首のとぶ大罪です。二人は心中を覚悟し、忠兵衛の故郷大和の新口村(にのくちむら)に落ちてゆきます。生まれ在所に行けば、死んでも骨は故郷の土になることができる、と忠兵衛は言うのですが、梅川にも故郷はある……、と私はこのとき思い、『鉛の時代』の場面を思いかさねてしまったのでした。

忠兵衛の父親がたまたまそこに来あわせ、梅川はけなげに甲斐甲斐(かいがい)しく老人の世話をします。梅川にも死ぬ前に逢(あ)いたい肉親がいるだろうに……梅と、これまで同じ芝居を見ても気にならなかったことに思いがいたったのは、若い役者たちがたいそうな熱演で、型からはみだした生身の人間を舞台に見たからかもしれません。

『毎日新聞』一九九二年一月二十九日付夕刊

美文の普遍性

「この世の名残り夜も名残り、死にゆく身をたとふれば、仇しが原の道の霜、一足づつに消へてゆく、夢の夢こそあはれなれ」

近松門左衛門の浄瑠璃「曾根崎心中」の、有名な一節です。

七五調の詞句が何と美しいのだろうと、読み返すたびに思います。

前回言及した「恋飛脚大和往来」も、もとは近松の浄瑠璃「冥途の飛脚」で、道行きの場の冒頭に、「落人のためかや今は冬枯れて、薄尾花はなけれども、世を忍ぶ身のあとや先」と、露の雫を珠とつらねたような美しい詞が語られます。

近松の浄瑠璃ばかりではなく、謡曲にせよ、説経浄瑠璃にせよ、日本の古典芸能は、実に美しい言葉がつらねられています。

美文は類型的で内容空虚としりぞけられるようになったのは、いつごろからでしょうか。

美文はたしかに、書き手の個性を殺すかもしれませんけれど、私たちの心の奥底にとどく普遍的な力を持ちもすると、私は思っています。

歌舞伎の舞台は、役者の演技、大道具の魅力などとともに、浄瑠璃、長唄、清元などの音曲が効果をあげていますが、特別に習得している人をのぞいては、その文言を聞き取ることはむずかしくなりました。それでも書かれた文字を目で追えば、言葉の美しさ、漢字の字面の美しさが感じとれます。

明治・大正期の定型詩は、今はほとんどかえりみられることはないようですが、古典の水脈をひいた言葉の美しさが、それらにはあります。

歌舞伎はいま、ブームになっていると聞きます。

視覚に訴える舞台の美とともに、言葉の美をもあわせて賞味されるようになったら、嬉しいことです。

　滅びさせるにはあまりに惜しい言葉たちです。

『毎日新聞』一九九二年二月五日付夕刊

時代の隔たり越え

　江戸の初期から明治にいたるあいだにつくられたおびただしい歌舞伎の演目のうち、現代でもくりかえし上演されるものは、ほぼきまってしまっているようです。

　時代の変遷を経てなお愛好される物には、それぞれすぐれた要素があるわけです。

　近松門左衛門の「女殺油地獄」は、人形浄瑠璃として書かれたものですが、歌舞伎化された台本を読むだけでも近代の戯曲のような面白さがあります。

　登場人物の人間造形に、深い陰影があるためだと思います。

　主人公の河内屋与兵衛は、幼いとき父が病死、母は、番頭を夫にしたという事情があります。

　継父は、息子がもとは主筋にあたるところから、厳しい躾ができない。甘やかされて育った与兵衛は、心の中に、どう埋めようもない淋しさをかかえています。

　自分を客観視する力のない、みえっぱりで小心な与兵衛は、淋しさの正体がつかめず、放蕩にうつつをぬかします。

　隣家の油屋の女房お吉は三人の子持ちで、顔立ち美しく、気立てもよい。このお吉が、わがままで甘えん坊の与兵衛を何くれとなく面倒をみてやる。借金の返済に切羽つまった与兵衛は、お吉に工面をたのみ、ことわられると逆上して、ついにお吉を惨殺してしまいます。このふたりの間の感情の微妙な動き、そうして、与兵衛の甘えから殺しへの感情の不条理な飛躍がみごとです。

　舞台では、油ですべりながらの凄惨な殺し場が視覚的に美しく、迫力があります。

そうして、「お吉を迎ひの冥途の夜風、はためく門の幟の音……庭も心も暗闇に、打ちまく油流るる血、踏みのめらかし踏み滑り、身内は血汐の赤面赤鬼……」と、浄瑠璃の文言が、表層のリアリズムを超えた身の世界をかもしだします。

好きな舞台の一つです。

『毎日新聞』一九九二年二月十二日付夕刊

弱さゆえの悪

脱色した茶色い髪をふりみだし、けばけばしい服で登校した獣医学部の新入生に、唖然とした上級生たちが口々に、

「お父さんは横暴でお母さんは離婚してどこかに行ったとか」

「荒んだ家庭で育ったのでひねくれているけど、本当はさびしがり屋」

「なーんだ、外見のとおりじゃん」

というのは、佐々木倫子さんの『動物のお医者さん』（実に楽しいまんが）の一節ですが、前回とりあげた「女殺油地獄」の与兵衛も、この不良少年の典型でした。

三百年前も現代も、つっぱり不良少年の本質はあまり変わらないようです。

小説、芝居など、仮構の世界においては、まじめ一方の人間より〈不良〉〈悪〉のほうが、魅力を発揮します。

〈荒んでひねくれているけれど、本当はさびしがり屋〉。このタイプの不良を、河竹黙阿弥も「三人吉三廓初買」で描出しています。幕末の名作者、黙阿弥は、さまざまな悪人を書いていますが、南北の悪に徹していっそユーモラスでさえある悪党たちにくらべると〈人間の弱さゆえの悪〉をあらわす傾向が強いようです。

近松は人間の心理の深みを掘り下げていきますが、黙阿弥の場合は、詠嘆的、感傷的な綺麗さが前面にでてくるようです。

お坊吉三、お嬢吉三、和尚吉三、同じ名を持つ三人の不良少年が、金のとりあいをきっかけに義

兄弟の縁を結ぶ。

「月もおぼろに白魚の……」の口調のいいせりふは、歌舞伎に関心のない方でも耳にしたことはあると思います。男でありながら女姿をよそおうお嬢吉三の倒錯美、お坊とお嬢のあいだにほの見える衆道のちぎり。悪事の果てに捕り手に囲まれた三人が、刺しちがえて死ぬのがラストです。

　孤独な不良少年たちの心情が、形式美とともに感じられ、これも好きな芝居の一つです。


『毎日新聞』一九九二年二月二十六日付夕刊

神力は童子に宿る

　神が、童子・童形によって具象化されるというのは、日本独自のものでしょうか、他国にも例があるのでしょうか。

　童子には一種の神力が宿る、そういう共同幻想が、過去の日本人にはあったようです。

　成田屋市川團十郎といえば、歌舞伎界きっての名門ですが、その初代は、通説によれば、延宝元年（一六七三）、十四歳で、江戸中村座に登場しました。初舞台です。

　そのときの役は、坂田金時、すなわち、金太郎でした。全身を紅で塗りつぶし、顔は紅と墨の隈取り、衣裳は童子格子——太い格子縞——大太刀を佩き、手には斧という、無邪気で荒々しいいでたちで、豪快な荒事を演じ、江戸で大変な人気を得たということです。曾我五郎なども、前髪立ちで、童形の神に通じる姿です。無垢で強い、その姿を、人々は、畏敬し愛したのでしょう。

　初期の江戸歌舞伎は、上方にくらべ、単純豪快な荒事が多く、見物もそれを好み、團十郎は、江戸の人々のために悪霊を退治し泰平をことほぐ呪術的な役割をも担うようになったのでした。

　端午の節句に飾られる人形の、人気ナンバーワンは、戦前は金太郎・桃太郎でした。桃太郎は侵略と結びつけられたりして、イメージダウンしましたが、もとをただせば、〈無垢で強い〉童子に、子供をあやからせたいという願いのあらわれでしょう。

興福寺の阿修羅像が魅力的な少年神であることも連想されます。

童神、少年神として人々に愛された初代團十郎。いま、その役を負わされているのが、少年力士貴花田ではないか、と思います。力士そのものが、本来、民俗信仰的に役者と通底したものを持っているから、なおのことです。もっとも虚の姿が強ければよしとされる役者とちがい、力士は真に強くあらねばならないのですが、貴花田はそれに十二分に応えているのですから、人気過熱も当然ですね。

『毎日新聞』一九九二年三月四日付夕刊

人気力士の人情相撲

人気沸騰の大相撲の春場所がはじまりましたが、力士は、江戸時代にあっても役者とならぶ人気者だったようです。

力士を主人公にした芝居で有名なのは、上方の狂言「双蝶々曲輪日記」です。

序幕の舞台は、角力場の木戸口の外です。舞台装置により、当時の角力場のようすがわかります。

今の国技館からは想像もつかない、掛け小屋のような筵張りです。

歌舞伎を見る楽しみの一つに、当時の風習を推察できるということがあります。

舞台は現実より誇張され、嘘も綯い混ぜられていますが、芝居の型というものは、本質をきわだたせる効果も持っています。

明治大正ごろの着色写真集『なつかしき東京』（講談社）に、明治時代の回向院における勧進角力の写真がのっていますが、それをみても、ずいぶんわびしい光景です。

見物のなかにはまだ丁髷を結った男もいるので、明治もごく初期のころのものでしょう。

これが実態だったのでしょうが、それでも、舞台の力士は、見物の願望が形をとったかのような、華やかなよそおいです。

濡髪長五郎（ぬれがみちょうごろう）は堂々たる人気力士。

素人角力の放駒長吉（はなれごまちょうきち）が挑戦し、濡髪に土をつけます。

濡髪は、恩ある人のために、放駒にわざと負ける。片八百長です。勝ちをゆずったかわりに、と交換条件を持ち出され、放駒は激怒し、いさかいになります。

幕切れ、濡髪は茶碗を手で握りつぶす。放駒はそれだけの力はなく、口惜しさに、刀の鍔（つば）にそっと打ちつけて砕く。

濡髪の貫禄と放駒の若々しい負けん気がくっきりあらわれる場面です。

江戸のころは、人情がらみの八百長は、見物にも受け入れられたようで、それだけ、勝負事にゆとりがあったのかもしれません。

『毎日新聞』一九九二年三月十一日付夕刊

華麗な狂言の土台

歌舞伎の台本作りで面白いと思う一つは、ある素材をもとに、作者によってさまざまなヴァリエイションが工夫されるということです。

素材は〈世界〉という言葉であらわされます。江戸の当時なら、だれでも知っている稗史（はいし）やら事件やらと、その登場人物——たとえば、『曾我物語』は曾我兄弟、『義経記（ぎけいき）』の世界であれば義経、静御前、弁慶、佐藤忠信などなど。

この〈世界〉を縦糸にし、作者が千変万化（せんぺんばんか）の趣向を考えて横糸とし、華麗な狂言を織りなすのです。複数の世界を混ぜあわせ、人物を錯綜させるという手法もとられました。

人物の名をだれもが知っているだけではなく、その名前が、共通の感情をひきおこすということが、かつては、あったのでした。

だれでもが知っている事柄であり、人物であるから、なおのこと、今度はどんな趣向かと見物は期待と好奇心を持つのでした。

舞台にかけられる狂言が固定した今は、新しい書き替え狂言が出るということはなくなりました。

この手法に興味を持ったので、私はある連載に、後太平記の世界に清玄桜姫(せいげんさくらひめ)物の人物を綯(な)いまぜるという物語作りをこころみている最中です。

いまは、世代によって、共通の感覚は細分されています。ある世代は、飛雄馬やあしたのジョーに特別な思い入れがあるけれど、その前後の世代には通じないというふうです。だれもが共通に持つ〈世界〉――いわば文化の土台といったものがなくなったのは、淋(さび)しい気がします。

もっとも、シェイクスピアが国際的な規模でハムレットやらロミオやらマクベスやらの〈世界〉を残していったともいえますけれど、後世の作者によるヴァリエイションは、歌舞伎のそれのように豊富ではないようです。

『毎日新聞』一九九二年三月十八日付夕刊

現実の事件が題材に

春は、歌舞伎の華やぎにふさわしい季節です。

幕が開き、舞台の上部いっぱいに下がった桜の吊(つ)り枝(えだ)を目にしたとたん、見物人から嘆声があがります。

歌舞伎座は間口が広すぎるといつも思うのですが、このときばかりは、広さが充分に効果を発揮して、絢爛(けんらん)とした気配が客席までただよい流れます。

江戸時代、三月は、御殿女中の宿下りの時期でした。窮屈な奥勤めから解放されて、うきうきと、お女中たちは芝居見物です。

芝居方のほうでも、心得て、彼女たちが興味をもつような出し物をえらびます。

「加賀見山旧錦絵(かがみやまこきょうのにしきえ)」は、その代表的な一つです。

さる大名の屋敷で、側室が、あやまって局(つぼね)の草履を履いてしまった。常日頃側室をこころよく思っていなかった局は、さんざんに側室をいたぶり、側室は自害した。側室の下女が局を刺し殺し、主の仇(あだ)を討った、という事件が、現実にありました。

この事件をもとに、人形浄瑠璃(じようるり)が書かれ、ついで、歌舞伎に取り入れられました。

芝居のほうでは、御家騒動にからめ、筋立てを複雑にしていますが、御殿女中のあいだの確執がテーマですから、意地の悪い上役にいびられることの多い女中たちは、下女の仇討ちの舞台に、平素のうっぷんを晴らしたことでしょう。

歌舞伎は、いまの観客には、遠い世界の荒唐無稽な話と受けとられがちですけれど、当時としてはニュース性を持ったものも多かったのでした。以前、このコラムで書いた「女殺油地獄(おんなころしあぶらのじごく)」も、現実の殺人事件をもとにしています。

現代にあっては、戯曲家の山崎哲さんが、社会的事件を素材に、演劇化という方法で、事件の底にある人間の本質に迫るこころみを続けておられます。

『毎日新聞』一九九二年三月二十五日付夕刊

型は本質を象徴

今月は、福助さんが梅玉(ばいぎょく)を、児太郎(こたろう)さんが福助を襲名なさるので、その披露興行が華やかです。

役者の名跡(みようせき)には格があり、父祖、師匠など、ゆかりのある先人の名を襲名するごとに、その名の大きさにふさわしく役者も大きくなるという、日本の芸能に独特な〈襲名〉という慣習が、どうして生まれたのか、不思議に思って『歌舞伎事典』などを調べてみたのですが、濫觴(らんしよう)についての記載はありませんでした。他の資料にあたるなり、専門の方に訊(たず)ねるなりすれば解明することなのでしょうが、私は、かってな想像をしました。

どんな名前にも、初代があります。最初に名のった役者が、見物に愛され、その名が消えるのを惜しむ気持ちが、襲名という慣習をつくったのではないか、と。

もちろん、歌舞伎以外の芝居の俳優・女優さんも観客から愛されている方は多いけれど、名前を次代のものがひきつぐという現象はおこりません。

〈型〉に縛られないからでしょう。日本の伝統芸能の特色として、型を重んじるということがあります。型は、単なる形ではなく、本質を象徴するものだと思います。本質を表現するのに、もっともふさわしい形が、型になる。それを継承し、さらに新たな工夫を加えてゆくのが、襲名の持つ意義の一つだろうと思います。

話は少しそれますが、戦後まもないころ、新劇で翻訳物の舞台を見たときでした。モリエールだったと思います。東野(とうの)英治郎さんが赤毛のかつらに付け鼻で演じておられましたが、感情が激した場面になると、台詞(せりふ)回しから仕草まで、歌舞伎調になるのでした。そのころはまだ歌舞伎が人々に浸透していたということもありますけれど、歌舞伎の型の持つ表現力の強さにもよると思います。最近は、つかこうへいさんの手法であるテンポの早いたたみかけるエロキューションが、小劇場系の芝居には多いようです。

『毎日新聞』一九九二年四月八日付夕刊

衣は人を表す

大道具に小道具に、歌舞伎の先人は、実に多彩な工夫をこらしましたが、衣裳にもまた、歌舞伎独特の創案があります。その一つが、〈引抜(ひきぬき)〉と呼ばれる、衣裳の仕掛けです。

観客の目の前で、瞬時に衣裳が一変するこのすばらしい工夫を、最初に考えたのはだれだったのか、名前はつたわっていません。

着物が、単純な構造でできているところから可能になった仕掛けです。荒く縫った糸を引き抜き、上の衣を取り去り下に着たものがあらわれる、それだけのことですが、視覚的な効果は無類です。黒衣(くろご)や後見(こうけん)という、これも歌舞伎の独特な存在がなくてはできない変化です。

「娘道成寺(むすめどうじょうじ)」では、緋縮緬(ひぢりめん)の振袖(ふりそで)が、引き抜きで浅葱(あさぎ)と鴇(とき)色の衣裳に変わります。一瞬の呼吸が、小気味よく感じられます。

「鷺娘」も、白無垢(しろむく)の振袖に綿帽子、蛇(じゃ)の目(め)傘(がさ)をさした哀れ深い娘姿で水辺に立つ白鷺の精が、引き抜きで赤地友禅に黒繻子の襟の町娘、いったん引っ込んで雪輪模様に着替えてから、最後、ふたたび引き抜きで白地に鷺の羽を描いた振袖に変わり、「獄卒四方にむらがりて、鉄杖ふりあげ鉄の牙かみならし、ぼっ立てぼっ立て……」と、恋の修羅の思いゆえ地獄の獄卒に責められるさまを踊り、〈ぶっ返り〉で火炎模様で幕と、衣裳の変化もたっぷり楽しめる踊りです。

〈ぶっ返り〉は、衣裳の上半身の糸を抜き、腰から下に垂らす手法です。

歌舞伎には、衣裳が登場人物の性格をあらわすという約束ごとがあります。

衣裳が変わることは、役の持つ性格の、かくされていた部分を観客に明らかにすることでもあります。人の姿をよそおっている化生のものが、その正体を見顕されたときなど、この〈ぶっ返り〉が、使われます。

背後で黒衣が衣裳を形よくひろげ、役者が、より大きく、より華麗に見える瞬間です。

『毎日新聞』一九九二年四月十五日付夕刊

魅力の〈悪婆〉

〈悪婆〉という言葉から、ふつう、どんな女を思い描くでしょう。

白髪を振り乱した老婆？　金貸しの因業婆？　若い嫁をいじめぬく、老いた姑？

歌舞伎でいう〈悪婆〉は、独特なのです。

若い初々しい町娘とか、お姫様とか、華麗な花魁とか、女の役はいろいろありますが、私がいちばん魅力を感じるのは、この〈悪婆〉役です。

少し年増の、婀娜っぽい女。

決して、婆ではないのです。

髷に結い上げず、洗い髪の先をちょっとまるめて横櫛を挿した、馬の尻尾とよばれる髪の形も粋です。着付けは格子縞なんかに黒繻子の襟、半纏をひっかけたりしています。

土手のお六とかうんざりお松とか、三日月おせん、切られお富、と、二つ名のこわい姐さんたち。毒婦といわれるような女は、だいたい、悪婆のよそおいです。

大店にのりこみ、初手はしおらしく、やがて、伝法な啖呵をきって、ゆすりかたりはお手のもの。それでいて、惚れた男の前では、どこか純情だったりもして、骨の髄までの悪女は少ないようです。

少し古い話ですが、先月の「立場の太平次」では、玉三郎さんの土手のお六が、悪婆の魅力を存分に見せてくれました。

このときの、白地に薄墨をぼかした衣裳がまた、美しかった。色をおさえたなかに、下着の襟だけが鮮やかな紫でした。伝統を重んじる歌舞伎でも、いろいろ新しい工夫は重ねられ、この衣裳の新鮮な色彩もその一つでした。

お六が殺される場では、井戸端で半纏をぬぎ、縁にかけます。少し見せた裏地の紅にスポットライトがあたって、薄暗い舞台にそこだけ華やぎ、いつもは、江戸の蠟燭舞台が見たいと願っている私ですが、この色彩の効果ばかりは、現代の照明でなくては出せないと思いました。


『毎日新聞』一九九二年四月二十二日付夕刊

早変わりの楽しみ

またまた、どじのお詫びです。

前回、南北作「立場の太平次」で玉三郎さんが演じた役の名を、土手のお六と書いてしまいました。

お六は、同じ南北でも「於染久松色読販」に登場する悪婆で、「立場の太平次」のほうの役名は、うんざりお松でした。

土手のお六ならぬ、どじのお博のお粗末でした。

そそっかしい皆川が、連載終了までに何回どじをやるか、トトカルチョだと、友人たちが楽しみにしています。

子供がまだ四つか五つぐらいのとき、一念発起、車の免許をとりに教習所にかよったことがあります。子供を連れて行き、教習所の事務室にあずけて、指導を受けました。怖い指導員にさんざんしごかれて、ぼうっとなって帰ろうとしたら、事務所の人に、「忘れもの！」と呼び止められたという前科があります。いまだに、その話を持ち出されると子供に頭があがりません。そそっかしいのは年季が入っている、などと、与太話でスペースをつぶしてはいけません。

「於染久松色読販」は、俗に「お染の七役」とも呼ばれます。

　町家の娘お染と丁稚久松の恋物語に、お家の重宝紛失をからめた話ですが、お染と久松、久松を慕う村娘お光、久松の姉である奥女中竹川、もとはその召使いだった土手のお六、小糸、貞昌と、七つの役を一人の女形が早変わりで演じ分けるのが見所になっています。

　早変わりというのも、歌舞伎ならではの楽しさの一つです。可憐な娘姿のお染が、本舞台から花道にさしかかる。揚げ幕からは久松が登場します。これは糸立て（菰）を巻いて顔をかくした吹替えです。花道ですれ違います。そうして、久松が顔を見せれば、たった今までお染であった役者。南北が活躍した文化文政時代、早変わりのけれんは、見物にたいそう好まれたのでした。

『毎日新聞』一九九二年五月六日付夕刊

髪で演じる

　揚げ幕から花道に、町娘お三輪が走り出る。「妹背山婦女庭訓」の御殿の場です。

　蘇我入鹿の御殿に、恋しい男、烏帽子折りの求女――実は藤原鎌足の息子――を追ってきたところです。

　歴史でいえば、蘇我入鹿は大化の改新の主要人物、その屋形に江戸の町娘風俗のお三輪があらわれるという、リアリズムではとうていい考えられないことを平然とやっちゃうのが、歌舞伎の〈丸本時代物〉です。

　平板なリアリズムを無視すると、虚構世界は実に楽しいひろがりを持つのだなあと、嬉しくなります。

リアリズム無視は鬘の技法にもあらわれます。

官女たちが、求女は入鹿の妹と結婚すると教え、田舎娘のお三輪をあざけり、いじめます。

可憐な純朴なお三輪のこころに嫉妬がたぎりたちます。

するととたんに、お三輪の髪は、ざんばらになるのです。

髷の根に栓があり、それを抜くと、髷がほどけて散らし髪になる仕掛けです。登場人物のこころの動きを、近代演劇では、演技だけでしめすのですが、歌舞伎では、髪も衣裳も、こころの状態にあわせて、変化する。前衛的といいたいほど発想が飛躍しています。

ざんばら髪の姿は、エロティシズムを感じさせます。きっちりと結い上げた髪は、礼儀にかなった日常性のあらわれです。

嫉妬、逆上、手負いなど、日常性をくつがえす劇的な場に、髪もまた、ざんばらとなって、非日常のすさまじさを顕現します。

火炙り覚悟で男のために櫓にかけのぼり太鼓を打つお七(「伊達娘恋緋鹿子」)、百合の方に惨殺される時鳥(「曾我綉侠御所染」)、ざんばら髪の無残美の極致です。

『毎日新聞』一九九二年五月十三日付夕刊

柝を打つ

「この一番にて本日の」柝が入り「打止め」。大相撲、結びの一番の触れの澄んだ柝のひびきは、風情があっていいですね。場内アナウンスだけでしたら、味もそっけもありません。

日本の民俗芸能にとって、〈柝〉の音は、欠かせないものです。角力も、民俗芸能としての一面を持っています。

歌舞伎では、柝の役目は、たいそう重要です。楽屋裏では、舞台の飾りつけがすんだのを役者に知らせるのも、開幕の合図も柝です。

そうして、小刻みな柝の音につれて幕が開き、開ききったところで、チョンと止め柝がはいります。

柝を打つのは、江戸時代は、狂言作者の役目の一つでした。狂言方とも呼ばれました。作者といっても、実際に台本を書くのは、一番上位の立作者だけでした。

階級制度がきわめて厳しい世界です。見習いから入って、最初は雑用ばかりです。走り使いをしたり、墨をすったり、紙をそろえたり、お茶汲みをしたり。そのあいだに、特別な約束ごとの多い幕内の世界に、少しずつなじんでいったのでしょう。

江戸時代の狂言方は、柝は自前で買いととのえなくてはなりませんでした。けっこう高いものだったようです。ささくれやひび割れができてはいい音がでませんから、木賊で磨き込み、風にさらさないようにし、大切に扱いました。そのころの修業は、なんでも、〈見て盗め〉です。兄弟子のやることを見よう見まねでおぼえます。

袖に姿をみせて打つ〈出打ち〉をつとめるようになれば晴れがましさもひとしおで、唐桟の着付けに献上博多の帯で粋を競ったそうです。

冴えた柝の音に、下座の三味線の糸がピンと切れたという芸談が残っています。

『毎日新聞』一九九二年五月二十日付夕刊

白塗り化粧

楽屋で、顔師さんの仕事を取材したことがあります。

固練りの太白油で眉をつぶし、顔全体に、下地の鬢付油を塗りこみます。

その上から、溶いた煉白粉で、真白に塗りつぶします。個性が消え、顔は、白いキャンバスのようになります。

薄い紅をはき、目張りをいれ、目尻に紅をさし、眉と唇を描くと、素顔からは思いもつかない舞台顔が生まれてきます。

いったん、個性を消し、日常を消し、その上で、舞台上の人物の性格と役者自身の個性が溶け合った、非現実でありながら、ときに、現実以上に真実を具現した人物が顕(あらわ)れます。目尻の一刷毛(はけ)の紅は、若い娘の色気、愛らしさ、恥じらい、初々しさの、効果的な象徴です。

　昔、幼い妹の目尻に紅をさしながら、私は子供心に、舞台化粧の魅力にとらえられていたのでした。

「お化粧をしてあげる」というと、妹は嬉しがって、鏡台の前にきちんと坐(すわ)るのでした。六つ年のはなれた妹が、まだ三つぐらいのときの話です。遊ばせるのが、私の役目でした。母の化粧道具を使って、白塗りにしてやるのですが、目尻に、必ず紅をちょっとさすのが、仕上げでした。もちろん、いくら戦前でも、ふつうそんな化粧はしません。舞台化粧ごっこです。

　子供のころは、歌舞伎は見せてもらえませんでしたが、踊りのおさらい会にときどき連れていかれたので、見おぼえたのでした。

〈顔師〉という職業があります。邦舞の化粧師さんです。舞踊は、歌舞伎のなかでも大きい要素をしめています。日本の芝居のそもそもは、ミュージカルだったといえます。

　歌舞伎の役者さんは自分で顔をつくりますが、素人の踊りの会では、顔師さんをわずらわせなくては、あの特殊な白塗り化粧はできません。

『毎日新聞』一九九二年五月二十七日付夕刊

裏方の技術

江戸歌舞伎の、舞台の魅力をいろいろ書いてきましたけれど、裏にはいると、階級制度の厳しさや、不合理な運営法は、想像以上のものがあったようです。

　現代の歌舞伎座なら、セリの上げ下げ、回り舞台の転換もスイッチ一つですが、江戸の当時は、すべて人力でした。

　スイッチを入れるのも、もちろん、きっかけをはずしたら大変ですから、熟練した腕が必要ですが、江戸の芝居の裏方さんたちは、過酷な肉体労働の上に、きまった給料はほとんど出ないのでした。

当時は、ライトはありません。窓からさす自然光にたよっていました。今なら照明をしぼるところを、〈窓番〉が、板戸を閉めて、闇をもたらすのです。窓を開け放っていても、今とはくらべものにならないほど、舞台は薄暗かったことでしょう。特別に役者をきわだたせたいときだけ、〈面明り〉がもちいられました。〈差出し〉とも呼ばれます。燭台に長い柄をつけたものです。

役者と差出しを素材に、堂本正樹氏が「差出しの中の貌」（『美匠たちの邂逅』村松書館に収録）という磨き抜かれた短篇を創っておられます。女形についた黒衣が、他の役者の頭越しに面明りをさしだすという非礼をおかし、女形はとっさに灯を吹き消し、相手役をたてたという部分があります。未熟はゆるされないのです。

堂本氏の御作の趣意は別なところにあるのですが、あえて、部分一つを取り出したのは、現代社会で――と大きなことを言ってしまいますが――裏にある人々の熟達した技術というものがかろんじられる風潮を、ちょっと嘆きたくなったからです。

私自身、電化、機械化による便利さに頼りきっているのですから、何も言う資格はないのですけれど、長い年月をかけて鍛え上げられた技術、職人の誇り、が消えてゆくのを嘆じることが多くなりました。

『毎日新聞』一九九二年六月三日付夕刊

どじ　とちり

〈アフリカのライオンは十歳までは成長する。以後はどんどん大きくなる〉〈イタリアはミモンとレカンの産地である〉〈イワン雷帝は窮鼠の状勢に立ちいたると、いつも鼠を嚙んだ〉

池内紀氏の編訳になる、十八世紀末から十九世紀にかけての大学者ガレッティ先生の失言録

（白水社刊）から抜粋しました。

役者にも、舞台の上での、とちり、言い間違い、どじはつきもの。

幕末の役者、三代目中村仲蔵が記した自伝『手前味噌』の青蛙房版に、役者のどじ録がのっています。自分のどじは冷汗ものですが、他人のどじは楽しい。

おなじみ、「忠臣蔵」の、勘平切腹の場。

この勘平というのもそそっかしい男で、舅を殺したと思い違いして切腹してしまうのですが、死に切らないうちに無実の罪が晴れ、仇討ちの連判状に血判を押すことがゆるされる。

同志の一人が、「勘平、血判」。

いい場面なのですが、これを、「けんぺい、かっぱん」とやってしまった。

愁嘆場がお笑いに一変。

他の芝居では、「墨にて紙を黒く塗り」を、「紙にて」と言ってしまったので、後がつづかない。苦しまぎれに、「墨を白く塗り」とすらすら言ったら、客は気がつかなかったといいます。

田舎回りの忠臣蔵。松の廊下で、塩冶判官が、高師直に切りかかる。加古川本蔵が判官を抱き止めて、師直は命拾いするのですが、加古川をつとめる役者が、出までにまだ時間があると、人目のないところに女としけこんだ。判官と師直は、舞台中を走り回り、小サ刀と中啓で切りむすび、時をかせいでいるのに、いつまでたっても、加古川が止めにあらわれない。ついに、上手に逃げる師直の背を、判官、ばっさり切りつけ、「思い知ったか」とどめまでさしてしまった。四十七士の仇討ちはどうなったのでしょう。

『毎日新聞』一九九二年六月十日付夕刊

花道

〈花道〉も、歌舞伎の舞台の特色です。客席の間をつらぬく花道は、芝居の幻想空間のなかに観客をつつみこむ効果を持ちます。

昔の小屋ですと、下手寄り本花道の他に上手にも東の花道があり、〈あゆみ〉という通路でつながれています。金毘羅歌舞伎の復活で有名になった四国の金丸座に、この構造が残っています。

　花道の出端、ひっこみ、は、役者の魅力の見せ場です。役者がひときわ大きくみごとにみえもします。

　花魁道中の華やかさも、花道ならひとしおです。でも、江戸時代（いまでも、ほぼ、そうですけれど）、役者の階級は厳然とわかれていました。立女形の役どころである「助六」の揚巻や「籠釣瓶」の八ツ橋を下っ端がつとめることは、できません。

　名題と名題下に役者はわけられ、大きい役をつとめられるのは、名門である名題ばかり。名題下はさらに、相中、中通り、下立役と細分されていました。下立役は稲荷町とも呼ばれました。

　大部屋の役者には、毎日、蠟燭が二本ずつ、頭取から支給されました。楽屋の鏡の両脇にたて、顔をつくるときの明かりにするのです。用のないときは消しておき、大事に使えば、初日にもらった分が十日や半月はもちます。貧しい大部屋役者たちは、ためこんだ蠟燭を銭にかえ小遣いにするのでした。

　せりふのある役などついたことのないまま年をとった、ある女形が、唯一楽しみにしていたのが、この蠟燭でした。

　芝居がはねて裏長屋に帰ると、どぶ板の脇に、蠟燭をずらりと並べ、灯をともします。

　そこを花道にみたて、露地口は揚げ幕。花魁をつとめる立女形の気分で、八文字を踏んで我が家に入るのだった、という実話が、だれだかの芸談にのっていました。たいそう心に残り、私は『花闇』にその話を使ったのでした。

『毎日新聞』一九九二年六月十七日付夕刊

雪音

　梅雨のさ中に、いささか時期はずれですけれど、蒸し暑さしのぎに、雪の情景を思い描いています。

朝、雨戸を繰って、庭一面が白銀におおわれ、景色が一変しているのを目にしたとき、なにも、初めてのことではないのに、いつも、新鮮な驚きをおぼえます。――これは、わたしが雪の少ない東京にいるからで、豪雪の地に住む方にとっては、見当違いな感慨と思いますが――。

雪は、静かに音なく降る。それがあたりまえなのに、歌舞伎は、雪に、音をあたえました。

紙の雪がはらはらはらと散り舞うのにつれ、下座(げざ)から、雪音が聞こえます。使っている楽器は、太鼓。

一定のリズムをもって低くひびく太鼓の音が、雪の静寂をいっそう強めます。音で沈黙を表現するという不思議。古人は、静寂を聴く力を持っていたのでしょうか。

今月の国立劇場では、秀調(しゅうちょう)さんが下座音楽の解説をしておられます。

下座音楽は、舞台下手の黒御簾(くろみす)の陰で奏されるので、ふつうは人目にふれることはないのですが、舞台中央に楽器をならべ、演奏するさまを観客に見せながらの解説は、秀調さんの話術の巧みさもあって、たいそう興味深いものでした。

ことに、大太鼓は、雨音、吹き荒れる風、川瀬、浪(なみ)音、滝の音、雷鳴、そうして、本来は無音である雪の降る音まで、撥(ばち)さばき一つで表現しわけています。

天然自然の語りかける声を、太鼓の音に変えて、見物にとどけている、というふうです。この定型ができるまでに、無名の人々のかぎりない工夫があったものと思います。

テレビの、短時間に多量の情報を流すための慌ただしい早口にくらべ、秀調さんのゆったりした語り口は、耳に快く、心にしみとおったのでした。

『毎日新聞』一九九二年六月二十四日付夕刊

時代考証

時代を昔に取ったものを書いていますと、時代考証がなかなかやっかいです。知らないことを調べるのは、楽しみでもあるのですけれど。ことに難しいのは、会話で、江戸の深川芸者が「〜〜しちゃったのよ」というようなのはいやですし、そうかといって、当時の深川言葉をそのまま書いたら、現代の読者には読みづらいものになるでしょうし。

　時代を近世初期にとって、出雲阿国を素材に『二人阿国』という物語を書いたことがありますが、そのときは、中世末期から近世初期に使われた言葉を集めた辞書と首っ引きでした。ところが、それが、ミュージカルになったのです。衣裳も台詞も、時代考証は完全に無視した現代調で、それによって、逆に、阿国という女の活き活きとしたエネルギーが舞台に炸裂したのでした。

　歌舞伎も、時代考証をおおらかに無視することで、ほとんどシュールといいたいおもしろさがあらわれるということは、たぶん私はしつっこく繰り返して書いているんじゃないかと思いますが、鶴屋南北の「四天王楓江戸粧」にはお公家さんの辻君（夜鷹）という、とんでもなく楽しいのが登場します。

　前太平記の世界ですから厳密にいえば王朝なのですが、もちろん、風俗は江戸とごちゃまぜ。一条戻り橋に、夜泣き蕎麦売りがいるわ、子守っ子がいるわ。夜鷹の総元締の婆の名前が、さぼてん婆です。

　とある事情で御所を追い出されたお公家さんたち、食べるに困って男辻君——つまり、敗戦直後の上野のおかまですね。

有祐卿だの、優連卿だの、れっきとしたお公家さんが、さぼてん婆に名をきかれ、

「まろが名は鷺の森の有すけというわやい」

「そんな名では通りが悪い。こうしねえ。こなたはつやの助」指貫に笏を持ち、夜鷹の定番、手拭いを口にくわえた頬かむりという姿に、当時の見物はどっとわいたことでしょう。いまだって、おかしい。

『毎日新聞』一九九二年七月一日付夕刊

桟敷席

大相撲の桟敷席は、お茶屋をとおさなくては入手できないことになっていますが、江戸の芝居も、そうでした。

平土間は木戸銭を払って——つまり当日売りですね——すぐに入れるのですけれど、桟敷となると、お茶屋をとおさなくてはなりません。芝居見物は一日がかり、大店のお嬢さんなんかは、盛装して、その上に着替えまで小間使いにもたせ、長い幕間にお茶屋に行って着替えたりしたそうです。まるでお色直しですね。きれいなお嬢さんだったりすると、見物の注目を浴びます。芝居を見ると同時に、見られるのを楽しんでもいたのでしょう。

そんな江戸の芝居小屋を、のぞいてみたい気もしますが、こう蒸し暑くなってくると、エアコンになれた私たちは、冷房のきいた現代の劇場でなくては、がまんできないだろうなとも思います。

団扇や扇子で風をおくるほかに暑さしのぎはできないとなると、芝居見物も楽じゃありません。

盛夏は、客の入りがあまりよくなかったようです。役者も、主だったところは休みをとり、いっそう客を呼べなくなります。芝居方もこころえて、少しでも涼しく見せるように、本水を使った出し物が多くなります。

鯉つかみも、夏ならではです。主人公が鯉の精と水中で格闘するという場面が、多くの夏向きの芝居に使われます。

歌舞伎では、水は、川も海も滝も、多くの場合、布であらわされ、その象徴化が面白いのですけれど、本水がふんだんに使われると、なぜか、わくわくしてしまいます。

小さい穴をいくつもあけた竹樋を横につるし、それに水を通して、舞台に数十条の水を流す図が『御狂言楽屋本説』にのっています。見物には見えない上方の簀の子の上で、裏方が桶に水を汲みいれ流し込む作業をしています。したたる汗の雫も、涼しげに流れ落ちる水には、まじっていたことでしょう。

『毎日新聞』一九九二年七月八日付夕刊

お手洗い

少し行儀の悪い話になります。お手洗いの話です。文化文政のころ——西暦でいえば、一八〇四年から一八三〇年、十九世紀初期——江戸の爛熟期と言われます。芝居小屋もこのころになると、すっかり形がととのいました。ところが、図面でみると、見物用のお手洗いがきわめて少ないのです。いまでも、劇場のお手洗いは、ことに女性用は休憩時間になると行列ですが、化政の小屋の図面では、三ブースしか作られていません。それでも、あるだけまだいい方で、江戸時代から残っている例の四国の金丸座、これは、小屋の中にはなくて、復元されてから外に新設されました。

江戸では火の用心のため夜の興行はゆるされず、早朝から日暮れまでです。一日がかりの長い観劇のあいだ、いったいどうしていたのでしょう。

庭に大きな桶が埋め込んであり、男性はそれにむかって用を足したと書いてある本がありました。となると、かなり強烈なアンモニア臭が、紅白粉の匂いに混じって小屋のなかにまでただよっていたのではないかと思われます。

このごろは、映画館もすっかり清潔になりましたが、以前は、場末の映画館は、アンモニア臭がつきものでした。そんなふうだったのでしょう。

女客は、お茶屋のを借ります。小屋にトイレがほとんどないのは、お茶屋の商売のためもあったのかもしれません。

女客の中にはあつかましいのもいたようで、楽屋の手水場（トイレ）を貸しておくれ、と入りこみ、あわよくば中二階にあがって憧れの役者の側に行こうとし、小屋方につまみだされるという光景がしばしば見られたそうです。中二階には、女形の楽屋がありました。芝居小屋は、三階建てを許されないので、二階を中二階、三階を二階と呼んでいたのです。たてまえ二階建て、実は三階建てというのが、江戸の小屋でした。

『毎日新聞』一九九二年七月十五日付夕刊

長浜・曳山祭

夏は、祭の季節です。

　祭笛吹くとき男佳かりける　橋本多佳子

「夏祭浪花鑑」は、祭の浮き立つような囃子の音をBGMに、凄惨な殺し場が展開されます。

　琵琶湖東岸の静かな都市、長浜の曳山祭は、春、四月中旬にとりおこなわれるのですが、夏というと、わたしは、この祭を思い出してしまいます。

　見物に行った日が、まるで真夏のように暑かったためでしょう。陽に焙られ、団扇をつかいながらの見物でした。

　もっとも、真夏では、曳山で芝居をつとめる役者さんたちは、たまりません。

　長浜の祭の楽しさは、子供たちが曳山の上で演じる歌舞伎です。

　曳山……東京でいう山車ですね。

　本職の役者ではなく、五歳から十一歳までのまったく素人の子供たちが、「菅原伝授手習鑑」「義経千本桜」といったむずかしい浄瑠璃芝居を、みごとにこなします。

　日舞も邦楽も、私たちの日常からは遠くなりました。長浜の子供たちにしても、ふだんは古典芸能に触れる機会は少ないことでしょう。

　若衆組の伝統がこの町にはしっかり続いていて、子供歌舞伎の経験者が、年長になると、若衆として、役者にえらばれた子供の面倒をみ、つきっきりでおぼえこませます。

　祭に先立っては、若衆たちは、裸参りをして、子供役者のために祈願します。日が落ちてから、素肌に晒、足袋裸足、弓張り提灯をかかげて神社に行き、水垢離をとります。祭の当日も、山車の下で心配そうに担当の子供を見守っている若衆たちの姿が目につきます。

　都会では子供たちの孤立化が感じられるこのごろ、血のかよいあった温かい行事に感動をおぼえながら、私は汗をぬぐっていたのでした。

『毎日新聞』一九九二年七月二十二日付夕刊

台本の楽しみ

井上ひさし氏の「表裏源内蛙合戦」は、江戸の畸人平賀源内を主人公にした、ギャグと音楽がちりばめられた舞台です。

初演のとき、わたしはまだ家事にしばられていて、見に行くことができず、泣く泣く、台本を読んで舞台を想像し、それだけでも十分おもしろかったのでした。最近再演されたのですが、そのときも私は所用があって行かれず、悔しい思いをしています。映画ならヴィデオにとっておき、好きなときに見られますが、芝居は、そのときかぎり。見そこなったら、過ぎた時間はとりもどせません。舞台と観客のあいだに緊張した関係が生じるゆえんと思います。

戯曲、台本は、想像力にとって甘美なエネルギー源です。

実際の舞台が、こちらの想像したものをはるかに上回っていると、嬉しくなります（ときには、台本を読んでいるだけのほうがよかった、と思うこともあります）。

劇作家であると同時に、劇団を持ち、演出をなさっておられる清水邦夫氏の全戯曲が、二冊の大著にまとめられました。清水氏の芝居は、台本を読むだけで刺激的であり、舞台を観ると、さらにこちらの想像を越えた演出がなされ、二度たっぷり楽しめます。新宿の蠍座で清水氏の芝居が舞台にかけられていたころ、「表裏……」のときと同様、わたしは身の自由がきかず、『テアトロ』や『新劇』に発表される戯曲を読んで渇きをみたしていました。

そのころは眼鏡いらずで本が読めたので、風呂のなかで読むのを、最上の読書時間にしていました。清水氏の『鴉よ、おれたちは弾丸をこめる』を読んだとき、感激のあまり、雑誌をバスタブに落としてしまい、乾くまでページをくることができず、焦れったい思いをしました。

冒頭に書いた平賀源内は、大変な才人で、歌舞伎の台本も書いています。「神霊矢口渡」。それについては、次回。

『毎日新聞』一九九二年七月二十九日付夕刊

絵師金蔵

子供のころ、芝居も映画もなかなか連れていってもらえなかった私は、雑誌の写真を見て、どんな物語なのか想像をめぐらし、楽しんでいました。江戸時代には、浮世絵師の描く役者絵、芝居絵が、ブロマイドや舞台写真の代わりでした。浮世絵の人物はかなり類型的ですけれど、それでも、目千両といわれた半四郎、鼻高幸四郎、受け口の田之助など、一目でそれとわかる特徴をとらえています。

国貞や豊周が芝居絵はよく描いていますが、悪所といわれた江戸歌舞伎の濃厚な雰囲気をもっともよくあらわしたのは、土佐の〈絵金〉だと、私は思います。絵師金蔵、略して絵金です。その迫力は、実物を一度でも見ていただくのが一番で、言葉は追いつきません。木版画ではなく、泥絵具の肉筆です。

ブロマイドのかわりになる個々の役者の絵はなく、芝居の場面を描いています。江戸の浮世絵師の芝居絵は、一場面を平面的に切り取ったものですが、絵金は、時間の流れに沿っておきるドラマを、一つの画面の中に重層的に描くという、独特な手法を編み出しています。人物は躍動し、おびただしい血糊が画面から溢れ出んばかりです。

忠臣蔵の判官切腹の場面では、腹切って鮮血淋漓の塩冶判官にすりよる由良之助、と、これはまあ普通ですが、なんと、二人の上使がそれを指差して、嘲笑っているのです。その四人が斜め十字の構図で描かれています。エネルギッシュで、ダイナミックで、残酷でユーモラスで、と並べてみて、鶴屋南北と通底するところがあるな、と気づきました。

絵金の芝居絵は、夏の祭に飾られます。高知の朝倉神社では、祭の夜に、台提灯として用いられます。参道をまたいで高くそびえる台の上に、畳二枚ぶんはある巨大な芝居絵がかかげられ、内側から蠟燭の灯に照らし出されます。

彩色のない白描も、闊達な筆致で実に魅力があります。

『毎日新聞』一九九二年八月十二日付夕刊

だれそれ、実は……

子供のころ、わが家にディケンズの全集がありました。戦前です。翻訳ものなのに、登場人物の名前をぜんぶ日本のものに変えてあるのが、なんとも珍妙でした。明治のころは、黒岩涙香が日本人になじみやすいようにとさかんにこころみ、『巌窟王』のエドモン・ダンテスを団友太郎に変えるというふうだったようですが、昭和の初期となっては、ナンシー＝那須子、オリヴァー・トゥイスト＝織部捨吉は、いささかアナクロでした。

それでもストーリーがおもしろくて読みふけったのですが、〈だれそれ、実は、だれそれ〉というのが、やたらに多くて、子供心にもいささかしらけたのをおぼえています。

織部捨吉くんは、十何年か前、イギリスから来日したメンバーによるミュージカルで話題になった『オリヴァー』の主人公です。日本人のキャストで再演もされていますね。

この〈実は……〉は、歌舞伎の特徴でもあります。

いま手元にある台本をアトランダムにひきだしてみました。南北の「金幣猿嶋郡」です。

役人替名――というのは、配役のことですが――は、〈実は……〉のオンパレードです。

藤原純友実ハ伊賀寿太郎一子金剛丸。
左大将実朝実ハ高橋文太夫。
坂東太郎有武実ハ藤原純友。

大詰になりますと、

瀧夜叉姫実ハ平将門ノ亡魂。
四ツ塚大作実ハ伊賀寿太郎一子金剛丸。

と、ますますややこしくなります。

そういえば、江戸川乱歩『少年探偵団』も〈だれそれ、実はこれが怪人二十面相〉というのが、人気パターンでした。

一人の人間が、実は、別の人格をもっている。これは、興味本位な話づくりのようでいて、〈実は〉かなり人間の本質をついている、と思えます。自分の本当の顔は、本人でさえわからないことが多いですもの。

『毎日新聞』一九九二年八月十九日付夕刊

贅沢はステキ

慶長六年、加賀百万石の大名、前田利常は、将軍家の姫を奥方にむかえましたが、この奥様は、たった三歳。

江戸からの長い旅のあいだの淋しさと退屈をまぎらすために、道中、酢屋権七なる狂言師に、朱の丸のついた銀の立烏帽子に素襖袴のいでたちで、唄や踊りを披露させながら、金沢の城下町にはいったそうです。

これが、金沢の芸事のはじまりともいわれているといいます。

泉鏡花の故郷、金沢は、何か底深いおそろしさをおぼえる街です。京都の持つおそろしさと、通底したものを感じます。おそろしい、というのは、もちろん、賛美の言葉で、つまり、文化の根がたいそう深いのです。

歌舞伎も、江戸・上方ばかりではなく、金沢にも、絢爛と咲き誇った時期があったのでした。江戸時代の初期、慶長元和のころ、犀川のあたりに女かぶきの座がもうけられ、お吉、塩竈、十五夜の三人の太夫を頭に、十六、七から二十ぐらいの美しい女たち三十人ほどが、若衆のような前髪だち、金銀すかしの鍔の朱鞘の刀を腰に、真紅の下緒、印籠、巾着、美々しくきかざって、迦陵頻伽のように歌い舞い、たいそうな賑わいであったそうです。

盛り場には喧嘩がつきもの。まして、見物には武士もまじっています。木戸前での刃傷沙汰もたえず、寛永八年、城下に大火が起きたのを機会に、藩令により、歌舞伎興行は禁止されてしまいました。

禁じても、娯しいものはおさえきれない。おさえても、おさえても、さまざまな名目で、興行はおこなわれ、江戸爛熟期といわれる文政元年、ついに公許を得て、犀川川上新町に、間口十一間、奥行き二十八間の、立派な小屋がたち、川上芝居として、繁栄したそうです。贅沢を禁じようとする御上との闘いをくりかえしながら。贅沢はステキだ、という標語のパロディ、戦争育ちの方はご存じですね。

『毎日新聞』一九九二年八月二十六日付夕刊

四谷怪談

河出文庫から『日本怪談集・江戸編』が出ています。ちょうど、八月のはじめ、怪談の季節にあわせて出版されたのに、私が気がつくのがおそくて、暦はすでに秋。

江戸時代に書かれたものですが、なめらかな口語に訳してあり、楽しく読めます。高田衛氏の編纂になるもので、珍しい面白い短篇が収録されています。なかに、〈四谷雑談集〉というのがあって、これがあの南北の「東海道四谷怪談」の原拠と解説にありました。南北は、いろいろな実話をとりまぜて、「四谷怪談」を書いているのですが、『四谷雑談集』という実録物が、読みやすい形で一般に紹介されたのは、この河出文庫版が初めてではないかと思います。

南北の台本と、この実録物を読みくらべると、南北の創作の工夫の跡をたどることができて、たいそう興味深いのです。

実録のほうでは、与力の娘・お岩は、疱瘡をわずらった痕の残る、大変な醜女。性格もよくない。金に窮していた浪人者の伊右衛門は、仲人口にだまされて入婿を承知し、婚礼の日にはじめて顔を見て、愕然とする。それでも、扶持をもらえる身となったのだから我慢していたが、伊東喜兵衛の妾のお花に、惚れてしまう。喜兵衛は妾を手放したくなっていたので、伊右衛門と共謀、策を弄してお岩を離別。後にだまされたと知ったお岩がすさまじい祟りをする、となっています。

これを素材にした「四谷怪談」の、なんといっても第一のすばらしさは、原本にはかけらもない赤穂浪士の裏話と結びつけたことですが、お岩を、見物が共感できる女につくりかえたことも、魅力の一つと思います。

また、妾お花のかわりに、伊東喜兵衛の娘・お梅とし、これが、伊右衛門に恋わずらい。何が何でも添いたいとねだる、身勝手で無邪気な小娘に、親馬鹿の喜兵衛もお岩も伊右衛門もふりまわされるという皮肉な案配です。

『毎日新聞』一九九二年九月二日付夕刊

歌舞伎入門

歌舞伎の入門書は、これまでに数多く出版されていますが、ペヨトル工房から新しくでた『歌舞伎はともだち』（入門篇）は、ちょっと変わった視点からつくられています。

入門書は、歌舞伎の専門家が、豊富な知識を駆使し、わかりやすく解きあかしてくださるのですが、『歌舞伎はともだち』は、歌舞伎にふれてまだ二年という編集長が、あくまで観客の立場にたって、編纂したものです。

編集長、今野裕一さんは、アンダーグラウンド演劇の最盛期に、寺山修司さんの劇団〈天井桟敷〉に触れ、演劇にのめりこみ、小劇場の舞台も見続けてきた、それが、歌舞伎をはじめて見てカルチャーショックを受け、本気で取り組むようになった、という経歴の方です。

だから、ご自分が観客として、感嘆したこと、疑問に思ったこと、それらを、歌舞伎にくわしい方々にぶつけての対談がいろいろのっています。

一点集中型の編集長ですから、わずか二年といっても、知識はまことに豊富で、相手からたくみに話をひきだしておられます（私も、対談の相手にひっぱりだされたのですが、私は今野さんより実際の歌舞伎の知識は浅く、三代目田之助が好きッというミーハーを、二人でもりあがって喋(しゃべ)っただけです)。

この本がユニークなのは、チケットのとり方から、幕間(まくあい)の食事は何がいいか、という実践篇まで、具体的に楽しく書かれていることです。

それには紹介されていない店ですが、私の知人は、幕間に、近くのラーメン屋さんに駆けこみます。おいしいんだそうです。

江戸のころなら、お茶屋さんから菓子だの弁当だの桟敷にはこばれてきて、口と眼をのんびり楽しませることができたのですが、いまは、どうもあわただしい。

でも、紹介されている〈コロッケパン買って一幕見に走る〉というやり方も、楽しそう。

『毎日新聞』一九九二年九月九日付夕刊

隈取(くまどり)

歌舞伎に親しみを持つのには、いろいろなきっかけがありますね。

芝居好きの家人の影響で、幼いころから自然になじんだり、大学に入ってから興味を持つようになったり、役者に目をうばわれて病みつきになったり。

歌舞伎とはまるで無縁にすごしてきた私は、赤江瀑(ばく)氏の小説が、歌舞伎への入り口でした。

華麗優艶な、独特の作品世界を構築される赤江さんは、歌舞伎を素材にしたものも、数多く書いておられます。

デビュー作『ニジンスキーの手』はバレエ・ダンサーが素材ですが、二作目の『獣林寺妖変』で、歌舞伎のおそろしい美を、描かれました。その後も、「恋怨(れんおん)に候(そうろう)て」『美神たちの黄泉(よみ)』など、次々に、読者を陶酔させておられます。

「炎帝よ叫べ」は、隈取が、重要な役をになります。

中国の京劇でも、臉譜と呼ばれる彩色を顔にほどこしますが、これは仮面から発達したもので、日本の隈取は、顔の筋肉の動きを誇張したところが、特徴です。

歌舞伎を代表するキーワードの一つといえましょう。

隈の色や、描き方によって、役の性格が一目でわかります。

紅の隈は、荒事や半道敵――ちょっと道化がかった悪役、たとえば、忠臣蔵の鷺坂伴内など――、そうして、藍色、墨色は、冷酷な悪役とか怨霊などにもちいられます。

これも、あらためて考えると、ずいぶん卓越した工夫だなと感嘆します。

力とか悪とか抽象的なものを強調し具体化する方法を江戸の芝居方は見つけだしたのでした。

江戸人は現代人ほど理論的ではなかったでしょうが、本質に迫る直観力をもっていたのだと思います。

『毎日新聞』一九九二年九月十六日付夕刊

写楽

以前、このコラムで、もっとも迫力のある芝居絵を描いた絵師は、土佐の絵金と書きましたが、これが、役者絵となると、まず、東洲斎写楽の名をあげないわけにはいきません。

極度にデフォルメされた大首絵は切手の図柄にまでなっていますから、歌舞伎にも浮世絵にも興味のない方でもご存じなのではないでしょうか。

私は、芝居や浮世絵を素材に、いくつかの物語を書きましたが、写楽だけは避けてきました。

写楽が役者絵を描いたのは、寛政六年五月から、わずか、十ヵ月の間だけです。

その短い期間に、ほとんど役者絵ばかり百五十枚ほどを描き残したのですが、前後の消息は、まったくわかっていません。

忽然とあらわれ、忽然と消えています。

いったい、写楽とは、何者なのか。

実におびただしい説が、これまでに生まれています。

　ミステリー作家の高橋克彦さんが、『写楽の世界』（講談社カルチャーブックス）に書かれた記事によりますと、三十一の説があるそうです。歌舞伎の研究評論に卓越した業績をあげておられる渡辺保（たもつ）氏の説を加えると、三十二。その一つ一つが、綿密な実証によるもので、けっして、あてずっぽうではないのです。さらに、フィクションとして、作家の想像力によってつくりだされた写楽像も、数多くあります。

　まるで、写楽という、巨大な森林のようです。踏み入るのは、恐ろしい。

　それで、避けていたのですけれど、いよいよ直面しなくてはならない事情が起きました。あらためて写楽の大首絵をながめ、なんと現代的な絵であることかと、今さらながら感嘆しています。発表当時、写楽の絵は、あまりに、真をうつしすぎたために人気が出なかったといいます。突如消えたのも、そのせいかとも思われます。先駆者の悲劇でしょうか。

『毎日新聞』一九九二年九月三十日付夕刊

素と魔

　橋本治さんの切り絵集を、写楽にたとえるのは、橋本さんにたいして失礼にあたるかもしれません。どんなすばらしい先人であろうと、〈橋本治〉は、また別の独自の高峰であって、先人の追尾者ではないからです。

　切り絵のすべてが役者の大首絵であることと、特徴のとらえかたに、写楽と通底する目があるわけですが、写楽の場合はおそらく無自覚的にあらわれたのではないかと思われる〈目〉を、橋本さんは十分に意識して駆使しておられると思います。

　以前に出版された橋本さんの切り絵集を、私は愛蔵しているのですが、今度、『演劇界』に連載されていた作品を集めた画集が発刊されました。

　私は、まだ、実物は目にしていないのです。そそっかしさをまたも発揮して、足をくじき身動きがとれず、なおるのを待っていては、この欄の締め切りに間に合わない。でも、見なくても、自信をもって、すばらしいにちがいない、と言い切れるのは、連載中のお作に接しているからです。

楽屋というのは、異様な場所です。役者が日常を脱ぎ捨て虚構の衣をまとう。その境界の地点です。

化粧と衣裳によって、素が嘘の下にぬりこめられ、おさえつけられてゆく、ともいえましょう。化粧と衣裳は、一種、魔めいた力をもちます。その魔に拮抗する力を、〈素〉が持っていないと、なんともつまらないものにしか変形しない、ということを、先日、ある踊りの会で、つくづく実感しました。素人と役者が同じ舞台にたったのですから、当然すぎるほど当然なのですけれど、修練によって鍛えられた〈素〉の凄さを思い知らされました。

〈素〉と〈魔〉の融合を描いたのが、写楽の目であり、橋本治さんの目であると、思ったのでした。

『毎日新聞』一九九二年十月七日付夕刊

漢字の色名

大相撲の先場所、貴花田の新しいまわしの色が、テレビ放送などで、ずいぶん話題になりました。たまたま、雑誌に目をとおしていたとき、その色の呼び名に関する投書が目につきました。

民放はワインレッドと呼び、NHKは小豆色と呼ぶ。NHKはださい、という意味の投書でした。いま、手元にないので、正確に引用できませんが、カタカナと漢字の色名をさらに幾つかならべ、カタカナは洒落ていて、日本古来の色名は、野暮ったいと主張しておられるのでした。

力士のまわしがワインレッドでも小豆色でもかまいはしませんけれど、漢字の色名はださい、という感覚に、少し、いえ、たいそう、悲しくなりました。

色を示す漢字の表現は、まことに豊かで、微妙なちがいをさまざまな言葉で言い表しています。
歌舞伎の舞台の華麗な色彩は、色名の豊富さとあいまっています。

カタカナでなくては表現できない色感もありますが、お嬢吉三が肌脱ぎになった長襦袢の色は、スカーレットじゃない。緋色です。水浅葱といわれても、その語感を、野暮ったいとしか感じられない、ペールブルーのほうがお洒落だ、と感じる方が増えているとしたら淋しいことです。カタカナの語彙が増えるぶん、日本の美しい言葉は消えてゆくのでしょうか。

〈春の小川はさらさら流る〉を、文語体は子供に不適当だからと、〈さらさら行くよ〉と奇妙な言葉に変えてしまった——あれは、文部省でしたっけ——あたりから、美しい言葉が消え始めたと思います。

子供のときから文語体になじんで、何がいけないのか、と、今日は少し、やつあたりぎみです。時代をうつす流行語にも、興味はありますけれど、幹の部分は、消滅しないでほしいのです。

『毎日新聞』一九九二年十月十四日付夕刊

紅葉の魔性

狂気と魔を誘い出す樹木といったら、まず、春の桜が浮かびます。

近くに広大な墓地と火葬場と葬儀屋と墓石屋があるという、幽霊物語を好んで書く身には恵まれた土地に私は住んでいますが、この墓地が桜の名所で、花見の季節になると幽霊の出場もない騒々しさです。それで、二十年あまり住みながら、花の盛りにおとずれたことは一度もないのですが、葉桜のときに、さしかわした梢がつくるトンネルの下を歩くだけでも、花のみごとさが思われます。

花見客の絶えた深夜、ひとりで佇んだら、夜桜は、さぞ怖いことでしょう。

桜の魔性に匹敵するのが、秋の紅葉。もっとも、桜は、ひともとの大樹でも、根本に死骸が、と想像させるほどの力をもちますけれど、紅葉が恐ろしいのは、全山を埋め尽くしたときの、過剰な紅でしょう。

実にさまざまな色合いの紅が、濃厚にかさなりあい、三橋鷹女が、この樹登らば鬼女となるべし夕紅葉とうたったのもさこそと思われます。

新歌舞伎十八番のひとつ「紅葉狩」は、同じ題名の能から派生しました。

観世小次郎信光が作った能の「紅葉狩」は、世阿彌の幽玄な夢幻能とことなり、動きの派手な、大衆的な風流能でした。九代目團十郎が歌舞伎にとりいれ、〈戸隠山に紅葉狩にきた平維茂が美女にであう。美女は実は鬼女であり、やがて本性をあらわし、維茂がこれを退治する〉という筋立てはそのまま、いっそう華麗に、変化にとんだものになりました。能の作者も、当時の人々も、〈紅葉が誘いだす魔性〉という幻想を共有していたのでしょう。

騒々しい花見のおかげで、桜の魔に逢うことはむずかしくなりましたが、紅葉の山を女がひとり歩けば、本性が誘い出され、もの凄まじい鬼女に変貌するかもしれないなどと、よしなしごとを思っています。

『毎日新聞』一九九二年十月二十一日付夕刊

将門の妖気

花道の七三にもうけられた〈すっぽん〉とよばれる切穴は、化生のものの通い路です。

土蜘蛛の精、妖術使い、亡霊、それらは、奈落の闇の気配をまとって、じわじわとせりあがってきます。

私に歌舞伎への目を開かせてくださった作家、赤江瀑さんは、すっぽんからせりあがってきた歌右衛門丈の瀧夜叉によって、歌舞伎の魔に呪縛されたということです。

瀧夜叉は、平将門の娘で、亡父の復讐をたくらむということになっています。今は、舞踊劇として一幕だけ演じられますが、本来は、「世善知鳥相馬旧殿」という狂言の大詰めでした。この芝居は山東京伝の読本『善知安方忠義伝』を脚色したもので、瀧夜叉は、後世つくりあげられた架空の人物ですが、まことに歌舞伎の闇と花を一身にそなえた役です。

反逆者でありながら、平将門は、江戸の昔から現代にいたるまで、たいそうな人気をたもちつづけてきました。

人気の源泉は、権力に反抗したからだとも言われますけれど、そういう点では、たとえば大塩平八郎などのほうがきわだっているのに、将門ほどの人気はないようです。

将門の人気の一つは、一種、妖気がまつわっているからではないかと思います。

もっとも古く、かつ、かなり正確であると思われる『将門記』を読むかぎりでは、妖異耽美の雰囲気はないのですが、江戸の草双紙や歌舞伎狂言になりますと、骸が蘇生したり、生者にとり憑いて復讐をたくらむなど、おどろおどろしいかぎり――そして、物語としては波瀾にとみ、楽しいかぎりになります。

歌舞伎にまつわるくさぐさを、気ままに記してきましたこのコラムも、今回で、ぶじ千秋楽。来月から、舞台を変え、本紙と同系列の『サンデー毎日』で、この瀧夜叉を、虚実とりまぜた物語として連載いたします。と、広告をかねまして、まずは、お別れの口上さよう。

『毎日新聞』一九九二年十月二十八日付夕刊

確率二分の一のスリルの連続

目の前につき出された両の握り拳の、どちらにコインが入っているか当てる遊びがある。

右か、左か。確率は二分の一。

他愛ない遊びだが、のってしまうと、けっこう、スリルがある。

当たりはずれに、生命なり運命なりがかかっているとなったら、スリルはきわめて強烈になる。

〈右か、左か〉を、〈ホントか、ウソか〉、あるいは、〈信じるか、信じないか〉、に置きかえる。

『女と男の名誉』は、このスリルの連続で構成されている。

主人公チャーリーは、マフィアのファミリーの一員であり、ファミリーのための忠実な殺し屋である。

この男が、ファミリーのドンの孫娘の結婚式場で、来客の一人である女に一目惚れする。女を踊りに誘い、たのしんでいる最中に、女は、電話に呼び出され、そのまま消える。

その夜、女から電話がかかってきて、翌日、ロスでデートのはこびとなる。

ここから、男と女のあいだに、右か、左か、ホントか、ウソか、の関係がはじまる。当初はもっぱら、男が当てる側である。

同時に、観客も、女の正体がよくわからぬままに、彼女の言葉を、ホントか、ウソか、信じるか、信じないか、のどちらか一方に賭け、あたらなければ〈どんでん返し〉を味わい、あたれば〈ほら、思ったとおり〉と、手品の裏を見ぬいた優越感を持つ、というたのしみ方ができる。

男対女の〈ホント、ウソ当てっこ〉のほかに、男対ファミリーのドンとの、当てっこ、そうして、女はフリーの殺し屋であるので、女対雇い主、女対ファミリーのドンとの〈ホント、ウソ〉、更にまた、男には婚約しながら別れた女メイローズがおり、この二人のあいだでの〈ホント、ウソ〉、メイローズはドンの孫なので、メイローズ対ドンの〈ホント、ウソ〉、メイローズと、その父親との〈ホント、ウソ〉、と、何がホントで何がウソかは、重層的に錯綜するのである。

なにしろ、全員、したたかなマフィアであり、殺し屋なので、平然とだましあう。見ているこっちは、Aはこう言っているが、実はちがうのだろうな、と、裏を裏を考える。ホントとみせかけたウソだろうと思っていると、実は、ホントのままであった、というのもある。

で、わたくしはかんぐり過ぎて、最初の男と女の一目惚れからして、嘘っぽくて困ってしまった。女が、男を一目でぽうっとさせるほどの魅力的な美女と感じられなかったのである。ラヴェンダーのドレスがたいそうきれいで、男を悩殺したのは、このドレスじゃなかったのかと思うくらい。マフィアのドンにかわいがられ、後継者にとまで目されている男が、こんなに純情可憐で神経質でいいのかしらね。と悪口めいたけれど、これは、おもしろがることを強要されるような感じの映画、でありました。

「男と女の名誉　ジョン・ヒューストン監督 作品評」『キネマ旬報』一九八五年九月下旬号

新鮮なスターの出現だった

海岸に二組のグループが対峙する。

それをカメラは、斜め上からロングで俯瞰する。

ほぼ二列に並んで向かい合い、一方のリーダー株が、もう一方のリーダー株に何かいちゃもんをつける。

こっちは、にやりと不敵に笑って、それはどうも、とか何とか（正確なせりふは忘れた）言いながら、頭をちょっと下げる。その姿勢のまま、だーっと相手の陣営に突っ込んでゆく。乱闘が始まる。

この喧嘩開始のシーンが、どきっとするほど新鮮だった。

頭を下げて突っ込んでいった、〈いかす野郎〉が、裕次郎。映画は『狂った果実』だった。

ストーリーはたいして面白くなかったが、喧嘩のシーンが見たくて、何度も映画館に通った。

〈いかす〉という言葉も、裕次郎が流行らせたのだった。

喧嘩のシーンにしろ、ぼそぼそしたせりふにしろ、それまでの役者の演技とは、全く異質な魅力があった。

まだ私が身軽な頃の事だと記憶していたのだが、あらためて調べたら『狂った果実』が封切られたのは、昭和三十一年。私は満一歳の子供を抱えた身だった。どうやって映画館に通う暇を捻出できたのか、今となっては不可解だ。

すでに言い尽された事ではあるけれど、〈裕次郎〉の出現は新鮮だった。

その後も、裕次郎の魅力に惹かれて、『海の野郎ども』『鷲と鷹』『嵐を呼ぶ男』等々……映画館に通った。しかし、『幕末太陽傳』など数本の他は、ストーリーが私の好みと違うので、次第に離れた。

『狂った果実』のとき満一歳だった娘は、長じて、『太陽にほえろ!』のボスのファンとなった。若い頃のかっこいい裕ちゃんより、頼もしい父親型の中年の裕次郎の方がはるかに魅力があるという。長身の若者は珍しくないと言うのだが、そのオリジンは裕次郎にあるのだよ、娘よ。


「裕次郎と私」『キネマ旬報』一九八七年九月上旬号

若い世代は〈無意味〉を突き抜ける?

四齣まんがの急所は、最後の四齣目の落ちにある。——というのが、これまでの常識だった。三齣まで順を追って進んできた話が、最後でくるりとひっくりかえり、すっ飛び、裏に隠されていたとんでもない顔をみせる。

しかし、どれほどすっ飛んでも、着地する場所はあり、四つの画面は一貫した、理路整然としたストーリーになる。

いまでも、もちろん、それが主流ではあるけれど、四齣目で、ストーリーをがたがたにつきくずし、全体を、無意味にしてしまう、というタイプのものが、読者層の若いまんが誌に、ここ何年か目立ってきている。

そのなかでも、過激な無意味さで人気が高いのが、吉田戦車氏の『伝染るんです』で、他にも、『クマのプー太郎』とか『ヤゴ』とか、いかに意味を剝奪するかに作者たちが力のかぎりをつくす作品群がある。

これらが載っている雑誌に、読者の投稿欄がある。本紙掲載の作品を切り貼りして、全く別のまんがをつくるというルールだが、そこで競われるのも、意味の無化である。

意味をもたせず、しかも、その無意味さ加減がとんでもなく面白い、というものを創るのは、たやすくはない。ただ、でたらめを連ねたからといって面白くなるものではないし、無理がみえれば、読者は敏感にしらける。

かつて、〈意味〉が欠くべからざる意味をもっていたころ、果敢に意味を排除する試みをした先駆者が、筒井康隆氏だった。

現在は、むしろ、〈無意味〉のほうが受け入れられやすい状況になってきている。

演劇では、ラストの突き崩しと意味剝奪の面白さに徹しているのが、小劇場〈花組芝居〉である。

この劇団のこれまでの芝居は、おおむね、歌舞伎、それも南北の「隅田川花御所染」や「四谷怪談」、山東京伝の読本『桜姫曙草紙』などあくの強いものを本歌取りして、思い切り崩している。もとを知らなくても十分楽しめるが、知っているものは崩し方の見事さに拍手！ となる。

崩しの作者は、劇団の主宰者であり演出も兼ねる才気横溢の加納幸和氏で、子供のころから歌舞伎に親しんだ結果が、それを、崩す、という形であらわれた。

江戸歌舞伎は、明治の演劇改良で殺されたが、江戸の人々にとっては、〈江戸時代〉が〈現代〉だった。そうして、その時々に応じて、台本は、作者により、生き生きと変化した。江戸歌舞伎のありようが現代にまで続いていれば、花組芝居のような形になったかもしれない。

崩す、意味を剝奪する、しかも、作品として成功させる、という行為は、まんがであれ、小説であれ、演劇であれ、きわめて強靭な精神を必要とする。

〈無意味〉は、虚無と通底する。

かつて、言葉が意味によって輝いていた時代があった。

ほんの十数年前までである。言葉は、熱かった。

いま、通用する語彙が極度に減ってきているのは、社会の変化、生活の変化、と、いろいろな原因はあるけれど、言葉の意味のいかがわしさに気づいてきたということもある。とりわけ熱い言葉の嘘に。

こんな世の中は嫌だ。と、かつては、叫び、行動することができた。いま、嫌だ、は、つぶやきにしかならない。叫べば、どういう結果になるか、行動する前に、見えている。

周囲にひろがる荒廃を見てしまい、しかも飛翔の翼を奪われていれば、エネルギーは、無意味を玩具として遊ぶ方向に向かうほかはない。弱いものは耐え得ないだろう。

こういう状況を明瞭に具象化したのが、〈第三舞台〉の核三部作で、登場人物たちは、死の荒野で、ひたすら遊ぶ。

ギャグの連発に笑いころげながら、ラストはいつも胸が痛くなる。空無の中で、空無を熟知しながら、ほとんど無邪気な笑顔で、彼らは、立つ。

このあとに何がくるのだろう。とわたしは、思う。

もしかしたら、無意味を突き抜け、もう一度、より深い思索の世界に、若い世代の目は、向くのではないだろうか。

『毎日新聞』一九九〇年九月十日付夕刊

「女たちのジハード」（朋友）
――芝居になった篠田節子さんの作品

つい一昨日（十月二日）、劇団朋友の「女たちのジハード」を観たばかりだ。原作者篠田節子さんと親しいところから誘われた。芝居に関しては、当方、全くの素人で、劇評めいたことは書けない。原作を巧みに脚色してあるなと、素人丸出しの感想をのべるだけだ。

原作は、現代のＯＬのかかえる問題をきわめてリアルに描いたもので、『聖域』『ゴサインタン』など宗教に迫る重厚な作品を発表しつづけた篠田さんとしては珍しく軽めな筆致で書かれた作品であった。軽めといっても、さすが篠田節子である、連作のスタイルで、五人のＯＬと彼女たちの周囲の人々の性格、行動を一話ごとに抉りだす筆は厳しく苦く、そうしてエネルギッシュである。

篠田節子は常に緻密な取材を行い、その上で思想的に掘り下げた作品を産みだすのだが、『女たちのジハード』でも、生保会社のＯＬに取材し、飛行機の操縦法を取材し、長野の農家で実際にトマトを収穫する作業を体験し、作品に厚みをくわえている。

舞台は、前半でそれぞれのＯＬのエピソードを、からみあわせながら並列させる。だれもが、会社の仕事では埋められないものを心に抱え持っている。男とのトラブル。三角関係。結婚の問題。男はなにかといえば女を性の遊びの対象として扱いたがる。性差別はないというのは建前にすぎず、男性優位の社会で、女性社員はよけいな傷を負わねばならない。

男に愛想をつかしたＡは、ひとり生きるため、自分だけの城であるマンションを購入しようと思い立つ。暴力団のいやがらせをはねのけての聖戦（ジハード）が、まず開始される。

お局（つぼね）様状態のＢは、夫が他の女性に心をうつしたことから離婚し、会社をやめ、子供との生活をたてるために、昔ならったことのある料理の腕を生かして小さいながらレストランをひらく。

Ｃは金持ちの男をゲットしようと志すが、単に贅沢をしたいという気持ちからではなく子供のころ両親が共働きで辛い思いをしたから、出産したら子供といっしょにいたい、そのためには、経済力のある男を、という事情が後に明らかになる。

翻訳者を目指すＤは、アメリカ留学の道を自力で切り開く。その資金を準備するために、水死人を引き揚げる仕事に従事する。このＤの一人称〈わし〉は、勝気な女のぎすぎすしがちなキャラクターをやわらげ、魅力あるものにしていた。

他人によりかからなくては生きていかれない頼りないＥは、Ｃから奪った男と結婚するけれど、夫に暴力をふるわれ、Ａのもとに逃げ込む。ＡはＣを庇護するが、その勝手さにふりまわされる。

陰湿にもなりかねない人間関係だが、原作は女性の勁（つよ）さを爽やかに描きだしており、脚色演出もまた、ユーモラスで楽しい舞台をつくるのに成功していた。場割りは細かいのだが、舞台装置の転換がスムースでテンポが速く、だれることがない。

後半は、無農薬の加工用トマトを栽培する男に出会ったAが、心を惹かれ、結ばれて、トマト加工を商売として成功させていく話に、凝縮される。Bのレストラン経営のエピソードが、そうしてAが生保会社で営業の厳しさを体験しているという伏線が、ここで生きてくる。

金持ちゲットを目指したにもかかわらず、Cは、屋内にトイレもないネパールの山奥で好きな研究に没頭する男と結ばれ、Dは渡米に成功し、聖戦を女たちは勝ち抜いて、さらに歩み出す。

観客は年齢層の幅が広く、男性もかなりいて、みな、身近な問題として、身につまされたり共感したりしていたようだ。

原作者も笑い転げるくらい、舞台は活き活きとして、自然な笑いを誘っていた。

「この舞台、この演技'99」『悲劇喜劇』一九九九年十二月

『魔王』その聖と悪

ラストシーンで、躰（からだ）の奥から震えが走った。傷を負いほとんど盲目になった中年男アベルが少年を肩に担（かつ）ぎ、杖をたよりに深い沼を渡って行く。なかば沈みながら。『聖クリストフォロス伝説』に基づく、この作品のモチーフが凝縮されたシーンである。

聖クリストフォロスは、三世紀ごろに実在した聖人だが、これをモチーフとしながら、残酷美の結晶である『魔王』に、おしつけがましい宗教臭さは皆無である。それにもかかわらず、私がラストで戦慄（せんりつ）したのは……、いや、それでは先を急ぎすぎる。

ミシェル・トゥルニエの原作では、この〈子供を担ぐ〉〈担ぐものは、担がれる〉という主題は、アベルが感じる徴（シーニュ）として繰り返しあらわれるのだが、映画では冒頭の短いシーンとラストの一場面に集約される。

映画『魔王』の監督フォルカー・シュレンドルフは、〈原作を読んだとたん、その魅力にとりつかれ、体中に戦慄が走った〉という。〈それは現実的でかつ幻想的な世界。まさに夢物語である〉と監督は記しているが、映画も原作も、夢物語という言葉が思い浮かばせるような淡い甘いものではない。これこそが真実と感じられるのである。幻想的であることが、同時に現実の本質を抽出しているのだ。

言い添えよう。小難しい実験作ではない。思索を無理強いするものでもない。ストーリーは起伏に富み、人物造形は絶妙であり、構成は伏線がみごとにはられ、そこここに仄かな、そうしてグロテスクなユーモアがにじみ、モノクロームとカラーを効果的にまじえた詩的幻想的な映像美とあいまって、魅入られて忘我のままラストにいたる。

一九一〇年前後。フランス人である主人公アベルが少年期を過ごすパリ郊外の厳格で暗鬱な聖クリストフ学院は、モノクロームで描かれる。冒頭、学院の庭で子供たちが、一人が一人を〈担ぐ〉騎馬戦で遊んでいる。転んで膝を擦りむいた子供の傷を、アベルは舐めさせられる。原作は記す。〈たえず血がふきだす傷口は（略）むくれた果肉のように気まぐれな地図を見せ、擦りむいた肌の白味がかったはれと……〉（植田祐次訳）。アベルは傷を舐め、唇は傷口の上で止まり、しばらくそのままでいて、そうして悪寒と痙攣におそわれ、失神する。映画のアベル少年は、傷を舐めているところを教師に見られ、笞打たれる。ひ弱な彼は、どんな臆病者にも攻撃され、見下される。学友のなかに、一人だけ保護してくれる者がいる。ほとんど畸形に近い怪物じみたこの肥満児ネストールは、学院施設の管理人の息子なので院内のあらゆる鍵を持っており、アベルは彼に威厳さえおぼえる。ネストールは深夜の料理場に入り込んで膨大な食べ物をむさぼり——この場面は、後半ナチスの権力者ゲーリング元帥の豪奢を描く場面と響きあう——その傍らでアベルは、冷厳なカナダの荒野に棲息する大鹿を描いた絵本を熟読する。アベルとネストールの関係は神話的ですらある。アベルがネストールを神話的に解読するのである。それをシュレンドルフは〈映像〉で観客に伝える。

安直な善悪弁別は、この作品にはない。結局のところは善の暴力が悪を打ち負かすという単純なアメリカ的正義感の発露もない。騎馬戦で仲間はずれにされているアベルを〈担ぐ〉のは、ネストールである。しかし、便所で自分の手の届かない尻をアベルに拭かせるのもネストールである。

知能にハンディキャップのある弱者が、無垢で純真で、まわりの者はその存在によって癒され和まされ、ハッピーエンドでしめくくられるといったありきたりの構図も、ない。

当然だ。原作者はフランス人でありながらゲルマン神話に魅せられて育ち後にドイツ哲学に没頭したトゥルニエであり、あのグロテスクで美しい『ブリキの太鼓』のシュレンドルフが、脚本と監督を担当したのだから。ちなみに、ドイツ人シュレンドルフは、ドイツに生まれ十六歳でパリに移住し、フランスで育っている。この原作者と監督のクロスした生い立ちは『魔王』に色濃く投影されている。

一九三九年以降。画面は静かな色調のカラーになる。少年アベルは弱者ではあったが、傷に対する感覚でもわかるように無垢ではなかった。成人したアベルもまた〈不器用で無口で社会からはみだしているが動物や子供たちにはなつかれる男〉ではあるが、その類型には当てはまらない。無垢、ピュアといった、口当たりのいい表現にはおさまりきらないのである。彼は子供たちを愛し、子供たちに好かれるけれど、彼の愛情には、俗な言葉でいえば、子供フェチともいうべき倒錯したエロスがひそむ。子供に悪質のいたずらをする変質者という意味ではない。彼は子供を可愛がるけれど、それ以上のことは何もしていない。

アベルの常ならざる感性は、原作には明示されているが――散髪した子供たちの髪を枕につめるなど――映画のシナリオでは、はぶかれている。もし凡庸な俳優が演じたら、映画『魔王』のアベルは、ただの〈子供と動物にやさしい、いい小父さん〉でしかないだろう。そんないい小父さんでは、ラストのあの深みは生じないのである。普通のいい小父さんであったら、あのラストを持ちこたえられないだろう。

アベルに内在するピュアならざるものをそれとなくにじませ得たのは、彼を演じたジョン・マルコヴィッチの凄みである。子供時代を演じた少年俳優もまた、内なる暗黒を表現していた。

第二次大戦がはじまり、アベルは戦場でドイツ軍の捕虜になり東プロイセンに送られる。

国境を接するドイツとフランスは、たがいに侵攻を繰り返してきた。ヨーロッパの歴史における幾多の戦争には、この二国の争いがからまるものが少くない。

常識的な戦争映画なら、フランス兵捕虜の愛国心、ドイツ軍への反発が描かれるところだろうが、そうはならない。アベルが従うのは、国に属する自分ではなく、自分の内部の感覚のみである。強者は、ときに美しく、ときに魅惑的である。

カナダの森へのアベルの憧憬を、東プロイセンの深い森は十分にみたした。母国フランスで他人に受け入れられなかったアベルは、敵国に居心地のよい場所を見出す。

東プロイセンは、ドイツにあっても、特殊な土地である。中世期、ドイツ騎士団は東へ東へと進み、異教徒を征服しバルト海沿岸地方に強大な騎士団領をつくった。第一次大戦の敗戦により、ポーランドがプロイセンを縦断しバルト海への出口となる地域を獲得したので、東プロイセンはドイツ本国から分断された。ドイツ領でありながら出入国にポーランド領を経ねばならず、この通行自由の要求が、ナチスドイツのポーランド侵攻の理由の一つになっている。

アベルはやがて、自ら望んで、〈ナポラ〉の一つで働くようになる。〈ナポラ〉――国家政治教育学院――は、一九三三年以降ヒトラーの独裁政権下にあって、将来の国家指導者の養成を目的に作られた、十三歳から十八歳までの、純粋アーリアンを対象とする特殊なエリート学校である。入学試験は難関だった。年々数を増やし、ドイツ国内に四十数校つくられたが、開戦とともに、軍事教育と体育訓練にもっぱら重点がおかれ、戦力補給源として国防軍にも武装ＳＳにも期待されるようになる。

アベルが希望して働くようになった東プロイセンの〈ナポラ〉は、プロイセン貴族カルテンボーン伯の居城を使用した壮麗なものであった。

無邪気な愛らしい子供たち！　アベル！　アベル！　手を差しのべる彼らに林檎を放ってやるときの、食堂で食事を配ってやるときの、アベルの誇らしげな嬉しげな表情。子供たちのベッドが整然と並ぶ広い寝室の、暖炉の焔を背景にカーテンで仕切られた一角が、アベルの寝所である。灯が消されると、暖炉の火明りがアベルの影を黒々とカーテンに映し出す。巨大に。「お休み、子供たち」重々しいアベルの声。「お休み、アベル！」いっせいに応える子供たち。アベルは服従する者であると同時に支配する者でもある。

肉体の鍛練にはげむ子供たちの姿は、アベルならずとも陶然とするほど活き活きと楽しげに魅惑にみちて描かれている。かつてナポラの生徒であった人々の記録を、資料として読んだことがある。そのとおりの実態を、映画はリアルに精密に、そうして美しく再現していた。レニ・リーフェンシュタールの『オリンピア』が、オリンピックを恐ろしいほど美しく描きだしたように。

　戦争が激化し、スターリングラードでドイツは大敗し、東プロイセンの田舎では、子供をナポラに入学させるのを拒むようになる。アベルには、このカルテンボーン城のナポラは、子供たちにとって最良の場所と思える。だから、信念にみちて子供たちを城に誘い入れる。黒馬にまたがり獰猛(どうもう)なドーベルマンを引き連れ、森の中を、子供を探してまわる。土地のものには人食い鬼と呼ばれながら。

　ソ連軍が、子供たちの城に迫る……。

　キリストを担って川を渡る『聖クリストフォロス伝説』に基づいた最後の場面で私をとらえたのは、〈《世界》が世界を救済している〉あるいは〈世界が《世界》によって許されている〉という宗教的な感覚であった。

〈世界〉を別の言葉でいえば、〈神〉であろう。しかし、世界を創造したキリスト教の絶対的な神は、人間の世界とは隔絶された高みに在るように感じられる。人間——主人公アベルによって象徴される——を許し救済する存在は、アベル自身をも、加害者をも被害者をも、殺し殺されるすべての動物をも、そうしてその住処(すみか)である森をも沼をも、すべてを包含する〈世界〉=〈神〉である。私がキリスト教社会を知らない汎神(はんしん)の感覚になじんだ日本人であるがゆえに、いっそう強く、そう感じたのかもしれない。

『小説現代』二〇〇一年十月

究極の戦争映画

十一、二歳の少年――まだ肉付きは薄く、あどけない。野原の光のなかで、母と過ごす無垢（むく）なひととき。母がはこぶバケツに顔を突っ込んで水を飲んでいるとき、突然銃声がひびく。少年は、目覚める。現実のほうが地獄のような悪夢だ。起き上がり、ぼろぼろの外套（がいとう）を身にまとう。外は凍てつく荒野。

ドニエプル河畔の地域は、ドイツ軍と赤軍が寸土を争って死闘をくりかえした激戦地なのだが、アンドレイ・タルコフスキー監督の初期の傑作である『僕の村は戦場だった』（原題『イワンの少年時代』）は、静謐（せいひつ）で美しい、そうして惨（むご）い、戦争映画である。敵軍の姿は画面にあらわれない。総攻撃の派手な銃撃戦もない。それでいて、戦線の緊迫感が終始つたわってくる。

母親を機銃掃射で殺された少年イワンは敵への激しい憎悪から斥候（せっこう）を自ら志願し、ドニエプル川対岸の敵の作戦地帯に忍び入ったのだ。ふたたび川を渡り、ずぶ濡（ぬ）れの泥まみれで大隊陣地に報告にたどりつく。

母といっしょにいる夢のなかでの少年のあどけなさと、苛酷な現実の戦場にいるときの陰鬱な険しい表情との亀裂。

後のタルコフスキーの映画の多くがそうであるように、この映画も、〈水〉が重要な主成分になっている。

敵と味方をへだてる静かな大河。深い影と光だけで構成されるモノクロームの画面に、ときたま曳光弾が尾を引き、銃声も砲声も遠い。野戦陣地の暗鬱な日々のあいだに、初な中尉と医務班長である若い女性中尉、イワンをかわいがっている世馴れた大尉、三人の大人の仄かな気持ちの行き交いが、白樺の林に躍る木漏れ日のような淡い明るみで点綴される。

歯を食いしばり、壁に向かって憎しみのこもった短剣を投げつけるイワンだが、夢のなかではいつも無邪気に愛らしい。夢のなかには、いつも〈水〉がある。

爽やかな雨のなかを林檎を山積みにしたトラックの荷台に、幼友達の女の子と乗っているイワン。女の子は幼いながらコケットリーたっぷりだ。二人の子供も、道にころがる林檎も、光のような雨に濡れる。

井戸をのぞきこむ母とイワン。母は教える。深い井戸のなかでは、昼間でも星が見えるのよ。手を伸ばして星を掬おうとするイワン。銃声。母は倒れ、汲み上げた水の飛沫が母に降りかかる。

大隊指揮官をはじめ、周囲の大人たちは、これ以上危険な目に遇わせないため、斥候の役からおろそうとするが、少年はかたくなに拒否する。幼年学校にいれようとすれば、脱走する。少年は意志をつらぬきとおし、根負けした中尉と大尉は彼を対岸まで小舟で送り届ける。それきり、斥候少年の消息は絶える。

赤軍がベルリンを陥(おと)しドイツが降伏した後、中尉は絞首刑にされた者のリストのなかに少年の顔写真を見いだす。少年の夢の場面で映画は終わる。水際であそぶ子供たち。林檎の女の子を追って走るイワン。女の子を追い越し、イワンはどこまでも夢のなかを走る。

スターリンのソ連と赤軍の暴行には、私はいまだに憎しみと恐怖、怒りが消えない。ソ連が勝者連合軍の側であったためだろう、その暴戻(ぼうれい)を糾弾する声は、ナチスを責めるほど高くはなかった。

独ソ戦で、赤軍は凄まじい戦い方を国民にさせている。子供から老人まで戦場に駆り出した。武器が足りないので素手で行かせ、戦場で死傷者から調達させた。逃げようとすれば、背後に控えたNKVD(ソ連内務人民委員部)に射殺される。武器のない兵たちは、火酒で酔っぱらって恐怖を麻痺させ、腕を組んで列を作り、ドイツ軍の機銃の前に進んだ。敵の弾丸を浪費させる人海戦術である。ソ連の膨大な人口が、このやり方を可能にした。武器不足のまま農民が戦場に送られたことのほんの一端は、去年公開された『スターリングラード』にも描かれているが、これはうんざりするほど甘ったるい結末をつけていた。

酸鼻な実情にくらべて、タルコフスキーの映画はきわめて叙情的であるけれど、実写のような場面をつらねるより、はるかに心に食い入る。安っぽいプロパガンダになりかねない素材が国情を超えた美しい作品になっている。

十九世紀末の帝政露西亜(ロシア)時代の小説や戯曲は、独逸(ドイツ)の浪漫派、北欧の神秘主義、愛蘭土(アイルランド)の幻想世界とともに、子供のころの私の読書体験にもっとも強い影響を与えた。共産主義国家ソ連は心底うとましいが、独逸から露西亜西部にかけての一帯には、懐かしい親しみをおぼえる。

哀しく激しい主人公イワンを名演した子役ニコライ・ブルリャーエフは、五年後に、同じタルコフスキー監督の『アンドレイ・ルブリョフ』にも若い鐘造りの役で出演している。あと二、三年もすれば消え失せるにちがいない、ほんの一瞬の、それゆえに最高に魅力のある姿で。

「女流作家の〝究極〟の映画」『オール讀物』二〇〇二年五月

わたしの映画スタア　ジェイムス・メイスン

敗戦後せいぜい二、三年の、十七、八のときに観たと記憶していたのだが、この稿を書くにあたり上映記録を確認したら、キャロル・リード監督、ジェイムス・メイスン主演の『邪魔者は殺せ』が日本で公開されたのは、昭和二十六年。私は二十一になっていた。それにしても、五十二年も昔のことだ。

ＩＲＡのメンバー数人が、活動の資金を得るために工場に押し入る。失敗して一人が職員を撃ち殺してしまい、用意してあった車で逃走する。躰の具合が悪いのをおして参加した主人公は、車に乗る寸前、一瞬立ち眩みし、乗り遅れ、銃弾を受ける。重傷を負った彼は瀕死の犬のように惨めに気高く、路地から路地をさまよい歩く。彼を探し回っていた恋人と埠頭でめぐり合い、抱き合うものの、周囲はすでに包囲されており、無数の銃弾を浴びて共に死ぬ。ほぼ、それだけのストーリーで、彼の台詞はほとんどない。勇ましくもないし、英雄的でもない。それゆえに、なおのこと、陰影の深さが心に食い込んだ。

あろうことか、生まれて初めてファンレターなるものを書き、どうやって住所を調べたんだか、小さいこけし人形といっしょに、J・メイスンに送ったのである。郵便局の窓口に人形の包みを出したのは覚えているのに、何を書いたんだかまるっきり記憶にない。

返事がきた！　ボールペン書きの小さいサインが右下の隅に入ったブロマイドといっしょに。日本の人形は娘が喜んでいるとあった。数年前まで敵国だった日本の女の子からの、たどたどしい英語のファンレターが珍しかったのかもしれない。とっくになくしたと思っていたのに、最近身辺を整理していたら、古いアルバムの間から写真と封筒だけ出てきた。

『文藝春秋』二〇〇三年十一月

感傷と抒情(じょじょう)のデュヴィヴィエ『にんじん』

子犬が哀しそうな目をしてクーンと鳴いているだけで、涙がにじむ。泣かせるようにできている場面では、あっさり泣く。

デュヴィヴィエ監督の映画『にんじん』は、ルナールの原作から苦さを抜いて大甘に作ってあるから、それが不満だと常々言いながら、自殺を決意したにんじんが、彼に好意を見せてくれた数少ない一人である女中に、気づかれぬよう窓越しにそっとキスを投げて去っていく場面では、どうしたって泣いてしまう。

ルナールの原作は、努めて感傷を排除し、抒情に流れることをストイックなまでに拒んでいる。起承転結のある物語ではない。簡潔な文章による幾つものエピソードが、事実を羅列するように並ぶだけである。しかし、いかにシニカルかつ軽妙な筆致をもちいても、本来詩人の資質を持つゆえに、リリカルな気配は漂い溢(あふ)れる。単純な文章で深い恐ろしい現実を表現するという点で、アゴタ・クリストフの『悪童日記』を連想する。

岸田國士訳の岩波文庫と窪田般彌訳の角川文庫で今に至るまで読み継がれているから、内容の詳述は略する。七十年ほど昔、子供だった私が読んだのは、フランス装、白水社版の岸田訳だった。強い共感を覚えた。主人公は、大人の不条理を冷徹に皮肉に分析しながら、非力な子供であるために立ち向かうことはできない。にんじんは、父親に、軽い調子で語る。僕自殺しかけたんだ、といったら、どう思う？　父親は鼻であしらう。〈「大げさなことをいうな！　にんじん」「ほんとだとも、お父さん。ついきのうだって、ぼく、また首を吊ろうと思ったんだ」「だけど、おまえは現にそこにいるじゃないか」〉（窪田般彌訳）そうして、にんじんの辛い日々は続く。

『にんじん』はルナールの少年時代の実体験にほぼ沿っているのだそうだ。ルナールが残した日記によれば、後に父親は猟銃で自殺し、母親は井戸に落ちて死んでいる。

『にんじん』が広く知られるようになったのは、ルナール自身が戯曲化して舞台にのせたことと、それをもとにしたデュヴィヴィエの映画が大好評だったことによる。

舞台は見ていないのだが、デュヴィヴィエは、口当たりのいい甘美なドラマに仕上げた。にんじんを演じたロベール・リナンは藁しべみたいに細く痛々しいが、彼自身が泣く場面はほとんどなかった……と思うのだが、今、ビデオが手許にないので確かめることができない。不条理を受け止めきれず、川辺に膝をつきカミサマに祈る叙情的感傷的なシーンでも、デュヴィヴィエはにんじんに涙は流させなかった。

原作では淡々と皮肉もまじえて描かれるマチルドとの結婚式ごっこのエピソードが、映画では、なんとも愛らしいいじらしい場面になっている。岸田國士の訳によればぼ、〈原っぱでは、小娘マつけたチルドが、白い花をつけた牡丹蔓の衣裳で、じっとしゃちこばっていた。（略）しかも、つけたわ、つけたわ、疝痛の薬だけに、世の中の疝痛が残らず止まるほどだ〉。モノクロームの画面では、白い花に飾られた女の子は、無邪気に愛くるしい。

自殺しかけたと語る息子に、現にそこにいるじゃないか、と取り合わないのが、ルナールの筆による父親だが、映画では、大甘のクライマックスになる。納屋の梁に縄をかけ、ぶら下がったその瞬間、駆けつけた父親が抱き下ろし、抱きしめる。以前観たときは、あまりのべたべたな甘さに、涙が滲みもしなかったのだが、今もう一度観たら、赤毛のためにだれからも本名を呼んでもらえなかったにんじんが、父親に、初めてフランソワと呼びかけられ、とびっきりの笑顔になるラストで、不覚にも涙ぐむかも知れない。

『にんじん』は一九三二年に作られた。五年後、デュヴィヴィエは『舞踏会の手帖』に、若者に成長したロベール・リナンを起用している。見せ場のないちょい役ではあったが。

第二次大戦中、レジスタンスに参加したロベール・リナンは、ゲシュタポに逮捕され、殺された。現実は映画を超えて悲痛だ。カタルシスはない。

なお、蛇足ながら、二〇〇三年にボーランジェがリメイクした『にんじん』は、時代を一九五〇年代に移した別物である。これは腹立たしいほどつまらなかった。紙数が足りないので、つまらなかった理由は省略する。

「私が泣いた映画」『オール讀物』二〇〇八年十一月

アラン島に生きる

波は絶壁のように聳え、なだれ落ちる。その間に、小さい舟が見え隠れする。カラッハと呼ばれる、木の枠に帆布を張り、タールで塗装しただけの、手漕ぎのか弱い小舟である。

船首が持ち上がったかと思うと、次の波が来る手前の谷間に吸い込まれ、水飛沫が上がる。三人の男は、ひたすら、漕ぐ。画面は怒濤のみである。陸に向かって漕ぐほかに、襲いかかる高波を逃れるすべはない。そうして、荒波に命をさらすとわかっていても、アラン島の漁師たちは、カラッハで大海に出るほかに生計をたてるすべがない。

ようやく浅瀬にたどりつき、男たちは水に浸かって舟を岸にあげようとする。波打ち際で待っていた妻も走り寄って手を貸す。高波は容赦なく押し寄せ、妻は飲み込まれそうになる。男は妻の髪を掴んで引きずりあげる。船底に穴が開いた。引き裂いてタールに浸した帆布を張り付けて塞ぐ。そんな頼りないカラッハで、男たちはまた海に乗り出していく。

この島には、土がほとんどない。岩ばかりだ。主食のじゃが芋を栽培するためには、まず土作りから始めねばならない。若い夫はハンマーをふるって岩を砕く。妻は海藻を山と集め、その上に敷き詰める。深い亀裂の底にあるわずかな土をかき集め掬い上げ、海藻の上に広げ、畑のかわりにする。

『アラン』は一九三四年に公開された映画で、長篇ドキュメンタリーの傑作として名高いらしいが、私はたまたまDVDを目にするまで何も知らなかった。予備知識なしで見たので、インパクトはいっそう強烈だった。

監督ロバート・フラハティは一年以上アラン島に留まり、住民の中からある一家を選んでその日々を映像化した。三十代と思われる夫婦と、十歳ぐらいの息子、まだよちよち歩きの女の子。おじいちゃんがときどき仕事に加わる。

十六世紀のアイルランドを舞台にした物語を書くために資料を集めている最中だ。去年、取材のためアイルランドに渡りもした。二ヵ月ほど前、この『アラン』のDVDを見つけたのである。取材したのはアラン島よりさらに北のクレア島だが、切り立った断崖に怒濤が押し寄せ飛沫で視野が白くなる光景は同じだ。

紀元前にケルトの一部族ゲール人の国になったアイルランドは、十二世紀、イングランドの支配を受けるようになり、十六世紀ヘンリー八世の時代に完全に隷属し、ゲール語の使用も禁じられる。二十世紀になって北の一部を除き独立したけれど、ゲール語はほぼ絶滅していた。アラン島にはケルトの風習が色濃く残っており、ゲール語も消えていない。そのため政府から伝統保存の援助金が出ていると、クレア島の人は羨ましがっていた。

『アラン』のDVDを手に入れる少し前に、シングのアラン島滞在記『アラン島』を読んだ。シングはこの島を愛し、一八九八年から一九〇二年まで、毎年一度訪れている。

「轟音とともに水が僕たちに襲いかかった。(略)カラッハは馬が後ろ足で立ち上がったような姿勢になり、動揺しわななないた」(栩木伸明訳)

映画『アラン』はシングが文章に記したまさにそのとおりの場面を迫力に満ちた映像で見せてくれる。特撮もCGもない。すべて実写だ。荒波に揉まれるカラッハ。腰まで海に入り海藻を集めずしりと重い大籠を背負って岩上に運ぶ妻。岩に海藻を敷き痩せた畑を作る夫婦。その表情は少しも暗くない。力の限りを尽くし、なおかなわぬ時は天の定めを静かに受け入れる。ハンマーをふるって岩を砕く男の正確な動きは、機械にはない美しさだ。

夫婦はおそらく新世紀を迎えるよりだいぶ前に生を終えただろう。蟹を使って魚を掴まえていた男の子は戦場に出たのだろうか。小さい女の子は、思えば私とほぼ同年代だ。どんな生を、彼らは過ごしたのだろう。懐かしく愛おしい。

「私の人生を変えた映画」『文藝春秋 SPECIAL』二〇〇九年夏号

第三部

アリスのお茶会

J・グリーンの『閉ざされた庭』

好きでたまらない本はいくつもあるが、現在手もとにあって何時でも読み返せるものは〈忘れられない〉とは言わないだろう。子供のころ読んで強烈な印象を受け、その後読みなおしたくても手に入らないという〈忘れられない本〉は、少し前までは、一冊どころか、何十冊とあった。しかし、ここ十年ぐらいのあいだに、それらの大部分がまた新たな装いで出版され、再読して、満足したり幻滅したりした。

どうしても手に入らなかったのが『閉ざされた庭』という小説で、これは小学生のころ読み、ストーリーは忘れてしまったくせに、異様に陰鬱な雰囲気が強く心に残り、長いあいだ、私にはなつかしい幻の書だった。最近になって、カトリック作家ジュリアン・グリーンのものとわかり、図書館から借り出すことができた。戦前版の、表紙がちぎれかけ、ページも黄ばんでいまにも解体しそうな本を、胸の熱くなる思いで読みなおした。その暗い力に、あらためて圧倒された。

もし、また、戦争などですべての本が焼け失せ再び手に入らないとなったら、これまでに読んだどの本も、〈忘れられない〉ものとなるだろうが、特に〈一冊〉をえらぶのなら、尾崎翠の『第七官界彷徨』だろうか。昭和の初期にこの奇妙に明るい狂気を湛(たた)えた一篇をあらわした女性は、その後長く瘋狂院(てんきょういん)を出入りし、つい数年前没した。あまり多くの人に知られていない作品だから、いっそう、〈私の本〉といういとおしさが強いのだ。

ところで、どなたか『小太郎と小百合』という童話の本をお持ちではないでしょうか？　フランスの童話を下敷きにしたものらしく、鏡花のような雰囲気もあったように記憶し、忘れられない一冊なのです。

『推理小説研究』一九七八年五月（十四号）

血糊(ちのり)の挑発

美酒に陶然と酔うとき、その酒の産地やら成分やらを知る必要はない。快い酔いに身をまかせきればよい。

絵金(えきん)の絵も、そうだ。

一枚の絵の前に立ったときに受ける衝撃。そして陶酔。

それだけで十分であり、その感応こそ、大切なのだ。

理論は、あとからついてくる。

絵金は、観るものを鷲(わし)づかみにする。

摑(つか)まれていることが快く、観るものは自分の存在が消えて、現前する世界に溶け入る。

やがて、呪縛(じゅばく)から一歩ぬけ出したとき、思う。

この力は、いったい、何なのか。

生命力、と私は思う。

描かれているのは、おびただしい流血であり、殺されたりあるいは自ら自裁して死んでゆく男や女である。

すべての絵がそうなのではないが、大半が、死を描いている。

しかし、画面に溢れているのは凄まじいエネルギーだ。

そう気づくとき、絵金よりややおくれて生まれ、同じ江戸から明治へと転換する時代を生きたもう一人の絵師を思い浮かべる。

大蘇芳年である。

絵金は文化九年（一八一二）に生まれ、明治九年（一八七六）に歿した。

芳年は、天保十年（一八三九）の生まれ、歿したのは明治二十五年（一八九二）である。

芳年は武者絵、美人画も描いたが、その名が人々に忘れられずに残りつづけているのは、落合芳幾と共に描いた「英名二十八衆句」によるところが大きい。

絵金も狩野派の筆法をまなび、その手法によるすぐれた絵も大量に残してはいるが、絵金を絵金たらしめているのは、血に彩られた芝居絵の数々にある。

絵のなかに流された二人の血を見くらべると、一口に、無残絵、残酷絵と並び称されながら、本質は正反対であることが、みえてくる。

端的に言えば、静と動。陰と陽。更に言えば、病的な倒錯感と、健康な活力。ちなみに、〈病的〉という言葉に、私は何らの負性も背負わせてはいないことを付言しておく。

二十八衆句は、ことさら残酷な殺しの場面を、星の運行にあわせて人の運命を占う二十八宿にひっかけて、二十八選んだものだが、そこに描かれているのは、殺すものと殺されるもの。その二者だけである。殺戮の一刹那が凍結している。多くは芝居の人物に材をとっているが、血へのフェティシズムが濃密に感じられる。彼自身に内包された死が滲み出てくるのが芳年である。

絵金の芝居絵は、一枚の画面が、そのまま、一つのドラマである。演劇空間である。同時に、演劇時間をも包含している。

時間の流れによっておきるドラマが、重層的に、一つの絵のなかに存在する。こういう芝居絵は、他に類がないのではなかろうか。私は芝居絵についてそう詳しいわけではないから、あるいは見落としているのかもしれないが、化政から幕末にかけての芝居絵はおおむね、役者の舞台姿、あるいは舞台の一場面を平面的に切りとったものである。

重層的な場面構成が絵金の独自な工夫によるものであるとしたら、これは多大の賞讃に価するすばらしい手法の発見だ。

もう一つ、絵金の絵に迫力を与えているのは、しばしば用いられる渦巻型の構図である。たとえば、傑作の一つ「雙生隅田川」では、割腹した惣太の腹部にまず視線を吸いつけられる。血とも妖雲ともつかぬものが左上方にななめにのび、視線を誘われてたどると、そこには、すでに天狗と化した惣太があらわれている。……と、たどたどしく文字で説明するまでもない。絵を一目見ていただけば、百の説明にまさる。

芳年が画面に流した血との決定的な違いは、絵金の絵を染めるおびただしい血は、あくまで〈血糊〉だということである。

上野の戦争を実地に眺め、死者を写生し、その死相を画面に描きとった芳年のようには、血を、死を、描きながら、絵金はそれらに淫してはいない。

しかもなお、絵金の絵に妖しい魅惑を与えているのは、この、血糊の血である。絵金に、狩野派の絵師としての立派な業績があることを十分に知った上で、やはり、絵金の魅力は泥絵芝居絵にあると、私は思う。

維新後、世相は一変し、古いものが惜しげもなく捨てられ、新文明、新知識がとりいれられたが、その捨てられたもののなかに、江戸時代の歌舞伎の持つ猥雑な活力があった。

芝居は、上流貴顕や外国高官の観賞に堪え得るように、高尚化された。黙阿弥は、過去、幕末期に書いた正本から、卑しいせりふを抹殺する作業をしいられたという。

しかし、一方的に切り捨てられたもののなかにこそ、芝居の魔力、妖しい美しさ、活力があった。今は消滅したそれらを如実に見せてくれるのが、絵金の泥絵である。

鈴ヶ森の白井権八を、これほどなまめかしく美しく描いた絵を、他に知らない。

私事をつけ加える。去年の夏、直木賞にノミネートされ、選考の当日、結果を知らせる電話を自宅で一人待ちながら、私は絵金の画集に見入っていた。落ちつかぬ時間を忘れ、酔いにひきこまれていったのだった。

『絵金　鮮血の異端絵師』講談社、一九八七年七月

凄艶の美

——絵金（えきん）　土佐が生んだ「血赤」の絵師

幕末、血腥（ちなまぐさ）い世相を象徴したような無惨絵の名手が、東西に出現した。東の大蘇芳年（たいそよしとし）、西の絵金、である。もちろん、二人の間に交流は全くない。芳年が歌川派の流れを汲（く）み、当時に於てもたいそうな人気絵師であったのに比べ、絵金の名は、中央では知られていなかった事と思う。

絵金の絵は、すべて肉筆である。しかも、祭礼の景物として描かれたものが殆どなのだから、木版刷りで大量に出廻（でまわ）る錦絵と異り、土佐のその地を訪れなければ、当時としてはその絵に接する事はできなかった。

赤岡では、祭りの夜、絵金の屛風絵（びょうぶえ）を道に並べる。高知市に近い朝倉神社では、台提灯（だいぢょうちん）と呼ばれる高い台に掲げる。どちらも、蠟燭（ろうそく）の灯明りで眺めるのが、当初のやり方であった。

畳二枚分の大きさはある華麗豪壮な絵金の絵の魔力に浸るのに、これはもっとも適している。

絵金は、謎の絵師である。彼の生涯に関する正確な資料はきわめて少い。

彼に罪科があるために、後世故意に抹殺された部分もあるらしい。

一応、定説となっているところを記すと、
絵金こと弘瀬金蔵は、文化九年（一八一二）、高知城下の髪結いの子として生まれた。

幼時より画才があり、山内藩お抱え絵師、池添美雅（いけぞえよしまさ）に師事した。

絵の修業のため江戸に上る事を志し、文政十二年（一八二九）、藩侯息女徳姫のお六尺（駕籠（かご）かき）として供に加わった。

江戸では狩野洞白について学び、洞意の画号を与えられた。

藩医林家の株を買って林洞意と名乗った。

ここまでは、上昇気運にのった出世をしたわけだが、狩野探幽の偽絵を描いたとして咎（とが）めを受け、絵師の身分、林の姓を剝奪（はくだつ）された。罪科というのは、この事である。

以後、金蔵は一介の町絵師として、奔放な泥絵を描きまくる。

私は、一級資料に直接あたっていないので、右の伝記は近森敏夫氏はじめ、絵金について詳細に研究しておられる方々の研究の成果の孫引きである。

絵金の謎の一つは、この偽絵事件の真相が不明な点である。

もう一つは、狩野派の絵を学んだ絵金が、野（や）に下（くだ）るや、どうして、一変してかくも奔放華麗な芝居絵、風俗絵を描くにいたったか、という事である。その経緯を示す資料は何一つ発見されていない。

しかし、絵金の絵を前にするとき、そのような詮索はさして重要ではないという気にもなる。

エネルギッシュな迫力、凄艶な美、黒い哄笑（こうしょう）、それらに陶酔するだけで、十分にみたされる。

陶酔させる力を、絵金の芝居絵は持っている。

絵金の芝居絵の特徴の一つは、一枚の画面に物語の時間と空間を包含している事である。

この時代、江戸でも（豊原）国周をはじめ多くの絵師が芝居に材をとった錦絵をあらわしているが、私が知るかぎりでは、それらの絵は、芝居の一場面などを平面的に装飾的に描いたものである。

絵金の芝居絵は、極限的な場面をクローズアップして中心におき、そこに至る物語、更にそこから発展した先の物語、が一つの画面の中に組込まれたものが多い。

日本の古い絵巻物は、一つの細長いスペースに物語を時間の推移を追って描いてゆく手法をとっているが、江戸時代の浮世絵は、その手法を発展させず、むしろ捨て去ったかにみえる。絵金の傑出した手法はどこからきたものか、これも私にとっては謎の一つである。

『旅』一九八八年四月

童女変相

不意に、童女に出会った。

土蔵の闇にこの世ならぬ光がさし、童女は永劫の時のなかに、ひっそりと、〈自分の時〉をすごしていた。

あどけなく、無心でいながら、闇の深さとその蠱惑になじみきった、童女たちであった。俗世などなにも知らぬだろうに、なまじな女よりはるかに妖艶であり、同時にこよなく浄らかでもある、童女たち。


なんの予備知識もなく、書店でたまたま手にした一冊の画集『智内兄助画集』（求龍堂刊）が、わたしを魅了しつくした。

もとめて、家に持ち帰り、それ以来、幾度となく画集を開き、そのたびに童女は新たな顔をみせてくれる。表紙は手擦れした。

〈時〉は、過去から未来にむかって、川のように流れるのではなく、過去も、未来も、現在も、すべて、ひとつに存在している。過去は、消えはしない。いま、ある。時は動いているけれど、同時に不変なのだ。

童女たちはそれを熟知している。しかし幼いゆえにあらわす言葉はもたない。

彼女たちには、言葉は不要だ。なんと美しく、無垢で、そうして恐ろしいのだろう、この童女たちは。

あまりに真実な存在であるがゆえの恐ろしさ。

彼女たちの目は澄みきっているので、なにもかもが視えてしまう。だから童女は目を閉じる。さしのべる指先に永劫の糸が触れる。

やがて、わたしは、ようやく思い当たる。童女たちの蔭には、彼女たちを創り出したひとりの画家の在ることを。

童女たちがわたしに見せてくれる、この底深く恐ろしく美しい世界は、すなわち画家の内面世界であるのだ。

幻想という言葉は、最近、かるがるしく使われすぎるけれど、真に幻想的なものは、事象の本質を描き出す。うすっぺらな日常より、はるかに真実であるのだ。そう、わたしには感じられる。

智内さんによって描き出された幻童女たちは、千年の豊饒な闇を体内に秘め、その闇は人間の救いに通底している。

仏と魔が、童女のなかに在る。

そのためだろうか、わたしは、この童女たちが、いま、地上のどこかに実在し、たずねてゆけば、逢うこともできそうな錯覚にとらわれる。それは、仏と魔に逢うことなのだ。

それにしても、この胸の痛くなるような懐かしさは何なのだろう。

身のまわりから失われてしまった、さまざまな、色や匂いや手触り。

智内さんの絵にひそむ魔はけっして冷酷ではない。しっとりと、温い。画集におさめられた画家のエッセイに目をむけ、

〈何の塩梅か春の夜は人の声がよく透ると、子供の頃からうすうす感じていた〉という一行にゆきあたる。

〈蜃気楼が遥かな景色を運んでくるのと何やら似ている様な無関係の様な〉

この生まれついての感覚が、暖かい魔を呼び出すのだろうか。

ぼんじゃりと、なまめかしい春の魔。

さらにもうひとつのエッセイは、

〈むかしよく遊んだ場所に「ヒギリさん」というところがあった〉と幼時を語る。

雛祭りのころになると、その丘は桜で埋まる。

〈「ヒギリ」には深い井戸があり水面など暗くて見えないのだが自分の声と、こだまとのズレで子供なりの深さが察せられた〉

声とこだまのズレで井戸の深さを知る少年の繊細さ。おそらく少年は、まだ、みずからに内在するものを知らず、散る葩(はな)をのみこんだ深い井戸の呼び声に無心に耳をかたむけていたことだろう。

わたしは、スペースのかぎられた画集でしか、智内さんの絵を知らない。それでも、これだけ魅入られている。たぶん、近いうちに、タブローに逢えるだろうと楽しみにしているのだけれど、童女たちの世界に引きこまれ、うつつの世に帰ってこられなくなりそうな気がする。そこは特殊な空間ではなくて、誰もが心の奥深くに秘めた気持ち、雑駁(ざつぱく)な日常に身を置くうちに、忘れ去った場所なのだ。

『月刊美術』一九八九年九月

少し、ずれたところで

二十数年前、〈大人の〉雑誌に書くことになったとき、私はとまどっていた。少年・少女を主人公にしたものを書いてゆくつもりで、その発表の場もできつつあるときだった。しかし、そこでも違和感をおぼえていた。少年を中心にしたものだから児童文学だろうと思ったのだが、書いたものに対して「これは児童文学ではない」という批判を強く浴びていた。児童文学は向日的であらねばならぬ、大人の持つ理想に沿ったものでなくてはならぬ、という風潮が顕著であったのだ。

今になってわかるのだが、その当時の児童文学の指導的立場にある方々は代々木系が多く、その理想からはずれるものは認めないのだった。子供が内包する世界は暗く悲惨なものだと認識する私には、いたたまれない場所であった。

しかし、〈大人の〉雑誌に書く機会を得ても、私はやはり困惑していた。最初に声をかけてくださったのは『小説現代』誌の編集長で、今にして思えばたいそうありがたいことなのだが、私は「何も知らないから書けません」と半泣きになって辞退していた。当時、中間小説誌の読者は、社会経験の豊富な男性が主だった。

それでも、編集長と編集者の方々が熱をこめてすすめてくださり、どうにかぽつりぽつり書き出した。そのころ、どういう作家が好きか、とある編集者に聞かれた。私があげた名は、当時はまだ一般に認められていなかった幻想系ばかりで、「変なのが好きなんですね」と、その方は苦笑いしていた。

『オール讀物』からもときどき注文がくるようになったのだが、私は、『オール讀物』『小説現代』『小説新潮』が中間小説誌の御三家と呼ばれることも知らず、女が獣の檻に入れられて巡回しているとか、従順な〈時計犬〉の犠牲によって世界の秩序がどうとかいうような、〈わけのわからない〉——そしてたぶん青くさい——ものを書いては、おずおずと差し出していた。本来ならそのころとしては居場所のないはずの非現実的な話も、寛大な編集の方のおかげで日の目を見ていた。

リアルな時代物を書くことによって、どうにか足掛かりができ、書きつづけることができた。でも、ほのぼのとした江戸市井人情物というのは、性にあわないし、書けない。時代は江戸でも中身は幻想小説というふうに少しずつずらし、我が好みに近づけていた。

『オール讀物』には、毎年、新年発売の二月号に短篇をのせていただくようになった。数年前、担当がホラー好きの方になって、どんな変なのでもいいですよと言われた。私は別にホラーやスプラッタが好きなわけじゃないんだけどと言いながら、以来、嬉々として変なのを書いている。

本誌の多くの読者にはもうしわけないことなのかもしれない。幻想小説の愛好者はかぎられているけれど、生の残りの歳月をその方々に喜んでいただけるものを書くことに使い果たせたらと思っている。

「「オール讀物」と私」『オール讀物』一九九八年十二月

ありがとう、フミさん

「いっしょにシベリアに行った人は、結婚しているの？」

電話でお喋り(しゃべ)の最中、相手——フミさんが突然訊(き)いた。

「Sさん？　独身よ」

私は答える。連載中の小説の取材で、去年の夏、モスクワから西シベリアを旅した。担当の女性編集者が同行してくれた。Sは、その人の名前だ。

「え？　日本人？」。フミさんは、けげんそうに聞き返す。「シベリアに流刑になったあの人、ロシア人じゃなかった？」

「いま書いている小説の話？」と、私。

「そうよ」

「私、編集者のことだと思っちゃった」

二人は電話口でふきだす。

「ヴォロージャね。ヴォロージャは、結婚していないの」

「あら、環と結婚したんじゃなかったの？」

他の人には通じない会話である。

「してないの。だけど、環はヴォロージャといっしょにシベリアに行って、いっしょに暮らしているの。ソーニャも」

ほとんど毎夜、一仕事終えほっとすると、フミさんに電話する。ことに短篇が仕上がったり、連載のその月のノルマを終えたりすると、「終わった、終わった、わーい」と、意気揚々と電話する。

もっとも、書き終えはしたものの意にみたない内容であるときは、声がしぼむ。

「書いたことは書いたんだけどねえ、気に入らない」

「そういうときもあるわよ。いつもいつも、満足なものが書けるわけじゃないもの」

フミさんはなぐさめてくれる。

幼年童話を書き愛らしい絵本を何冊も作っているフミさんは、創作の喜びと辛さをよく知っている。

二人とも、実生活が苦手で人づきあいが下手で、物語の世界にはいりこんでいるのが好きという点がよく似ている。

同業者ではあるけれど、フミさんは童話、私は大人の小説と、創作分野が違うので、ライバル意識抜きで、気軽に話せる。

仕事の最中でも、行き詰まり、筆がとまってしまうと、フミさんに電話する。

書けないよォと、愚痴る。

「大丈夫、大丈夫、書ける。いままでだって、ずっと書いてきたんだから、かならず書ける」

おまじないのように、フミさんは言ってくれる。

はげまし、慰めてくれるだけではない。一昨年、長篇を書き下ろしているとき、原稿の第一章がまとまると、私はフミさんに送りつけた。

もちろん、担当の編集者は、原稿を送れば丁寧に細かく読み取って、ゆきとどいたアドヴァイスをしてくれる。でも、この長篇に関しては、早く反応が欲しかった。先を書き進めるためにも。

翌日、さっそく電話がかかってきた。

「読んだわ」

「わー、もう、読んでくれちゃったの。早い」

おもしろかった、と、まず、フミさんは、美点をならべたててくれて、それから、つけくわえた。

「……ページの……のところ、少しもたれた。途中で説明が長々と入るでしょ。読者としては、話がどうなっていくのか、気になる。説明の部分は分散したほうがいいと思う」

的確な指摘である。すぐに書き直した。

フミさんの感覚、直観を、私は信頼している。私の書くものは幻想みを帯びることが多い。そのために、わかりにくいと言われることもある。フミさんは、幻想的な感覚を理屈ぬきで感じ取って、その上で、忌憚ない感想をのべてくれる。

かつて、〈庭は寝返りをうって背を向けた〉という一行から始まる掌篇を発表したことがあった。庭を擬人化した書き方だが、そのときの担当編集者は、写実的な文章、内容しか理解しないたちの人だったので、庭が寝返りうつと、どういう恰好になるんですか、わかりません、もっとわかりやすいものを書いてください、と言われた。

しかし、この掌篇を気に入ってくれる人たちもいて、フミさんはそのひとりだった。

このごろ、ようやく、幻想綺想を愛する人たち——書き手も読者も——と接点ができて書きやすくなり、仕事にはりあいも持てるようになったのだけれど、以前は、生活リアリズムのみという、私にはもっとも苦手な仕事もせねばならず、苦労していた。フミさんは終始かわらず、幻想界の住人で、私の書くものも、核心の部分をまず感じ取ってくれる。

私は人見知りがつよく、話し下手なくせに、フミさんとの電話では、喋りまくる。読んだ本のこと、資料で仕入れたばかりの知識、いま書いているものの内容。喋っているうちに、頭のなかでプロットの整理ができて、作品を書き進める上での重要なポイントに気がつくこともある。

毎夜長電話の相手をするのは、楽じゃないだろう、ときにはうんざりもするだろうと申しわけなく思うのだけれど、「いいよ、いいよ、いつでも電話して。真夜中だっていいよ」と、フミさんはやさしい。

フミさんの書く童話も、やさしく愛らしい。私は残酷愛好者だから、その点では好みが反対なのだけれど、たがいに、相手の好みを曲げようとはしない。

フミさんの電話番号は、ワンタッチで通じるように設定してある。この設定は、無線タクシーの会社とフミさんのところだけなので、ときたま、タクシーを呼ぶつもりでフミさんのボタンを押してしまう。

「これから、おでかけ？　いってらっしゃい」

フミさんは、明るい笑い声を送ってくれる。

「ありがとうを伝えたい」『清流』一九九九年八月

奔放に、そして緻密に

これから応募なさる方々への、私の望むことは、このタイトルにつきます。

言うのはたやすいけれど、実際はむずかしいですねえ。

もう亡くなられたある作家が、昔、小説を書くための勉強法というのを教えてくださいました。日記を書けというのです。それも、見開き二ページの、片側に事実を、もう一方に〈虚構〉を。感心して聞きましたが、とても、実行はできませんでした。事実の日記を書くのも億劫ですが、虚構の日記を書き綴るとなったら、思っただけでもしんどいです。そのくらいなら、まとまった小説あるいは物語を、書いてしまいます。小説とは、虚構によって真実を描くものだというのが、その方の言葉でした。

大虚構の世界を構築するのが〈伝奇〉と言えましょう。でも、その虚構世界は緻密に組み立てられなくては、読者をそのなかに住まわせることはできません。

と、理屈は言えるのですが、さて、我が身を省みると、大口は叩けない。

私自身が、〈伝奇〉ということをはっきり意識して書いたのは、これまでに二篇半です。半というのは、歴史のなかに無理に伝奇をまぜこもうとして、中途半端に終わった作があるからです。

どれも、時代物でした。まったくの想像だけの世界を創りあげる才が私には乏しくて、史実に基盤をおいたのでした。

『妖櫻記』『瀧夜叉』『戦国幻野』が、その二篇半なのですが、自分でまあ満足できるのは、『妖櫻記』だけです。これが楽しく書けたので味を占め、次に『瀧夜叉』を書いてうまくいきませんでした。『戦国幻野』を書いてさらに失敗し、これが、〈半〉です。

どこが失敗か。自分では的確な言葉にできないのですが……。部分的な問題ではないのですね。一つうまくいったから、また同じ手で、というのがよくないようで、作を重ねるごとに先細りになります。で、また、他のやり方をさぐる、ということの繰り返しです。

ど素人から始まったけれど、曲がりなりにも三十年近く書いているのですから、もう少し楽に書けないものかと思うのですが。

楽器の演奏やバレエなどは、かならずやらねばならない基礎があって、その繰り返しにより、ある程度までは上達できるようですが、物語——あるいは小説——は、基礎訓練のマニュアルがない。

読むことが、いつのまにか書くための勉強になっていると思いますが、読書らしい読書はしなくても、いきなり傑作を書くという方もいますので、一概には言えませんね。

それでも、古典を多く読むことは、書き手にはよいことだと思います。これから書かれる方たちが、日本の言葉を豊かに持っていてくださったら、作品世界も豊潤になると思います。〈伝奇〉というエンターテインメントであるからには、応募なさる方は、新鮮な発想を基にしてください。そうして、表現の隅々にまで目を配り、構成に気をつかってください。

楽しみにしています。

『伝奇Mモンストルム』第一号、二〇〇一年七月

生きるのはつらい　子供でも
——ジュリアン・グリーン著『閉ざされた庭』

若い——といっても四十になる——編集者と本の話をしていたとき、彼が言った。

「身近にある本を手当たり次第に読んだって、皆川さんぐらいの年代で本好きの方はよく言うんですが、それ、ぼくらにはわからないんですよね。本なら何でもよかったんですか」

「活字があれば、読んだよ。おもしろいのもつまらないのもあったけれど、なんでもかんでも、とりあえず読んだ」

テレビ世代かそれ以前かによって、活字への渇望の度合いが違うのかもしれない。

小学校二年生の夏——昭和十二年——、世田谷に引っ越した。そのとたんに、身辺に大人の本が溢(あふ)れた。それまでは渋谷に住んでいた。父が開業医で、医院と家族の住まいがいっしょだったのだが、子供が増え手狭(てぜま)になったので家族は新居に移り、渋谷の家には祖父母と叔父たちが越してきた。

渋谷にいたころは、本に飢えていた。親が買ってくれるのは『幼年倶楽部』と講談社の絵本ぐらいで、ビスケットの一かけらにもあたらない。待合室に患者さん用に備えてある大人の雑誌を盗み読み、近くの東横百貨店の本売り場に通いつめて立ち読みし、飢餓をしのいでいた。世田谷の新しい住まいは、全体の造りは和風なのに大玄関の横にとってつけたように洋風の応接間があり、そこに大きい書棚が据えられた。書棚には書物を並べねば恰好がつかない。両親は新潮社の世界文学全集をはじめ、どっと本を買い入れた。渋谷の家も、叔父たちの蔵書だろう、俄然本が増えた。そのころを思い出すと、禁じられた大人の本に読みふけっている以外の姿が浮かばない。

本漬けになって子供時代を過ごしたのだから、ただ一冊を特別な思い出の本としてとり出すことはできない。いわゆる良書も悪書もまじえて、そのほとんどすべてが私の養いになり思い出になっている。強いていうなら、小学校三年のときに読んだジュリアン・グリーンの『閉ざされた庭』をあげよう。戦後は『アドリエンヌ・ムジュラ』というタイトルで人文書院から新訳が刊行されている。主人公は女の子だが、子ども向けの甘い話ではない。『にんじん』も抑圧された少年が主人公で愛読したがこれは湿っぽくはない。『閉ざされた庭』は、一雫の救いもない暗鬱な話である。

自分のことしか考えない気難しい父と病弱を言いたて寝てばかりいるこれも自分勝手な姉と三人で暮らす内向的な女の子アドリエンヌが、唯一人、自分にやさしみを持ってくれるのではないかと思えたのは、近所に越してきた医師である。独身の姉と二人で暮らす医師は神経を病んでおり、姉は弟を異常なほどの愛情をもって囲い込み、少女の接近を嫌って出入りを禁じる。医師は少女の気持ちにはまるで気づかず、自分の鬱屈(うっくつ)に浸りこんでいる。アドリエンヌはひたすら絶望にむかって流されていき、ついには自殺に追い詰められる。

これこそが真実だと私は深く共感した。登場人物の性格はそれぞれに極端ではあるが、現実の周囲の人間だってとりつくろった表面をはがしたら、みなこういうものを内側に抱えている。本当に子供の内面がわかる大人なんていやしない。ものわかりのいい大人が子供の味方になって救済する話だの、明るく前向きな子供の〈健康的な話〉だのが嘘としか思えない自分が悪いのかと、罪悪感さえ持っていた私を、『閉ざされた庭』は救ってくれた。子供の生きる辛さを本当に知っている人だっているんだ、と思ったのだった。

「時の栞」『読売新聞』二〇〇一年十二月十六日付朝刊

嗚呼（ああ）、少年

目下（もっか）、ヒトラー・ユーゲント世代の少年たちを主人公にした長篇を書いている。日本人がなぜ日本を書かずドイツを書くのか、とまた言われるかもしれないが――『死の泉』というドイツを舞台に日本人の出ない小説を書いたとき、そういう指摘を受けた――、ドイツの作家は、あの時代を生きた人々を小説に書くと、いまだに難詰されることがあるようだ。

過日ドイツの三十代半ばの若い作家と知己を得る機会に恵まれた。第二作『夜に甦（よみがえ）る声』が邦訳されている。ゲッベルスの子供たちとその家庭教師を主人公にし、〈声〉をモチーフとした、たいそう魅力のある小説だった。彼は長らく日本文学を愛読し、『夜に甦る声』には井上靖の『しろばんば』、谷崎の『陰翳礼讃（いんえいらいさん）』に触発された箇所があるということで、日本と西欧の〈闇〉あるいは〈影〉のとらえ方の相違が話題になった。『しろばんば』の夕暮れの薄ら闇のなかでは声が昼とは違って聴こえるという描写に新鮮な驚きをおぼえたそうだ。ドイツ国内において『夜に甦る声』は、書評で賛辞を得たが同時に討論の場で「なぜ加害者を書くのか」と年長の権威ある作家から非難もされたそうで、ナチスを話題にするのは慎重になっておられた。ネオナチに如何なる正当性も与えてはならないという国情があるようだ。小説の内容は、ナチス擁護どころか親の意志によって毒殺された子供たちを描いているのだけれど、それでもなお、あの時代についてては語れないのか。傷の深さを思う。しかしあの時代に生まれ国を信じ生きた少年たちを、同時代に生まれ生きた一人として、生も終わりに近づいた今、私は、描かずにはいられない。

「読む人・書く人・作る人」『図書』二〇〇二年二月

「夏」から「冬」へ

「バーも飲み屋も、何も知りませんから、書けません」

『小説現代』新人賞に応募しなさいという、編集長のお勧めを、私はそう言ってご辞退したのだった。いまこう書くと、卑下しながら自慢しているような気味もあって嫌なのだが、そのときは、まったく呆気にとられていたのだ。

幼いころから小説を耽読してきたが、作家を志したことはなかった。四十をすぎて、突然、堰を切ったように書きはじめたけれど、それとて、書きたくなったから書いただけだ。少年小説だの児童劇だのに応募し入選し……といった経緯は、それだけで規定枚数を越えてしまうから省略するが、少年小説が出版されるのとほぼ同時に、江戸川乱歩賞に応募した一作が最終候補に残った。『小説現代』の編集者から落選の知らせとともに、同誌の新人賞に応募せよと電話がきたのだ。「乱歩賞選考委員の南條範夫先生が、推理小説ではない普通の小説が書けそうだからと、編集長に勧められたのです。書いて応募してください」

そのころは、エンターテインメントという言葉もなく、『小説現代』は『オール讀物』『小説新潮』とともに中間小説誌御三家と呼ばれ、読者も作家も中年の男性、作品は風俗小説が主流で――当時の流行作家は川上宗薫（そうくん）・宇能鴻一郎（うのこういちろう）両氏――私は読んだことがなかった。私が好きなのは、日常とかかわりのない、幻想あるいは観念的な小説であり、大人の男性の風俗社会にはまるで接点がなかった。書けませんと辞退したが、強く勧められた。

少年少女を主人公にしたものをなんとか書き上げた。子供っぽい話を選考の先生方に読まれるのだと思うと気恥ずかしくてたまらなかった。最終候補に残って落選と伝えられ、ほっとして、自分にいちばん向いていると思える少年小説の次作にとりかかろうとしたら、講談社に呼ばれ、もう一度応募せよと、今度は編集長じきじきに言われた。小文冒頭の、今にして思えば無知で失礼きわまりない私の言葉に、編集長はたいそうやさしいおおらかな笑顔で、「小説というものは、何を書いてもいいのですよ」と諭してくださったのだった。

応募作を褒められたのは、たぶん、子供の描いた絵が大人の目には新鮮に映るようなものだろうと思った。帰りの電車のなかで、どうしたらいいのだろうとべそをかいていた。

せっかく恵まれた機会なのだし、だめでもともと、稚（おさな）いものを書き、一度目は最終候補止まり、もう一度と言われ、少女を主人公にしたものを書き、それが受賞して、大人の小説でのデビュー作となった。最初につけたタイトルがよくないと、編集長と担当編集者がいっしょになって考えてくださり、『アルカディアの夏』というタイトルは編集長が思いついてくださった。

当時の『小説現代』編集部は、新人の育成にきわめて熱心で、毎月七、八十枚の短篇を書くように言われた。犬掻きもできないのに背の立たない海に放り込まれた気分であった。編集者のもとめるものと、自分の書きたいものと、自分の力で書けるものの、埋めようのない深いギャップにもがいていた。

一つ書き上げるごとに、もう書けないと思いつつ、それでも物語に浸るのは好きだから、書きつづけてきた。電話友達は、毎夜、「書けないよォ」という私の悲鳴を聞かされる羽目になった。非日常の物語でも受け入れられるようになったのは、ここ数年だ。

最新刊『冬の旅人』は、革命前夜の帝政露西亜で画業を学ぼうとする日本人の女性の物語で、デビュー間もないころ取りかかったものの力足らず諦めたが、素材はずっと心に引っ掛かっていた。最近になって再挑戦し、ようやく完結できた。『アルカディアの夏』から三十年近く、迷いながらあれこれ手探りで書きつづけてきた間に、犬掻きぐらいは身についたのかもしれない。

「私のデビュー作」『新刊ニュース』二〇〇二年六月／「新刊ニュース」編集部編『そして、作家になった。作家デビュー物語Ⅱ』メディアパル、二〇〇三年九月

風太郎ミステリの魅力

いつのことでしたか、好きな名探偵ベストワンというアンケートがきたことがあります。何の迷いもなく、私は〈応伯爵〉と書きました。山田風太郎大人の『妖異金瓶梅』の、あの応伯爵です。

『妖異金瓶梅』は、十五篇の連作短篇からなり、殺人があり、探偵役が論理的に解決し、通して読めば一大長篇になる趣向も凝らされた、まぎれもない探偵小説、今の言葉でいえばミステリなのですが、奇妙なことに、二、三作読めば、全作に共通した犯人は読者にもわかるのです。事件は不可解だし、ミスディレクションもあるけれど、応伯爵が推理の結果最後に到達する犯人は決まっているのです。

ふつう、本格ミステリの醍醐味は、フーダニットです。最後に探偵が指摘する思いがけない犯人。犯人の立場から書き、探偵がアリバイのミスやトリックのミスを指摘する倒叙型もあります。しかし、『妖異金瓶梅』は、そのどちらのパターンでもない、まったく独創的なものです。この小文は『妖異金瓶梅』の解説ではないので、中国古典との関連とか、登場人物をいかに換骨奪胎して魅力あるものにしあげたかというふうな詳細な説明は避けますが、風太郎(敬意をこめて敬称をはぶきます)ミステリの面白さの要素すべてが、この連作短篇集につまっています。

さらに言えば、忍法帖シリーズ、明治物、というふうにジャンル分けされる山田風太郎の小説のほとんどすべてに、ミステリの面白さの要素は含まれています。ミステリの意味を広く取れば、全作品、そう読んでもいいのではないかと思えます。推理小説と呼称が変わる前、探偵小説には本格と変格がありました。幻想怪奇は変格探偵小説でした。山田風太郎のミステリは、本格あり変格ありです。

奇想、飛躍、超絶技巧、歴史といわず医学といわず広い分野にわたる博覧強記とその確信犯的な歪曲(わいきょく)に、翻弄(ほんろう)されつつ読了し、その後に、読み捨てにできないものが心に残るのは、登場人物の造形の深さゆえと思います。

古今東西の名探偵のなかで私が応伯爵を一番愛するのも、彼の性格造形によります。一見飄々(ひょうひょう)としてノンシャランな居候でありながら、内に屈折をかかえ、他人を洞察する鋭い目と、人間の弱さ哀しさへの共感をもち、それゆえに他人を許してしまうのが応伯爵です。

もうひとり、山田風太郎が創造した名探偵に、荊木歓喜(いばらぎかんき)がいます。敗戦後まもない昭和二十四年に初登場した荊木歓喜は、熊鷹(くまたか)みたいなモジャモジャ頭、大兵肥満(だいひょうひまん)で右の片頬には傷痕という容貌魁偉(かいい)。時代を反映した、カストリ屋だのパンパンだの艶歌師だのが入り乱れる夜の新宿の裏町。彼もまた、飄々としていながら、抜群の推理力と、人間の弱さ哀しさ、残酷さ、ダークサイドへの洞察力を持っています。
明治物に分類される『明治断頭台』『警視庁草紙』も、トリックといい、論理的な解決といい、みごとな本格ミステリです。『明治断頭台』の機械的トリックのなんと鮮やかなことでしょう。そうして、ラストに明かされる書物の題名の衝撃。『警視庁草紙』の、明治初期の銀座の建物の特殊性を利用した死体消失。

それと同時に、風太郎の明治物は、日本の国のありようが激変した明治という時代が、どんな史書よりも胸にしみいるのです。幕府瓦解、新政府の樹立、価値観の転換は昭和の敗戦と重なり、『警視庁草紙』のラストシーンに戦中派世代の私は流涕したのでした。

山田風太郎の作品は、多数のファンに熱読されながら、長い間、いわゆる文壇論壇では冷遇されていたと思います。ご本人も、そういうことにはいっこう無頓着な飄々とした方でしたが。突然、論壇からも声高に褒め讃えられるようになったのは、晩年でした。山田さんご自身は、そういう風潮の激変を醒めた目で眺めておられたのではないでしょうか。

戦前から戦後の一時期にかけて、純文学に勢いがあり——実際、純文に面白い作品が多くもあったのですが——、読物は通俗と卑しめられる風潮が続きました。大衆娯楽読物には、たしかに再読に堪えないものが多数あります。しかし、文壇論壇は、時として、真に傑出した偉才を見逃すことがあるのではないかと思います。

山田風太郎の厖大な作品群は、歳月によって風化することがありません。幾たびも繰り返しブームをむかえ、その度に若い読者を魅了しています。

山田風太郎の小説の魅力は、その突拍子もない奇想や物語性の芯に、醒めた人間不信、偽善への嫌悪、生と死への透徹した目、そうして人間へのいとおしさ、慈愛といえるほどのやさしさが、分かちがたく溶け入っていることにあると、私には思えます。

図録『追悼 山田風太郎展』世田谷文学館、二〇〇二年四月／『文藝別冊 我らの山田風太郎』河出書房新社、二〇二一年一月

風や吹けかし

谷をひとつ隔てた向こうの丘は市営の広大な墓地で、その中腹が、幾分灰色がかった半透明の白を太い筆で一刷きしたように見えるようになると、桜の盛りなのだけれど、花の名所まで歩いて十分とかからぬところに三十数年住んでいるのに、桜狩りに足を運んだことは、花見客の喧騒が煩わしくて、一度もない。

遠目に見る桜は寝ぼけた色合いで、絵巻物のような華やかさも艶も匂わぬ。

桜の色気に初めて肌が粟立ったのは、学齢前の幼年のころ、少年雑誌の口絵を見たときであった。当時人気のあった挿絵画家、山口将吉郎の筆になるもので、桜の一樹の下で駒をとめた凜々しい若武者の、兜に鎧の袖に、葩びらが降りかかる。

少年向けの時代物の挿絵は、山口将吉郎と伊藤彦造が多く手掛けていた。時代物は他に斎藤五百枝もよく描いていたが、これはリアルな筆致が地味で野暮ったくて、いっこうに惹かれるところはなかった。将吉郎、彦造、どちらの絵も決して煽情的なものではないのに、将吉郎の筆になる気品高く清冽な少年には仄かに、彦造描く禁欲と頽廃が分かちがたく溶けあった若者にはよりあからさまに、血と死の予感が常にただよっていた。

　桜が死と結びつけて語られることが多いと知る前に、将吉郎の武者絵にそれを感得したけれど、言葉にするには幼すぎた。

　やがて、本物の桜よりも、絵や軍歌や俗謡、愛国譚で、その特性を刷り込まれた。散りぎわの見事さはことさら強調された。大流行した東京音頭につづき、桜音頭というのが、そのころ、しじゅうラジオから流れていた。

　後年、物語を書くようになってから、桜と吉原を素材に使ったことがある。それまで、色里についての知識はなかった。「仲之町の桜は、春三月だけ、根付きの樹を植木屋が運び込んで、月の終わりには、花の散るのを待たずに引き抜いて運び去っていたんですよ」知人が、なにげなく言った言葉が、物語を芽生えさせる種になった。人工的な遊楽の場に、さらに人工的な景観を重ねるのが、吉原の桜だ。

　歌舞伎の舞台では、吉原仲之町の桜はいやましてきらびやかに飾られる。浅葱幕が切って落とされると、一面簾のように吊り下げられた、どぎついほど濃い桃色の桜が、ここは華麗をきわめた悦楽の場所なのだと観客に知らせる記号のようだ。

　十年ほど前になるか。絵でも舞台でも物語でもあらわせない、本物の桜の魔性に触れた。後南朝を素材にした物語を書くため、吉野の山に取材に行ったときである。麓のあたりは人出が多かったが、踏み入るにつれ、花のみになり、花矢倉の名で呼ばれる崖の上に立ったとき、風にあおられ、花吹雪は谷底から上に舞い上がり、視界を覆った。生あるもののように、飛び交い、舞い狂い、こちらも花に酔い、物語は激しくふくらみはじめた。

「桜ものがたり」『文藝春秋』臨時増刊二〇〇三年三月

人間の歳月が刻む痕

エンターテインメントの登場人物を評するのによく使われる言葉で、私がなじめないものの一つに、〈キャラ〉がある。キャラクターの略語らしい。本来は、人物の性格、性質を意味する英語だが、近頃では、キャラがたつ、たたないというふうに用いられている。人間の深奥を深く掘り下げるより、役柄がはっきりしていることを言い表すようだ。そのせいか、〈キャラ〉のたった人物というのは、類型の過激化におちいる傾向なきにしもあらずと感じる。

正義感あふれる主人公とか、威勢のいい美女とか。ひきこもりがちの付き合い下手とか。知能に障害があるが純粋さが魅力とか。塗り絵のように色分けがはっきりしている。味方とみえたのが実は悪の黒幕というようなひっくり返しでも、〈お約束〉の範囲を超えず、単に白の裏の黒をみせるだけというふうだ。ハリウッド映画的明快さである。これはなにも最近に限ったことではなく、戦前の大衆娯楽小説は、いま以上に、正邪、人物の役割の分担がわかりやすく塗り分けられていた。キャラだのお約束だのという言葉がなかっただけだ。〈キャラ〉とか〈お約束〉とかいう言葉は、古今を問わず、作品の人物造形の薄っぺらさ、物語のご都合主義を許す言い訳になりかねない。

藤沢周平氏の御作は、このキャラだのお約束だのを入り込ませない。人物の一人一人に決まりごとの役割を負わせるのではなく、生きている複雑な人間として血をかよわせ、肉の厚みをもたせ、内なる魂のゆらぎ、そうして、その人物の生きてきた歳月が刻む痕を、無駄のない清冽な筆致で描きだす。

『風の果て』の主人公桑山又左衛門は、藩の首席家老である。誠実であり、清廉であり、好ましい人物なのだが、政治という魔物とかかわり権力を掌中にしたときの心理は、決して単純ではありえない。彼には、莫大な借財で潰れかけている藩の財政を立ち直らせる責務がある。そのために荒蕪地の開拓をはかるが、これは、理想を説くだけでは手に負えない。策謀をめぐらし、自らの手を汚さねばならないこともある。

構成の面白さでも、読者をひきつける。まず、冒頭、首席家老、桑山又左衛門に決闘状が届けられる。果たし合いを挑んできた相手、野瀬市之丞は、身分からいえば甚だしい懸隔のある無禄の者である。二人のあいだに、何があったのか。物語は、藩政を担う現在と若々しい過去とが、交互に描かれていく。荒蕪地〈太蔵が原〉の描写がまたみごとである。開墾が極度に困難であるだけに、夢をもたせ、失脚させ、あるいは成功への道を歩ませる。

権力を持ちつつ誠実であろうとする者が負う重み痛みを、藤沢氏は、自ら負うかのように、深い洞察力をそなえた眼差しで描ききる。

藤沢氏の小説は、時代を過去にとった物語であっても、常に、登場人物も状況も、現代と重なる普遍性を持っている。

『「蟬しぐれ」と藤沢周平の世界』文春ムック、二〇〇五年九月／
『藤沢周平のこころ』文春ムック、二〇一六年十二月／同文春文庫、二〇一八年十月

幻影城の時代

敗戦後の一時期、探偵小説専門誌『寶石（ほうせき）』を愛読していた。いつのまにか廃刊になり、探偵小説は姿を消し、社会派の名のもとに、なんだか味気ない風俗小説が幅をきかすようになっていた。私が中間小説誌にぽつぽつ書き出したころ――七〇年代初め――は、機械トリックは不可の声さえ強かった。

そんなころ発刊されたのが、『幻影城』だった。旧『寶石』の雰囲気があって、毎号楽しみに愛読した。幻影城から刊行される単行本は、フランス装のアンカットだった。泡坂妻夫さんの『11枚のとらんぷ』を書店で買ったときは、家に帰るまで待ちきれず、喫茶店に入り、ペーパーナイフがないからスプーンの柄（え）で破りながら夢中で読んだ。こういうのが読みたかった……としみじみ思ったのだった。

「幻影城の時代」の会編『幻影城の時代 回顧編』エディション・プヒプヒ、二〇〇六年十二月／本多正一編『幻影城の時代 完全版』講談社、二〇〇八年十二月

酔いどれ船
——東京・三軒茶屋　ある古本屋

敗戦の後、まもなく疎開先から東京の女学校に復学した。街の本屋の棚もがらがらだった。敗戦直後は、新刊書が出ると本屋の前に行列ができたというが、私はその現場は見ていない。

家から駅に行く途中、古本屋が一軒あるのに気がついた。その棚には、未読の本が並んでいた。吸い込まれるように入った。古本屋の店主というのは、時代、場所にかかわらず似たような雰囲気を持っている。老眼鏡をかけた無愛想な親父さん。しかし、その店の主は若かった。陽に当たることが少ないとみえ顔は青白く、背骨が歪み、首が両肩のあいだにめりこんでいた。棚の本はどれも、私の乏しい小遣いでは手が届かない値であった。

翌日、私は父の蔵書を持ち出した。埃をかぶって納戸に放置されていた本だ。若い店主に渡した。いくらで買い取ってくれたのか忘れたが、私が欲しくてならなかった棚の本を入手するのに足りた。小林秀雄訳の『ランボオ詩集』である。そのときまで、私はアルテュール・ランボーの名も知らなかった。ぱらぱらとめくって立ち読みしたとたん、心を摑まれてしまったのだ。「酔いどれ船」など諳んじるほどに繰りかえし読んだ。〈ぼくらが非情の大河をくだるとき〉という訳の方が、少年ランボーの詩の訳としてはふさわしいのだろうが、私は最初に読んだ小林秀雄の〈われ、非情の河より河を下りしが〉という荘重な訳詞が忘れられない。〈想えば、よくも泣きたるわれかな。来る曙は胸を抉り……〉

味をしめて、数日後、また父親の本を持ち出した。古本を買うのは父に禁じられていたから内緒だ。どうせ仕舞ったまま忘れられた本なのだと罪悪感はなかったが、若い古本屋は、私の眼をのぞきこむように見つめて、首を横に振った。それ以来、その古本屋に入ったことはない。文字も読み取れないほど背表紙が陽に焼けた『ランボオ詩集』は、数度の引っ越しを経ても、まだ私の手元にある。

「私たちの思い出の本屋さん」『小説すばる』二〇〇七年七月

清冽(せいれつ)な真水

澁澤龍彦は『偏愛的作家論』久生十蘭(ひさおじゅうらん)の項に、記している。

〈私は、一九七〇年の現代ほど、スタイルが無視され、馬鹿にされ、見るも無残に蹂躙(じゅうりん)されている時代はないと考えるが〉

さりながら七〇年前後から八〇年代にかけての時代には、澁澤龍彦その人が在り、中井英夫、塚本邦雄がいた。葛原妙子がいた。高橋たか子が悪意を美に高めた長篇短篇を発表し、石川淳の新作にさえまだ接することができたのであった。それぞれの独自のスタイルを貫く作家たちである。〈美〉という厳しい核が揺るがずに屹立(きつりつ)する。

海外の翻訳物に目を向ければ、生田耕作がマンディアルグをさかんに紹介し、出版社もこぞってコンテンポラリーな小説の全集、叢書を刊行し、新刊書店で、労せずしてこれらのもたらす甘露に心を潤わせ得た。〈異(い)〉なる美への導師として、『刺青・性・死』や『闇のユートピア』などを著した松田修がいた。

豊潤な時代であったのだ。

とはいえ、たちまち前言を翻すことになるが、澁澤龍彥が前述の如く慨嘆し、中井英夫が「久生十蘭論」において〈これほどのこくとまろみを持つ小説がいっこうに珍重されないというなら、間違っているのは当世風な文壇小説のほうだ〉と言わざるを得ない状況は、確実にあった。

私個人のささやかな体験を語るのはためらいがあるが、当時の風潮の一端として記す。

七〇年代は、私がおずおずと小説誌に書き始めた時期であった。

小説編集の重鎮である方に、どんな作家が好きかと訊(たず)ねられ、嬉々として答えた。

「澁澤龍彥、中井英夫、塚本邦雄、マンディアルグ、ジュリアン・グラック、ブルーノ・シュルツ、ホセ・ドノソ……」

「変なのが好きなんですね」一笑に付された。

その編集者一人の好みの問題ではなかった。小説界全般において、リアリズムでなくては認めない趨勢(すうせい)であったのだ。後に、その編集者は明言している。「自分はリアリズム以外はわからない」

ゆえに、澁澤龍彥、中井英夫は異端と呼ばれた。高橋たか子は自らの作を、誇りを持って観念的小説と言い、「骨の城」を初めとする初期の短篇や『誘惑者』『空の果てまで』などに私は傾倒しているのだが、観念的という言葉は往々にして、作を貶(おとし)めるのに用いられる。

私が最初かかわった児童文学について言えば、指導的立場にある人たちは、〈戦後民主主義〉を児童に教え広めるのを使命としていた。小川未明を否定したと誇る人もいた。童話こそ、日常の地平からどのようにも自由に飛翔できる場と私は思っていたのだが、当時の児童文学は、あからさまな言葉で言えば、きわめて教条的な左翼思想に立ったものでなくては容認されないのだった。

三一書房が『久生十蘭全集』を刊行し、桃源社が国枝史郎や小栗虫太郎を復刊したのは、そういう風潮の中であった。

石川淳は、一九三五年に発表した「佳人」の中で、次のように記している。〈もしへたな自然主義の小説まがいに人生の醜悪の上に薄い紙を敷いて、それを絵筆でなぞって、あとは涼しい顔の昼寝でもしていようというだけでならば、わたしはいっそペンなど叩き折って市井の無頼に伍(くみ)してどぶろくでも飲むほうがましであろう。

わたしの努力はこの醜悪を奇異までに高めることだ〉(松岡正剛氏の『千夜千冊』より孫引き)

論争を苦手とする泉鏡花が、歯ぎしりして立ち向かわねばならなかった相手がこの自然主義だった。日常をなぞるだけのリアリズムと言い換えてもいいだろう。赤江瀑(ばく)氏が書かれたエッセイの一節から、うろおぼえで引用するのだが、鏡花は、弓に矢をつがえ、放つ、その、矢の飛翔する空間が小説なのだと主張し、しかるに矢を手に持って地に足をすりつけ的まで運ぶ小説が主流であることを嘆じた。自然主義に痛めつけられた鏡花を思うと、痛々しささえおぼえる。

石川淳より三歳年下の久生十蘭は、「佳人」の前年に『ノンシャラン道中記』を著した。

久生十蘭について言うに、塚本邦雄の至言につけ加える言葉を知らない。

〈粋で漉(こ)され、雅で磨かれ、聖なる悪意で醸された一言一句〉

かかる小説をこそ、私も書きたい。如何(いかん)せん私は野暮天で、〈粋な〉はどう足掻(あが)いても無理だが、〈聖なる悪意で醸された〉というフレーズには激しく反応してしまう。

「エンリコ四世」を翻案し、「ハムレット」を著した久生十蘭は、ピランデルロの〈聖なる悪意〉に反応したのではあるまいか。

技巧派・手品師と世間で評されるピランデルロを、内村直也は、人間の悲惨と不幸を直視したドストイェフスキーに属する、表現方法が正反対なのは、スラヴ人とラテン人の気質による、と言う。

久生十蘭もまた、人間の悲惨と不幸を直視しながら、技巧とスタイリッシュな文体によって軽やかな印象を与える。

三一書房刊の全集も全巻読み通してはおらず、『ノンシャラン道中記』も『魔都』も未読である私は、久生十蘭の全貌を知らず、何も自信を持って言えないのだが、短篇群には魅了された。読中読後の戦慄(せんりつ)は、石川淳、そうしてメリメの諸短篇と通底した。湿り気のない、簡潔にして精緻な文章が共通するせいだろう。もちろん三者三様であり、一括(くく)りに語れはしないのだけれど、たとえばメリメの「堅塁抜く」と「骨仏」を続けて読んだとき、境界に深い亀裂はおぼえない。片や翻訳であるにしても、原文の趣は損なわれていないと思う。

もっとも、メリメの諸作は徹底して非情である。人間の中に驢馬(ろば)しか見ないペシミストであったと、杉捷夫(としお)は記している。

十蘭の短篇は、「湖畔」の主人公さながら、縷々(るる)とした感情の吐露は避け、冷静な筆で記しながらも、内なる温もり、慈しみが、本意か不本意か知らね、こぼれ滲むにじ。

澁澤龍彥は、冒頭にひいた言葉に続けて、記す。

〈こういう猥雑な似而非えせ小説家のまかり通っている時代にあってこそ、スタイリスト久生十蘭の真価は、いよいよ底光りを加えてくることであろう〉

平成も二十年余を閲けみした今、この現代こそが、スタイルが無視され蹂躙された時代ではないか。書店の棚を埋めたおびただしい新刊書の間を逍遥しょうようしながら、海原のただ中で小舟を漕ぎつつ喉の渇きをおぼえるに似た思いがする。飲むべき清冽な真水が、ない。

物語書きの裾にいる私がそう嘆くのは、天に唾する所業であろうと自戒する。

『定本　久生十蘭全集2』月報、国書刊行会、二〇〇九年一月

時のない時間

小さい置き時計には、針がなかった。長さ二間の壁一杯に、雛壇状に三段ほどの棚が設えられ、おびただしい人形が飾られていた。

新しくても大正、そうして明治、江戸と遡る、長い時代を生きた人形たちであった。

おかっぱの髪が肩にかかる、友禅の着物を着た人形を、村上さんは抱き取って、「藤尾さんというんですよ」と仰りながら、私の膝においた。『虞美人草』のヒロインの名にふさわしい人形であった。

外見はごく普通のアパートメントである。しかし、外廊下の突き当たり近くに籐の衝立が立てられ、一足その先に踏み込むと、異世界が広がっているのだった。

三島由紀夫、ジャン・ジュネの全集、日影丈吉の短篇四巻、そうして詩人多田智満子の『四面道』。村上芳正という画家を、それらの書物の装幀画で知った。私はまだ物語を書きだしてはおらず、幸福な読者であった時代だ。

おずおずと物語を発表し始めてから、いつか、村上画伯の挿画で飾っていただけるようなものを書けたらと思っていた。画伯の絵に近づくには、長い歳月が必要だった。

週刊誌の連載が決まったとき、担当の編集者に頼んだ。イラストレーションは村上芳正さんに。そのころは村上昂の名を用いておられたと思う。

快諾していただき、吉祥寺の駅で白い麻のスーツを瀟洒に着こなした長身の村上さんに迎えられ、お宅に伺った。流れ過ぎる〈時間〉のない、凡庸な日常を峻拒する空間で、私は村上さんの人形たちに囲まれていたのだった。心の一部を、あそこにおいてきたような気が、今でもしている。

ギャラリーオキュルス「村上芳正の世界展」パンフレット、二〇一〇年十一月／『薔薇の鉄索 村上芳正画集』国書刊行会、二〇一三年七月

日本ミステリー文学大賞受賞の言葉

西條八十の古い詩を読んでいました。〈自分の鉋で削り／自分の鑿で刻み／自分の刷毛で塗つた／この赤い仮面の恐ろしさよ。／工人は戦慄いてゐる。〉そうして八十はまた、別の詩で、懐かしい死者たちに語ります。〈懐から／蒼白め、破れた／蝶の死骸をとり出〉し、〈一生を／子供のやうに、さみしく／これを追つてゐました〉と。

物心ついたときは、すでに物語の海に溺れていました。おぼつかない手つきで、自分でも紡ぐようになって、ふと気づいたら、四十年を経ていました。八十路に踏みいった生の半ば近くになります。踏み跡は葎に消え、創り出したものの中には、再読に堪えぬ醜いものもあり、そのとき、この大きい重い賞をいただくことになりました。これに勝る励ましがありましょうか。編集者、読者、本造りに関わる多くの方々に支えられてきたと、深く思いを致します。破れた蝶ではなく、私の手にあるのは〈シエラザード〉の像でした。

『小説宝石』二〇一二年十二月

こういうのが読みたかった

ミステリーの幅が、極端に狭められた時期がありました。六〇年代です。日常生活から乖離した設定、トリックの奇抜さ、それらは排除され、社会の不正に目を向けたリアリズムの作のみが推理小説として認められる。怪奇や幻妖の雰囲気は、見世物小屋と貶められる。今では想像もつかないほど、その制約は厳しかったのです。横溝正史も一時は筆を折らねばなりませんでした。もちろん社会派推理小説の中には、きわめて優れた作品が多々ありました。だからこそ、広範な読者に受け入れられたのですが、社会派推理を名乗りながら風俗小説でしかない作が乱造される弊も生じました。七〇年代になっても、その軛は強く残っていました。七五年に『幻影城』が創刊され、久々に〈探偵小説〉を読むことができました。幻影城から泡坂さんの『11枚のとらんぷ』が刊行されたとき、書店で手に入れるや、家に帰るまで待ちきれなくて、喫茶店に入りました。洒落たフランス装が、このときほど煩わしいと思ったことはありません。スプーンの柄で破りながら読みました。愛書家ならこんな乱暴なことはしないでしょう。本の体裁より、とにかく中身が読みたかった。こういうのが読みたかった……と、しみじみ思いました。泡坂妻夫さんと連城三紀彦さん。『幻影城』がなかったら、この素晴らしい本格力を顕現させる土壌がなかった。いずれ認められずにはおかないとしても、時期が遅れたと思います。

泡坂さんと中井英夫さん、日影丈吉さん、お三方の書き下ろし短篇をそれぞれ別の暗号にした『秘文字』という書物が刊行され、そのお祝いの小さい集まりが新宿の酒場で催されたとき、私は書き手としてまだ駆け出しの身でしたが、編集者に誘われ、末席に連ならせていただけました。著者の顔ぶれも豪華なら、造本も函(はこ)入りの大判、全ページ建石修志(たていししゅうじ)さんのカラー挿画がつくという贅沢な本でした。

その席で、泡坂さんがハンカチを取り出し、私ともう一人――どなたでしたかおぼえていません――に、端を持ってぴんとひろげてくださいと仰(おっしゃ)いました。そうして、ハンカチの上で泡坂さんはマッチを擦(す)ったのです、小さい焔(ほのお)が上がりました。焔は、泡坂さんの意のままに、ハンカチの上を動き回りました。焔が吹き消されると、ハンカチには焼け焦げ一つ無いのでした。その場で、泡坂さんは種明かしをしてくださいました。素人でもできそうな簡単な種なのですが、私は怖くて試せません。

泡坂さんのその後のご活躍は、綾辻行人さん、有栖川有栖さんたち、若い新しい書き手が生まれる原動力の一つになりました。

今のミステリ界は、社会派も本格も変格も、警察小説、冒険小説も、と、幅の広い許容力を持ち、新人賞も多く、力強い流れになっています。

泡坂さんは白玉楼(はくぎょくろう)に――あまりにも早く――移られましたけれど、作品は読み継がれ、新たな書き手を生み出していくことと思います。

『文藝別冊　泡坂妻夫』河出書房新社、二〇一五年二月

わたしの好きな泡坂作品ベスト3

1 『11枚のとらんぷ』(創元推理文庫、角川文庫)
2 『生者と死者 酩探偵ヨギ ガンジーの透視術』(新潮文庫)
3 『妖女のねむり』(創元推理文庫)

1 長篇第一作。本格の面白さがぎっしり詰まっています。
2 まず短篇として提供され、折り綴(と)じられた部分を切り開くと長篇になる前代未聞のトリック本。
3 幻想的な雰囲気で語られる不思議な転生譚(たん)が、しっかり本格になっている。

『文藝別冊 泡坂妻夫』河出書房新社、二〇一五年二月

空想書店　偏愛する幻想文学限定

話題の本などを山積みにした大書店の文芸評論の棚を、閉店間際、そっと右に引き開けてください。階段の降り口があります。螺旋(らせん)階段をどこまでもどこまでも降りてください。行き着いた果てが〈辺境書店〉です。幻想文学、幻想美術の書物に限っておいています。

棚を埋めるのは、店主が偏愛する書物のみです。お買い求めにならなくてかまいません。お手にとって、室内の長椅子や安楽椅子に腰掛けてゆっくりお読みください。終電がなくなることなど忘れて、夢とうつつを分かたぬ世界を逍遥(しょうよう)してくださいませ。

店主は姿を見せません。小さい店内には、あなた一人。ほかにもお客様はおられますが、それぞれ書物の中に溶け込んでおられますから、お互い、目障りなことはございません。

上の棚にお手が届かなければ、翼のある猫が数匹がかりで運び下ろします。動物虐待？　いえ、幻の書店にいるのは幻の猫ですから。

昨今、書籍の売れ行き不振が嘆かれていますが、幻想文学を偏愛する読者はもともと人数が限られています。正確な統計は知らないのですが、発行部数から推察すれば、ほんの一握りでしょう。しかし、途絶えることは、この先もないと思います。その一握りを大切にする出版社も幾つかあって、海外の優れた作を供給してくださっています。供給がなければ読者の流れも絶えてしまいます。読む機会があれば愛好するようになったかもしれない潜在的読者が、その存在を知らぬままに過ぎてしまいます。

近くの書店の棚を見て思ったのですが、詩の棚がたいそう淋しい。世紀末の象徴詩など、一冊もない。

かつて、上田敏や堀口大學、齋藤磯雄、日夏耿之介などの碩学が、芳醇な日本語を駆使して異国の詩を邦訳しました。それらのほとんどは絶版、あるいはよほどの大書店でなくては並んでおらず、消え果てそうです。わずかに、岩波文庫などに幾つか収録されていますが、それを目的に探す人でなければ、気づかないでしょう。私の辺境書店には、装丁のすぐれたハードカヴァーの詩のシリーズも揃えたいと思います。そういう全集の新刊書は現存しないのですが。

ねがはくは
ふみのもとにて
秋しなむ
その長月の
有明のころ
（西行の歌の本歌取り）

店主の1冊

●『無力な天使たち』（アントワーヌ・ヴォロディーヌ著、国書刊行会）
四十九の美しい断章が、滅亡に瀕した世界と、その再生を願う老婆たちの異様な試みと挫折を、彩色玻璃の絵のように描き出す。

●『山尾悠子作品集成』（国書刊行会）
水晶の大宮殿のような構築物。金の条線で刻まれた〈言葉〉の力が顕現した、こよなく美しく硬質な幻想世界。

●『シュルツ全小説』（ブルーノ・シュルツ著、平凡社）
これも言葉の力によって世界を変貌させる。日常の平凡な表皮がはぎ取られると、不安と不条理が美しく顕れる。

●『黄色い雨』（フリオ・リャマサーレス著、河出文庫）
奇跡のような美しさと静謐さと力強さと、独特な形式によって、絶滅と絶望と死が描き出される。

●『黒い時計の旅』（スティーヴ・エリクソン著、白水社）
凄まじい幻視が凄まじい文章で表現される。二十世紀はある時点で二つに分かれ、また合致する。

『読売新聞』二〇一七年六月十一日付朝刊

日本推理作家協会70周年記念エッセイ

ここ十年ほどの間で、一番嬉しかったのは、本格ミステリ大賞をいただいたことです。本格ミステリ作家クラブに所属していながら、本格と呼ばれるにふさわしい作は書けなくて、申し訳なく思っていました。ようやく、書けた！　でも、本格としては弱いなと自覚していたので、選んでいただけたのは望外でした。

本格ミステリ作家クラブ主催のこの賞は、授賞式の翌日、受賞者や選んでくださった方のトークのあとに、多数の作家の合同サイン会、お宝抽選会という楽しいイベントがあるのでした。すべて、会員の皆さんの手造りでイベントは準備されていました。

お宝は、参加した作家や後援する出版社などから提供されます。会場内でお買い上げいただいたサイン用の本一冊につき、抽選券が一枚渡されます。両手にさげた紙袋いっぱいに購入される方もおられました。

トークと抽選会・サイン会の間の休憩の時、控え室にいたら、北村薫さんが、それは楽しそうに、小走りになって抽選会の準備をしていらっしゃいました、思わず、「北村さん、かわいい」と、失礼なことを口走ってしまったら、北村さんは、すてきな笑顔で、「うん、ぼく、いつもかわいいの」と返して、会場のほうに走って行かれました。私の記憶帳のお宝です。

あれ、私は老化による聴覚障害で、相手の方にはいつも筆談していただく状態なのに、あのとき、どうして北村さんの声は聴き取れたんだろう。奇跡です。

近況に話を移しますと、最近、強烈な地震、じゃない、目眩（めまい）を体験しました。床も天井も揺れまくって、大地震の中にいるようでした。耳の中の石が勝手に三半規管に入り込み平衡感覚を攪乱（かくらん）したのだそうです。この症状は、ハヤカワの担当編集者M子ちゃんによって、ダンシングストーン・シンドロームと名付けられました。踊るな！

日本推理作家協会編『推理作家謎友録　日本推理作家協会70周年記念エッセイ』角川文庫、二〇一七年八月

アリスのお茶会

新宿二丁目のバー（たぶん、〈ナジャ〉）から家に向かうタクシーの中で、宇山ちゃんに「もう、書くのやめたい」と言ったことがあります。そのときの気分は、宇山さんの膝に突っ伏して泣きたいほどでした。自制しましたが。家の方角が同じなので、飲んだ後（私はアルコールは駄目なので、ウーロン茶です）、一緒にタクシーに乗ったのでした。

当時——四十数年昔——ノベルスのミステリーを私は書かされていました。読み捨て本をと、担当編集者からはっきり言われていました。二時間ぐらいで軽く読み飛ばせて、読み終えた途端に中身を忘れるようなものを「書けって……」。

「ぼくは皆川さんの担当じゃないから……」

困り果てたように宇山さんは言ったのでした。

当時のノベルスの表紙は、ひどいものが多かった。俗悪な女の顔をクローズアップしたり。こんな表紙の本、私なら買わない。自著を手にしながら嘆いていました。

宇山さんと親しくなったきっかけはおぼえていないのですが、新宿のバーでたまたま同席して、それからかな。中井英夫さんの文庫を作りたいからと、それまでの会社を退職し講談社に就職なさったという逸話の持ち主ですから、好みの傾向が一致しました。『秘文字』出版のお祝い会に当時駆け出しの私を誘ってくださったのも宇山さんでした。場所は〈薔薇土〉だったかと思うのですが、記憶は不確かです。担当ではない編集者とこんなに親しくおつきあいしたのは宇山さんだけです。愛らしいやさしい夫人もしばしばご一緒でした。

その数年後。綾辻行人さん、法月綸太郎さんを初めとする若い書き手たちを強力にバックアップし、新本格というネーミングで一大潮流を作り上げ、瀕死の状態だった本格ミステリを復興させたのが宇山さんでした。

同じノベルス版でも、宇山さんの担当する本はまったく方針が違っていました。

それまでのダサい表紙も、宇山さんは変えた。辰巳四郎氏を起用し、瀟洒(しょうしゃ)で洗練された装画にしたのでした。

それ以前に、角川映画が横溝正史を復活させています。『獄門島』や『犬神家の一族』などをあらわした横溝正史は、社会派が全盛となったとき、見世物小屋とまで罵倒されました——じかにその言葉を聞いています——。が、これによって人工世界の面白さを知り、黄金期の海外ミステリー、クイーンやクリスティなどの影響も受けた若い方たちがいっせいに書き始めた。

風当たりは最初、すさまじく強かったのです。宇山さんはその楯になった。そのあたりの状況は、当事者であった方たちが本書で詳述されると思うので、筆を控えますが、京都から綾辻さんが東京にこられる折など、宇山さんは夫人とお二人で、親しい身内を迎えるように接していらっしゃいました。

前にも書いたことがあるのですが、綾辻さんの知遇を得たのも、宇山さんの仲立ちによります。『霧越邸殺人事件』の幻想と本格を融合させた魅力を（他社の刊行物だったけれど）宇山さんに絶賛したら、ご本人に直接言ってくださいと言われ、お手紙を出したのでした。その後、綾辻さんが上京された折、宇山さんのセッティングで、宇山夫人と歌手の谷山浩子さん、そして竹本健治さんもご一緒の楽しいお茶会が開かれました。

文芸第三部長として雑誌『メフィスト』を創刊、メフィスト賞を創設、多数の異色作家を生み育てた宇山さんの軌跡は、焰（ほのお）の車の轍（わだち）です。

自宅の前で私がタクシーを降りるとき、もう少し先まで行く宇山さんは、「やめないでね」と私に声を残しました。

やめませんでした。宇山ちゃん。

『新本格ミステリはどのようにして生まれてきたのか？　編集者宇山日出臣追悼文集』星海社、二〇二一年三月

第四部　ビールが飲みたい

親はあっても……

〈我が家の教育〉というテーマで書かされるのだといったら、娘がふきだした。

常々、わが家は、親はあっても、子は育つ、だねえ、といいあっている。

この〈親〉は、〈母親〉すなわち私をさしている。

人生の先輩として、人間かくあるべし、かく生きるべしと理想論を説く役目など、とうから放棄している。自分ができもしないことを、子供に押しつけるわけにもいかない。

家族を形成するということだけで、かなりの束縛がおたがいにある。さまざまな細則で、それ以上に縛るのは、私自身がやりきれない。

親の教育とか躾とかが、はたしてどこまで効果のあるものか、私と親との関係をかえりみて、かなり疑問を持っている。

私は四人きょうだいの長女で、両親の躾はきわめて厳しかった。四人、同じような家庭教育を受けたわけだが、結局、あらわれてくるのは、それぞれのもって生まれた性格以外にないような気がする。

一日に二回、家中の拭き掃除をすることを仕込まれ、姑に仕えても困らぬようにと、母親が着替えをするときは傍にひざまずいて、腰紐、伊達〆、帯と、遅滞なくさし出すことまで教えこまれた私は、目下、原稿用紙と本の山が床を埋める凄まじい部屋に棲息し、夜昼ひっくりかえったバイオリズムで、居心地よく暮らしている。私より躾のゆるやかだった末っ子の妹は、てぎわよく家事をかたづける有能な主婦である。

更にまた、わが両親は、道徳面においても理想論者であり、はた目にも、非の打ちどころのない暮らしぶりだが、立派なことを説かれるほど、子供といたしましては、裏の本音――エゴイズムとか傲慢さとかが透けてみえたとき、索然としてしまう。

そういう思いを身にしみて味わった私は、子供の前で、親ぶるのはやめようと思ったのだ。いいことではないかもしれない。親は、親らしく、子供の模範であらねばならぬのかもしれない。

しかし、子供が生まれたから親になってしまったので、欠点だらけの人間であることは、それ以前と少しも変わりはないのだから、ごまかしたって、いずれは、ばれる。裏切られたという思いを子供に持たせるよりは、ありのままの自分をさらけだし、いいはいい、悪いは悪いと、判断させよう。

私だってね、これがいいと思ってやっているわけじゃないのよ。だけど、私は弱虫で、こういうふうにしかできないの。まねしなさんな。

ひどいおふくろだねえ、と娘は笑う。

さらけだすといったところで、おのずから限度はある。母親が、なまなましく女である部分というのは、娘の目からみたら、非常にいやだろうと思うから、ひかえめになる。それでも、ボーイ・フレンドというよりは野郎フレンドと呼びたいような友人たちとのつきあいは、娘の前でもおおっぴらで、これは、つきあいを公明正大なものにするという利点はあるけれど、(小さな声で)女としては、ちょっと淋しいか?

『望星』というのは、きわめてまじめな本らしいから、もう少し、まじめに書かなくてはいけないかしら。

このぐうたらな母親が、娘に、積極的に、意図的に、したことといったら——何だろう。本だけは、なるべくいいものを身近に置いてやり、また、悪書だろうと何だろうと、禁書だけはしなかったことかな。

もっとも、社会人として円満な人格形成を望むなら、読書好きというのは、好ましいことかどうかわからない。私は、子供のころから、本を読んで空想の世界にのめりこむ以外に何もできないかたよったたちで、あげくのはてが、現在の状態なのだから。

娘は高校二年のとき、交換留学生として、一年間日本を離れた。ひとりっ子である。淋しいでしょう、と、会う人ごとに言われた。とんでもない。私にとって、すばらしい時期だった。母親という意識から切り離されると、こうも、ものの見方がのびのびするものかと思った。私は他人さまに、こうした方がいい、などとおこがましく言える柄ではないけれど、お母さんがた、ときには、〈母親〉というフィルターをはずしてみたほうが……と言いたくなるときがある。
私が目下小説のテーマとしてもっとも関心があるのは、〈親殺し〉なのだ。

「わが家の教育」『望星』一九七八年十月

私のアキレス腱（けん）

去年、尾崎秀樹（ほつき）氏を団長とする訪中団に参加した。

同行の一人に、生島治郎（いくしまじろう）氏がおられた。

旅行二日め、生島氏は、「皆川さん、あなた、かなりそそっかしいね」と宣（のたも）うた。

ドジは夙（つと）に自認しているが、このときはまだ、何もやらかしてはいなかったのである。

階段をすべり落ちもせず、上衣を置き忘れもせず、ヘア・クリームを歯ブラシにしぼり出しもせず、トランクの蓋が開かなくてジタバタすることもなく、しごく平穏無事に過していた。それなのに、我がアキレス腱を見抜かれてしまった。推理作家とはオソロシイものだ。

なじみの喫茶店に毎日行く。珈琲のんで店を出ると、たいてい、従業員が追いかけてくる。

ライターお忘れです。本お忘れです。傘お忘れです。

彼が椎間板（ついかんばん）ヘルニアになったのは、私に責任の一端があるのではないかと悩んでいる。

一番大きな忘れものは、以前車の免許をとりに教習所に通っていたときのことである。指導員にしごかれしごかれ、ぼうっとなって帰ろうとしたら、事務員が、忘れもの！　となる。練習のあいだ、当時四つか五つぐらいの娘を事務員にあずけておいたのだった。

ドジが右脚のアキレス腱なら、左脚のアキレス腱は対人恐怖症である。

はじめて編集者に会わねばならなくなったときは、三日も前から食欲が落ちた。近頃はだいぶ馴れたが、それでも取材で人と会うとなると症状が悪化する。何か療法はないものだろうか。

『小説新潮』一九七九年六月

ドッキリ電話

間違い電話がかかってきたときの応えかたというのを読んだことがある。書名も筆者名も忘れたから無断引用になるが、
例1「はい、こちら××葬儀店です。すぐうかがいます」ガチャ。

例2「え？　吉田？　あいつ死んだよ」ガチャ。

例3「吉田は、もう二度とあんたの声聞きたくないと言ってるよ」ガチャ。

一度使ってみたいと思っているのだが、受話器をとったとたんに「はい、皆川でございます」と名のる癖がついてしまっているので、うまくいかない。

今の所に越してきてまもないころ。ベル。

「はい、皆川でございます」

「あれ、大沢さんじゃないの？」

「ちがいます」

ガチャ。

ふたたび、ベル。

「はい、皆川でございます」

「あ！」ガチャ。

三度、ベル。

「はい、皆川で……」

「おかしいな。大沢さんとちがうの？」

「ちがいます。何番におかけですか」

「×××の××××だけど」

「それはうちの番号ですが、うちは大沢ではありません」ガチャ（こっちから切った）。

またまた、ベル。

「はい、皆川……」

「わかってんだよ。あのね、そこの近所に大沢ってうち、ないかね」

「越してきたばかりで、わかりません」

「あるはずなんだよ。ちょっと探して電話口に出してくれよ」

茫然（ぼうぜん）……。

これほどあつかましいのは、その後はない。

『小説新潮』一九八二年九月

マイ・ヘルス

毎朝、冷水を浴びる。裸で自己流の体操をする。

もちろん、私の話ではない。私の父親が若いころ励行していた健康法である。

私はといえば、その傍で、珍妙な体操を笑いころげながら見物しているだけだった。子供のころから、私は、軀を動かすのは時間の浪費という感覚が、なぜかしっかり身についてしまっていた。

医者という職業のせいだろう、父は健康に関しては極力意を用い、玄米食を家族にも実行させていた。

子供としては、まことにあじけない食生活であった。いまは玄米をおいしく炊く方法も開発されているようだが、当時は特殊な圧力釜で炊くのに、やはりまずかった。遠足のおにぎりも玄米で、ゆううつであった。

そのように健康に心をくばってもらっていたにもかかわらず、私はビタミンB不足なのかしじゆう足がだるく、足を冷水と熱湯に交互に浸すという健康法をやらされた。

人一倍健康に留意し、酒も煙草も蛇蝎視する父だが、甘いものには目がなかった。お彼岸には母やねえやたちが総がかりで、力士の握り拳ほどもあるおはぎを大皿に幾つも盛りあげ、父は一皿を一人で平げていた。

きわめてストイックな性格だが、酒は禁欲的に飲まないのではなく、飲めない体質だったのだ。その体質だけを私は受けついでしまい、夏のビール、冬の熱燗、一口二口はこよなく美味なのに、それ以上飲むとひどいことになる。酒場の雰囲気は大好きだから、水の水割で暁け方まで心地よくおつきあいしている。

飲めないのが、私の唯一の健康法になっているのかもしれない。飲める体質だったら、いまごろ肝硬変だ。

『小説新潮』一九八七年四月

自慢じゃないけど、まるで自慢

方向感覚の鈍い人が、自分がいかに方向オンチかということを他人に話すとき、決して、本心から恥じてはいないみたいだ。

いくぶん、得意げにさえ聞こえることがある。ことに女性の場合、まるで、それが身についたひとつの特性であるかのように。

もうひとつ、まるで得意がっているようにさえ聞こえるのが、〈機械ぜんぜん駄目。メカオンチなの〉という主張。

〈自慢じゃないけど〉という反語的な枕詞がしばしばつけられる。

わたし自身が、その方向オンチ、メカオンチのひとりだった（いまでも方向感覚はあやしい）。

それが、なにをとちくるったのか、ワープロを買ってしまった。

親しい友人邑野まつりにおずおずと電話で告げると、とたんに、「ばか！」とののしられた。

邑野は、会社でビジネス用のごついワープロを使いなれている。まだフロッピーで文書を保存する手段も開発されないころからやっているベテランなのである。

「機械いじり、興味ないんだろ」

「うん」

「ゲーム感覚ないだろ」

「ない」

「目、悪いだろ」

「悪い」

「ばかだ」

電話をかけているわたしの目の前に、でかいデスクトップ型のワープロがそびえている。見るだけで圧迫を感じ、わたしはめげていた。

仕事に使うつもりなので、おもちゃのようなノート型では、役にたたないと、はじめから大きいのを買いこんだ。

「必要な字が出ない」わたしは半泣きの声になる（出す方法がわからないだけだったのだ）。

「そうだよ。ワープロって、ばかなの」

「手で書いたほうが、三十倍も早い」

「そうだろ。やめな」

「でも、買っちゃった」

「わたしが使ってあげる」

「それじゃ、養子に出す」

あわれ、ワープロは我が手もとには一日しかいなかった。

ワープロを使う気になったのは、わたしに輪をかけたメカ駄目人間である、童話作家の友人が、「ワープロにしたの。すごく楽よ」と嬉々として電話してきたのに刺激されたのであった。

しかし、あとで考えてみたら、その友人はひらがなの別ちがき。つまり、ワープロ最大の問題である漢字変換の苦労がまったく不要なのだった。そのうえ、むかし、英文タイプを使いこなしていたのだという。やたら難しい漢字の出てくる時代・歴史、そうして、とんでもない語句を駆使した幻想小説を書こうというわたしとは条件が全然違うのだった。

いったん手放したが、なぜかあきらめきれず、養子にだした数日後に、こんどは、別の機種をまた買った。

これが、使いやすいのだ。第一にマニュアルがきわめてわかりやすい。ど素人のわたしにも、読めばはしから頭に入るように書かれている。

わたしもかつて、英文タイプの講習にかよったことはあった。しかし、短期間の講習を終えたあとは、機械に触ったこともなかったので、ローマ字入力は無理と、頭から決め込んでいた。それが、ためしに打ってみたら、なんと、指が、キータッチをおぼえていた。

最近このくらい感激したことはない。若い時からだがおぼえたことは忘れない、というのは真実だと、実感したのであった。

ぜったいできないと思い込んでいたことがあっけなく簡単にできてしまったこの感激は、わたしくらい運動神経皆無、機械駄目、という人でないと共感してもらえないかもしれない。

なにしろ、たいがいのことは挫折している。二十代のおわりのころ、自動車の教習所にかよった。鬼の指導員にごちゃごちゃ言われ、頭がぼうっとなって、帰ろうとしたら、事務所のひとに「忘れ物！」と、どなられた。教習のあいだ、そのころ四つか五つぐらいだった子どもを、事務所にあずけておいたのだった。免許はとったが、更新するのを忘れ、切らし、皆に、よかったね、命拾いしたねと祝福された。

できるようになった、わい、わい、と、邑野に電話したら、ひややかに言われた。

「ワープロは、停年おじさんの趣味だよ」

でも、邑野はまだ知らないのだ。わたしが、ラップトップではたちまち物足りなくなり、ビジネス用の高性能のやつを、物置みたいな我が部屋に導入することにしたのを。

『婦人公論』一九八九年九月

入院とワープロ

〈人生〉という言葉は、照れくさくて使えない。

まともに書けば、小説誌の新人賞を受賞したのが、転機だけれど、なぜ、突如、書くようになったかというあたりは、書きづらい。あまりまともな顔を、素面でさらすのは、恥ずかしい。内側は、物語のなかでさらけだしている。

数年たってから、過去を振り返ったら、今年・一九八九年が、わたしのひとつの転機だったな、と思うかもしれない。

二つ、できごとがあった。

一つは、積年の不食・不眠が祟って、入院生活を送った。この飽食の時代に、栄養失調とは珍しいと、医師に言われた。病院にいると、いやでも三度三度食事がでる。ほかにすることがないし、食べないとなおらないから、とにかく、食べる。おいしくはないけれど、バランスのとれた献立なので、体力はついた。

食べないと、〈人生〉も送れないんですねと、しみじみわかった秋でした。

食生活の転機となった、となれば、よいのだが、退院したら、もとの木阿彌に戻りつつある。食べるのも、けっこう、根気と忍耐が要る。

もう一つは、おそまきながら、原稿をワープロで書くようになったことだ。

去年の秋、不眠症で仕事をやすんだ時期、一大決心とともに、部屋をかたづけた。眠っている頭上に本の山がなだれおちてくることもなくなり、ラスプーチン、タワシ、我が部屋にいついた二匹の鼠も退散し、机の上に少し余地ができた。

今年になって、友人から電話があり、

「ワープロ買っちゃった。簡単で便利よ」

この友人は、わたしに輪をかけたメカ音痴である。その人が「簡単」というのだから、やさしいのだろうとたかをくくり、すぐにも仕事に使うつもりで、デスクトップ型を入れた。このワープロは、わずか一日で、別の友人のところに養子にだされた。スクロールして文字が消えただけでうろたえ、マニュアルをみても、どこに何の説明が書いてあるのやら、さっぱりわからない。こんなまだるっこしいこと、やっていられないよ、とわたしは邪険に追い出し、

「ちっとも簡単じゃないよ」

「そうか。わたしは幼年童話だから、漢字変換しないんだ。漢字も出ないし」

「キーをおぼえる暇がない。キーは、ローマ字なの。昔、英文タイプ習ったから」

「わたしも英文タイプの講習は受けたけれど、おぼえていないないなァ」

あっさり手放した後、未練が残り、ラップトップ型を再導入した。これが、たいそう使いやす

く、マニュアルもわかりやすい。その上、ためしにローマ字入力にしてみたら、キーの位置を、指がしっかり覚えていた。頭は日に日に老化しているのに、指は、賢い！

　たちまち、上達したのです。

　容量の少ない、性能のよくない簡易機では仕事には役立たないとわかり、ハードディスク内蔵のビジネス機と印刷速度の速いプリンタを再々導入。半年足らずのあいだに三台買い換え、いまは、このオアシスＦＸⅡ－Ｌなしでは仕事にならないというほど、愛するようになってしまった。

　メリットは多々あるけれど、原稿をわたした直後、編集者からあわてた声の電話がかかり、五ページと八ページが抜けていますが、と言われることがなくなったのが、大きい。手書きのときは、大事な原稿用紙を、書き損じのといっしょに、屑籠(くずかご)に捨てることがしばしばあった。あわをくって、紙屑の山をひっかきまわし、残っているときはいいけれど、清掃車がもっていったあとだと悲惨なことになる。

　ビジネス機は、文書を保存する処置をとらなければ終われない仕組みになっているから、わたしのようなそそっかしいものでも、苦労して打ち込んだ文章をうっかり消してしまうという悲劇は起こらない。

　整理整頓の才能がまったく欠如しているわたしにとって、オアシスは、強制的に原稿の整理をしてくれる有能な助手だ。

　だらしない生活が少しは変わったという意味で、やはり、これも一つの転機である。


「人生の転機」『オール讀物』一九八九年十一月

眠りから、はじまる

午後三時から四時ごろ起床するという生活をつづけていたら、体内時計が狂ったのか、強度の不眠症になってしまった。

眠れなくて死んだ人はいない、などと軽くあしらわれるが、不眠の辛さは、経験者でなくてはわからない。しまいには、呼吸困難にさえなる。

医師のすすめで、入眠剤を使うようになって、どうにか、眠りをとりもどした。

就寝時刻も、午前二時ごろと、平常に近づけた。

で、この、眠るところから、わたしの執筆儀式は、はじまる。

眠りにつく前は、筆(厳密にはワープロ)がとまり、書けなくて唸(うな)っている。薬で、強引に眠ってしまう。

十分に眠れたときは、覚醒のとき、とろとろと、まことに心地がよい。

からだの芯の凝(こ)りがほぐれて、夢ともなくうつつともなく、ぼうっとしている。

そういうとき、行き詰まっていた物語の、先が、ふっと浮かんでくる。あ、こう書けばいいんだ。

そのまま、とろりとした気分にひたっている。物語が動き、登場人物は活き活きと行動してくれる。

わたしは、自室の隅に大型の炬燵を据え、ワープロをその上に置き、炬燵にもぐって寝ている。部屋が狭いので、蒲団やベッドを置く余地がない。つまり、わたしは寝床がないのである。ずいぶん、みじめな生活だ。

だから、起き上がれば、目の前にワープロがあるのだけれど、からだは半分以上眠っているから、とても起きる気力はない。

はっきりと目が覚めたときは、せっかく浮かんだ物語は、霧散してしまっている。

午前十一時ぐらい。

顔を洗ったりしていると、ますます、物語は遠くなる。

それから、二子玉川の髙島屋まで、出かける。

ニコタマのタマタカと呼ばれているこのデパートは、こぢんまりしていて、人出もあまり多くない。二十年ぐらい行きつけの、なじみの喫茶店があり、そこのカウンターの隅っこで珈琲を飲む。これが、朝食兼昼食。

ゲラの著者校や、仕事の打合せや、資料読みなど、ここですませる。帰宅して、ワープロの前に、本格的に腰を据える。

夢うつつの間に思いついたことは、すっかり忘れてしまっている。

手近にある本なんか、めくってみる。

それから、心優しい友人に電話をかける。

童話作家であるその友人は、「書けないよォ」というわたしのぐちを、辛抱強く、毎日、きいてくれる。

「書けないよォ」

「うん、わたしも書けない」

「だけど、書く」

「そう。書かなくちゃだめ」

えんえんと、そんなことを喋(しゃべ)っているうちに、早くも就眠儀式の時間になっている。

と、ここまで書いて送稿したら、花粉症になやむ担当編集者M氏から、いったい原稿はいつ書くんですか、と疑問を投げられた。私も不思議に思っている。


「執筆儀式」『オール讀物』一九九三年五月

ドイツびいき

「やってきたのは、プロシアンだ！」

『世界大衆文学全集』（発行元は忘却）と新潮社の『世界文学全集』が身近にあったおかげで、デュマだのユーゴーだのポオだのホフマンだのミュッセだの、ハウプトマン、イエイツ、ストリンドベリからドストイェフスキーと、めぼしいおもしろい翻訳小説は、子供のころに読みつくせた。

還暦を六年もすぎた今となっては、忘れたものが多いのだが、細部を、奇妙になまなましくおぼえていたりする。冒頭のせりふも、その一つだ。『世界大衆文学全集』所載、ガボリオの『ルコック探偵』にでてくる。味方がきてくれたと思ったら、敵方だった、という意味で使っている。その言葉の歴史的な背景も説明されていたのだが、これも忘却した。ご存じの読者の方が大勢おられると思います。教えてください。

プロシアは、プロイセンの英語読み、つまりかつてドイツ北部にあった王国の名と知ったのは、ずいぶん後になってからだ。

昨今、ドイツにいれあげてしまっている。なぜ、いまごろ、ドイツ？　と自問する。きっかけは、数年前に聴いた一巻のテープであった、と、思い当たる。

友人から贈られたものであった。ＣＤからコピーしたので音が悪くなっているということだったが、魅入られた。

私は音楽はきわめてうとい。幼時、書物には恵まれていたが、音楽環境は劣悪だった。レコードといったら、童謡と軍歌しかおいてない家に育ったのである。そのためだけではなく、生来の素質にも問題があるのだろうが、生活に音楽をほとんど必要としない。何をするにも〈読みながら〉だが、〈聴きながら〉というのは気が散ってだめだ。

けれど、たまたま耳にする音楽にたいしての、好き嫌いは、はっきりしている。作曲者の名もなにも知らず、ああこの曲、いいなあと浸りきり、後で作曲者の名を知ると、……スキーとか……コフとか、スラブ系の場合が多い。そのテープは、ボーイソプラノとカウンター・テナーによるペルゴレージの『スタバト・マーテル』であった。というような作曲者の名前や曲名は、後から頭に入れたことであって、カウンター・テナーの声を聴いたとたん、引き込まれた。これほどのめりこんだのは、オルフの『カルミナ・ブラーナ』以来だ。

カウンター・テナーは、テナーでありながら、女性のアルトの声域まで、声を駆けのぼらせるのである。歌舞伎の女形が、男でありながら、生身の女ではあらわせない人工美の極致である女を表現するように、男性であるカウンター・テナーのアルトには、女性アルト歌手と異なる、独特の力強い魅力がある。

かつて、高音の声域を持った男性歌手が、活躍した時があった。十七世紀にはじまり、十八世紀を最盛時とする。去年の秋、映画が公開されたので一般になじまれるようになったカストラートである。しかし、宦官と同じ性質の方法で高音域を保たせられるカストラートは、あまりに非人道的だというので、十九世紀末には消滅した。カウンター・テナーは、久しく消えていた男性のソプラノを、完全な男性のまま、卓越した技法によってよみがえらせた歌手たちである。

その後、カウンター・テナーのCDを、目につくごとに買い求め、来日したカウンター・テナー、ヨッヘン・コヴァルスキやルネ・ヤーコプスのコンサートを聴く機会にも恵まれた。生の舞台は、当然のことながら、テープやCDでは得られない、思い出してもからだがふるえるような感覚をあたえてくれた。

惚れ込んだ素材は、物語に生かさずにはいられなくなる。物書きの習性だろうか。六年前、ミステリの書き下ろしをと言われたとき、現代のドイツと中世の中欧を、カウンター・テナーとカストラートで強引に結びつけた幻想ミステリをと、無謀なことを思い立ってしまった。カストラートが活躍したのはイタリアオペラだから、ドイツは無関係なのだけれど、二十年ほど前から、いつか物語に書きたいと思いつづけていたドイツに関連する素材があり、それを媒体に、物語は頭のなかで動きだした。その後、連載など目先の仕事がいそがしく、気になりながらとり掛かれないでいたのだが、今年こそはと、ドイツ関連の書物をあれこれ読みだしたら、実に興味深い。

昭和五年生まれの私にとって、思い返すと、ドイツは、なつかしい、かつての友好国なのだった。イタリアも、同盟国であったのに、印象は薄く、親近感もさして、ない。極度に論理的でありながら、極度に浪漫的でもあるドイツの、暗鬱（あんうつ）さ、野暮ったさ、頑固さ、神秘への傾斜、そういったものが、私の血を騒がせている。目覚めは昼近くというぐうたらで軟弱な私には、とても住めそうにない勤勉な国ではあるが。

『現代』一九九六年四月

ビールが飲みたい

一つのことに夢中になると、ほかに目がいかなくなる。いわゆる馬車馬の性だ。目下、ドイツを舞台にした長篇の書き下ろしにかかっているので、寝ても覚めてもドイツという状態だ。

編集者氏に、書きます、と言ったのがたぶん六年ぐらい前。

ナチスの時代に、レーベンスボルンというSSの組織があった。それに関する書物を読んで興味をもったのが二十年前、いつか書きたいと思っていた素材だ。

書き下ろしの話を受ける少し前に、一本のテープによって、カウンター・テナーの歌声に接し、これまた、のぼせあがっていた。

ボーイソプラノとカウンター・テナーによる『スタバト・マーテル』。当時は輸入盤もなかったようで、英国で買った方がテープにコピーしたものの一本が、友人から送られてきたのである。魅せられきってしまった。

カウンター・テナーは、このごろはルネ・ヤーコプスやヨッヘン・コヴァルスキの来日もあり、よく知られるようになったが、男性で、女声のアルトの領域までのびる声域をテクニックで獲得した歌手をいう。

カウンター・テナーが生まれるもとをたずねれば、カストラートに行き着く。これも、去年の映画のおかげで一般的になったが、当時は知る人は少なかった。塚本邦雄氏の短篇で、カストラートなるものがあったことは知っていたものの詳しい知識はなかった。

レーベンスボルンとカウンター・テナー、カストラート、この三つを素材に書く、と決め、後の二者について詳しい方にレクチャーを受け、準備にとりかかったが、その後、週刊誌や新聞の連載がつづき、着手が延々とのびてしまった。

ようやく今年、連載が一段落したので、書き下ろしに本腰を入れようと、ドイツにも取材に行ってきた。まことに楽しい旅だった。これまで、イスラエルだのアイルランドだの、スコットランド、イタリア、いくつかの国はおとずれているけれど、旅行嫌いの私が、もう一度行きたい、その国の言葉さえできたら、長期間住みたいとさえ思ったのは、ドイツだけだ。

なぜ、こんなに、なつかしいほどの親しみをおぼえたのだろう。一つには、戦前の日本が文化的にドイツの影響をうけていたということがあるのかもしれない。ドイツのロマンティシズムが幼時の私に投げた影が、知らぬうちに根をはっていたのだろうか。

ドイツ、ことに、私が今回おとずれた南バイエルンは、きわめて明るい。私は、スラブの暗鬱さの方が好きなのに。しかし、南バイエルンとスイスのティロル地方は、風俗的には似通っていても、バイエルンには、底に重い苦いものがひそんでいるように思える。ドイツは二重構造なのだろうか。

書店で、ドイツとかナチスとか表題にある本をみかければ、資料としてかたはしから買い集めているのだが、たまたま、今日みつけた本が、『ドイツ地ビール夢の旅』。

いま書いている物語には関係なさそうだけれど、とにかくドイツだ、と買って読みだしたら、その楽しいこと。

人生の楽しみが半分ですねと、他人に言われるのは、私がまったくアルコールがだめだからだ。まあ、別に困りもしないや、と思っていたのだが、この本を読んで、ああ、ビールが飲めたら、と、切実に思ってしまった。

ドイツはビールの本場だ。取材旅行のときも、ミュンヘンのホフブロイをはじめ、行く先々で、同行の人たちはビール、私はさびしくアップルジュース（これがけっこうおいしかったけれど）。運転手氏も、休憩や食事ごとにビール。〈黒い白ビール〉というのもあったっけ。

で、『……地ビール……』の著者は、ドイツ各地の地ビール巡りをされ、写真と文章で紹介されているのだが、ビールのおいしさ楽しさが、飲めない私にまで、のどにしみとおるように伝わってくる。著者（女性）が、ビールが好きで、ドイツが好きで、旅が好きだからだ。

ドイツは、中世のおもかげが、都市にも村にも、色濃く残っている。世界最古のビールは、一〇四〇年、ミュンヘンから三十キロほどの小さい田舎町フライジングの修道院で醸造された。神聖ローマ帝国の時代だ。それ以来、連綿と、修道院の醸造所で、ビールは、修道士の〈飲むパン〉として造りつづけられているそうな。

蔦(つた)のからまるロマンチックな石造りの醸造所ホテルは、ミュンヘンから列車で一時間ほどのアイインク村。濁りビールが美味しいそうな。ビールの搾り滓(かす)で作ったパンがパリパリと香ばしくて、ビールにあうそうな。

ケストリッツ村の黒ビールは……あ、紙数がつきた。ドイツに行きたい、ビールが飲みたい。

『小説宝石』一九九六年十月

音楽

先だってニューヨークに行った際、まだ持っていないコヴァ様のCDを見つけて買ってきた。コヴァ様とはカウンターテナーのヨッヘン・コヴァルスキのこと。カウンターテナーには他にもスラヴァやルネ・ヤーコプスなどがいるけれど、外見のよさもあって、私はコヴァ様にゾッコンなのである。もう少し若かったらブロマイドを買ったり、「キャッ」と言って騒ぐのだけれど、七十になろうというおばあちゃんではサマにならないと控え目にしている。

カウンターテナーはカストラートのように手術によって女の声を獲得したのとは違う。テクニックによって高音域を獲得した男性歌手だ。裏声の一種には違いないが、裏声のように弱々しくはない。男性特有の広い胸郭に支えられた声は、しっかりと力強くてしかも美しい。女性では表すことのできない女の魅力がにじみ出る。それは両性具有というのともちょっと違う。私はそれを今回受賞の対象となった『死の泉』の中にこう書いた。

「官能の蜜にあふれた声が、性の境界を越えて、自在に疾駆(しっく)した。……苦痛に似た恍惚(こうこつ)。からだの中枢に媚薬をそそぎこまれ、私の肉体は消えた」
カウンターテナーに接したのは今から十年前。友人が海外で買ったCDからコピーしたテープを「何も言わずに聴きなさい」と送ってくれてからである。以来、ミーハーの頼りない聴き手ながら、清冽で甘美で、異様な艶めかしさを持った声をひたすら聴いている。

「TEMPO」『週刊新潮』一九九八年三月二十六日

週間日記

3月2日（火）　久しぶりにヨッヘン・コヴァルスキのコンサートに行った。などと書き出すと、小学生の絵日記のようだ。夏休みの宿題をやらされて以来、日記をつけたことがない。身辺雑記を書くのが苦手だ。商業誌に物語を発表するようになったとき、エッセイは書くまいと一応決心していたのだが、そうもいかなくて、簡単な雑文を書くことで決意の一角がくずれ——エッセイは苦手だというエッセイを書いていた——、あとはなしくずしに、その場その場をしのぐことになった。

エッセイ、コラムを書く才能は、物語書きとはまた違ったもので、庭に花が咲いた、風呂に入った、というような日常の些細(ささい)なことでも才のある人は見事な一篇に仕立て上げるが、私はその筆に恵まれていない。

カウンターテナーに魅せられたのは十年ほど前になるか。CDを聴き、コンサートに行き、肌の細胞にまであの声がしみわたった感覚は、物語『死の泉』に結晶させたが、カウンターテナー、コヴァルスキのコンサートについて素顔で日記風に記すとなると、〈とてもすてきだった。終わってから同行の友人たちと中華料理を食べた〉と、小学生日記になってしまう。

男性でありながら女性のアルトの声域まで達す

るカウンターテナーが日本で広く受け入れられるまでには少し時間がかかっている。ルネッサンス期に全盛をきわめたカストラートを思わせるからだろう、最初のころ、NHKは中継放送をしなかったと聞いた。コヴァルスキの歌は回を重ねるごとに、官能性を増す。

3月3日（水） コヴァルスキのコンサートを聴いた後では、美しいものに浸りきっていたくなる。見損なっていた映画のヴィデオテープを買い込んできた。しかし、連載の締め切りが明後日に迫っている。ワープロの前にいたが、夜ついに『火の馬』を観てしまう。意志薄弱だ。

3月4日（木） ワープロの前にいたが、夜ついに『イントレランス』を観てしまう。目下（もっか）とりかかっている書き下ろしの資料にする映画だから、仕事であると自分にいいわけする。でも編集者への入稿が遅れる言いわけにはならない。

『読売新聞』一九九九年三月六日付夕刊

3月6日（土） 他紙に、朝倉摂（せつ）さんの舞台美術を切り口に戦後の演劇の流れをエッセイ風に連載している。その取材を兼ね、朝倉さんの講演を聴きにいった。八十枚のスライドを使って、これまでの舞台をスクリーンに映しながら、話を進められた。

　小説の創作と通じるところがあり、たいそう充実した時間を過ごすことができた。

3月7日（日） フリオ・コルタサルの短篇に、次のようなものがあった。姉と弟がふたりきりで住んでいる。その家が、何かによって次第に占領されていき、姉弟は一部屋に逼塞（ひっそく）せざるを得なくなり、ついには、家を追い出される。ふたりを追いつめるものの正体は、姉弟にはわかっているのだが、読者には明かされない。どのような寓意（ぐうい）ともとれる話である。のさばってくる得体の知れない力は、ファシズムかもしれない。死者かもしれない。あるいは、姉と弟のあいだに近親相姦（そうかん）的なかかわりも仄見（ほのみ）えるので、世間の常識、良識というやつかもしれない。正体は読者の想像にゆだねられている。
　ところで、わが家も、次第に何かにのっとられつつある。

3月8日（月）　日常生活というやつが苦手だ。日常なすべきことを、ないがしろにしてきた。わが家を侵犯しつつあるのは、長年無視されつづけた〈日常〉の力がやりはじめた復讐（ふくしゅう）であるにちがいない。台所の床がかたむき、ガス台が使えなくなった。流しの水が漏れるのを、放ったらかしにしていたから、根太が腐ったのだ。
　ガスが使えなければ、電気がある。新器具を導入して切り抜けたのだが、今日、大事にしてやっている執筆用機器までが、反乱を起こした。プリンターが動かなくなったのだ。機器には埃（ほこり）が大敵だというが、埃は、何もしなくても生じる。座ってワープロを打ち本を読んでいるだけなのに、なぜ、埃が生まれるのだろう。無視された〈日常〉の悪意が生み出すのか。掃除機をかけなさいと世間様の声。あの重い掃除機を動かす余力があれば、物語紡ぎのほうにまわすよ。

『読売新聞』一九九九年三月十三日付夕刊

3月9日（火）　流しは壊れても何とかなるが、プリンターの不調は専門家に修理をまかせるほかはない。修理人に部屋に入ってもらうためには、床をふさいだ本の山をかたづけ、足の幅だけの通路は開けなくてはならない。一日労働し、夜、開通祝いをする。

3月10日（水）　一夜にして、通路は、崩れた本の下に埋没していた。昨日の労働は何だったの。

3月11日（木）　ふたたび、営々と本の山の整理にとりかかる。本の量に対し、部屋の容量が絶対的に不足しているのだから、仕事場を借りなくてはだめなのだ、と突如思いついた。段ボール箱に本を詰めはじめたが、二箱で、登山でもしたように疲労困憊（こんぱい）。仕事場を移すためにはこの数十倍の労働が必要なのだと思い当たり、計画は挫折した。

3月12日（金）　プリンターの修理の人がくる。周囲を本の絶壁でかこまれた一メートル四方の空間での作業はかなり苦しいものがあるようで、「ちらかっていてすみません」と私があやまるたびに「いいえ」とにこにこするが、笑顔は明らかにひきつっていた。

3月14日（日） 朝倉摂さんが舞台美術を担当しておられるので、グローブ座に「青ひげ公の城」を観にいく。

出演は〈池の下〉という若い劇団で、寺山修司の作品をひきつづき上演してゆく予定だそうだ。

小劇場の演劇活動は金銭的にはむくわれないことが多い。上演回数と座席の数とチケット代を掛け合わせたトータルの金額から、劇場の賃貸料をひいて計算すると、制作の方の苦労がしのばれる。――税金もあるしな。舞台装置にかけられる金額も、商業演劇のようなわけにはいかない。

朝倉摂さんは、大がかりな大舞台から手作りの地下演劇まで、実に幅のひろい仕事をしておられる。今回の舞台では、二枚の布を舞台の上から下までいっぱいに垂らした簡素な装置を照明で多様に変化させ、さらに、階段と壁を黒衣が動かし場面を転換させる。その黒衣の衣裳と仮面が西欧中世のペスト医者のようで、雰囲気を醸すのに効果をあげていた。

『読売新聞』一九九九年三月二十日付夕刊

3月20日（土） 泉鏡花「天守物語」の富姫といえば、まるで玉三郎のために書かれたような役柄。加えて新之助の図書之助、菊之助の亀姫という唯美この上ない配役に惹かれて、歌舞伎座へ。玉三郎はもちろん言うことなしの適役だが、菊之助の亀姫に、御曹司の美点を感じた。実にのびのびとつとめている。御曹司重視の伝統には批判も多々あるが、おおらかさが自ずと身につく、かけがえのない美点もある。新之助の図書之助が絶品であった。図書之助という役は、天守の妖姫が一目で惚れこむ凛々しさ、清冽な美しさ、一途な健気さを要求される役で、その一つでも欠けると富姫のせりふが浮いてしまい、観るほうはしらけるのだが、これ以上の図書之助は望めないだろう。

今年の正月、浅草公会堂の花形歌舞伎で、新之助、菊之助に辰之助を加えた若手の「勧進帳」を観ている。それぞれ大役を立派に果たしていたが、新之助の弁慶には瞠目した。菊之助は以前から達者だったが、新之助がこれほど大きい役者に成長したとは。そうして今回の図書之助である。若い役者が若い観客をよぶことだろう。楽しみだ。

部屋子から数年前実力を認められて名題に昇進した上村吉弥が、腰元薄の大役を堂々とつとめているのも嬉しかった。

3月22日（月） 旅行嫌い、乗り物嫌いなのに、去年は長篇『緑柱石』（仮題）の取材のために、ヨーロッパから南米までとびまわっていた。今年は、ワープロの前を動かず、ひたすら物語を書き進めねばならないのだが、ヨーロッパの古城をまた訪れたい気持ちしきり。中世ヨーロッパが舞台のひとつになる。最近、他の方々が上梓された作品と素材がかさなるので、いささか困っている。でも、ここまで書いたのだから、書き進めるほかはない。

3月23日（火） 『緑柱石』の原稿を書き進める。「いっしょに取材旅行したんですってね。いいな」。同行の編集者は、他の若い編集者にそう羨ましがられ、「やってみろってんだ」と苦笑していた。極度の方向音痴で足弱の私のエスコートは、艱難辛苦の連続であったのだ。

『読売新聞』一九九九年三月二十七日付夕刊

よむサラダ

恩寵の音

行きつけのイタリア料理の店に入り、トマトとルッコラのピッツァを食べながら、いつものように本を読んでいたとき、ふと気がついた。若い女性の客が多く、中にちらほら若い男性もまじる。少数だが年配の客もいる。それらの人々の話し声が、渾然となって、一種のコーラスのように美しく聴こえる。コーラスというのは、正確な表現ではない。言葉はまったく聞き取れないのである。歌詞はなく、音の高低が調和のとれた和音になり、リズムさえ感じられる。

始終きている店なのに、こんな感覚は初めてだった。理由はすぐにわかった。耳の治療を受けている最中で、一時的に左の聴覚がまったく用をなさなくなっている。右はその以前からやや難聴ぎみである。

子供のころから、耳の聞こえはよくなかった。もっとも、そのころは、本を読むのに夢中になって周囲の言葉を聞き流し、親に用事を言いつけられた時は、ことさら聞こえが悪くなるという事情があったのだが。この数年、難聴の度合いはいっそうすすんだが、年のせいで仕方がない、白髪と同じようなものだと放置していた。

髪は白くても茶色でも生活に不便はないけれど、聴覚の衰えは、いささか困る。円卓で数人で喋(しゃべ)っているときなど、向かい側の人の話が聞き分けられない。よくとおる声の人だと助かるが、くぐもった声の早口となると、まるでわからず、適当に相槌(あいづち)をうって、話を混乱させる結果になる。

聴覚は原稿を書くという仕事には、絶対必要ではない。欠かせないのは思考力と視力と指の動きで、あとの機能は多少衰えてもなんとかなる……と放置したら具合が悪くなり、ついに専門医にかかることになった。

活字は身のまわりにないと飢餓感をおぼえる中毒者のひとりだが、音楽の積極的な愛好者ではない。好みにあった曲を聞けばここちよく、嫌いなたちのものは耳をふさぎたくなる、という程度だ。音楽の素養に私は欠けている。幼時からよい曲に触れていたら、おのずと身につくものがあるだろうが、あいにく家にあるレコードは軍歌と童謡ばかりであった。入眠障害に悩んでいた時、静かな音楽を聞けば眠りに誘われるかと期待して枕元(まくらもと)でCDを流したのだが、効果はなかった。同じ環境に育ちながら、弟の一人はジャズを愛好するようになったから、生まれつきのものもあるのかもしれない。

聴覚に難があると、聞き取れる音の波長が狭まるのだろうか。専門的なことはわからないが、言葉が意味を失い、高低のいりまじるきれいなハーモニーとして聴こえるのは楽しいことだった。

やがて若いグループが何人かずつ席を立つにつれて、交響楽の奏者が数人ずつ演奏をやめるように音は寂しくなり、それでもなお美しさを保ちつづけていた。

その後治療を終えた。不思議なハーモニーが聴こえることはなくなった。

『読売新聞』一九九九年十二月五日付朝刊

二枚の写真

旅行は苦手だ。体力が乏しい。長期の旅となると、準備をする段階でくたびれ果て、目的地の空港に着いたときは半病人になっている。熱湯をそそげばご飯になる簡易食でエネルギーをどうにか保ちつつ、連日ふらふら歩きまわることになる。

それを承知で去年南米を訪れたのは、『エリーザベト・ニーチェ』（ベン・マッキンタイアー、藤川芳朗訳）という一冊があまりに面白かったためだ。一八八六年、哲学者ニーチェの妹が移民団を組織して南米のパラグアイに開拓地ノイエ・ゲルマニアをつくった。著者マッキンタイアーは、その足跡をたどり、おんぼろ船で河をさかのぼる。この本の楽しさは、素材の魅力もさることながら、英国人である著者の皮肉まじりのユーモラスな文章によるところがきわめて大きい。

読んだとたんに、そのとき構想中の長篇の舞台を未来世紀の南米にしようと思いたった。旅は苦手だといいながら、二十年あまり昔、尻尾のない猫がいるときいて、はるばるマン島まで出かけたこともある。今度は、そのマンクス・キャットより数十倍おもしろそうな材料である。取材の旅の苦労が数十倍になるのもしかたがないと、覚悟した。資料を読むのは楽しいが、動くのは楽しくない。

開拓は失敗し、ノイエ・ゲルマニアは今は荒れ果て、現地でも知る人は少ないし、移民の子孫の消息もわからない。現地の旅行社が、幼年時をその開拓地で過ごしたことがあるという人を探し当て、訪問の手筈をととのえてくれてあった。牧場主として成功した五十代のドイツ人だそうだ。

首都アスンシオンから車で一日がかりの行程である。雨期であった。首都の中心を少し離れると、道は赤土の泥濘になる。材木を積んだ大型トラックが行き来するたびにタイヤは渓谷のような溝をつくり、私たちの車はそのなかに落ち込んで身動きがとれなくなった。からぶかしするのでエンジンは黒煙をあげ、ついに焼ききれた。運転手くんはあきらめて、パラグアイ名物のマテ茶を通訳くんと回し飲みしはじめた。そのとき四駆で通りかかったのが訪問の相手という偶然に恵まれ、彼の持つトラクターが救援に来てくれた。

家族ぐるみで歓待され、古いアルバムを見せてもらった。彼は私が持参したマッキンタイアーの訳本に載っている老いた人々の写真を見ながら、「おお、フィッチャー！　おお、シュッテ！」と懐かしそうに名を言う。みな、子供のころ知っていた人ばかりだという。痩せた初老の男が物悲しげにアコーディオンを奏でている写真を見たとたん、「おお、フラスカム！」声をあげ、私の手にあるアルバムをめくり、一枚を指し示した。青年の写真である。悲しげな表情といい、痩せぐあいといいまったく同じで齢のみ異なる若い男が、同じアコーディオンを同じポーズで奏でている。

二枚の写真の間には、数十年の苛酷な歳月があった。

『読売新聞』一九九九年十二月十二日付朝刊

パソコンのパ

ワープロ専用機を愛用してきた。パソコンのような多彩な機能は持たないけれど、文章を書くという作業に関しては、こよなく有能な道具である。指になじみきり、キーボードを叩いているという意識もなく、頭にある言葉がそのままディスプレーにあらわれる。

それなのに、最近になってパソコンを買い入れた。メーカーがいっせいにパソコンに力を入れ、専用機の売場はどんどん縮小されている。機械には寿命がある。愛機が故障しても部品は製造中止で修理不能、という事態に確実になりそうだ。機械は融通がきかない。発熱していても締め切り前はがんばるという人間並みにはいかない。突然、動かなくなる。そのとき慌ててパソコンに切り換えようとしても、操作に手こずるだろう。締め切り直前だと心臓に悪い。だいぶ使い勝手が違うらしい。今のうちから少しずつ慣れておこう、という深謀による。

　もっとも、私は不精かつ優柔不断なので購入を一日のばしにしていたのだが、友人Ｆの一言でやる気になった。「あたし、パソコンやろうと思う」

　十数年前ワープロを始めたのも、Ｆの「あたし、ワープロやろうと思う」の一言がきっかけであった。ワープロにしたら推敲が楽になると思いながら、難しそうだと私は迷っていたのだった。Ｆも私もメカには疎いが、どちらも何十年も昔、英文タイプをならったので、ローマ字入力ならできる。ワープロはこなせた。

　二人で同じ機種のパソコンを買い、マウスの動かし方という一番の初歩から、知人であるパソコン名人に指導を受けた。サトウサンペイさんが書かれた『パソコンの「パ」の字から』という本を名人はプレゼントしてくれた。

　私たちとほぼ同世代のサンペイさんは、数年前パソコンを始められマスターされた。Ｆと私は目下『……「パ」の字から』を頼りに電話で相談しあい助けあいながら独習している。

　アシスタントと称してイルカが画面に出てくる。ガイド機能を持っており、質問するとヘルプ画面で教えてくれるというのだが、こいつ今のところろくに役に立っていない。こっちがもたもたしていると、のぞきこむ。なおももたもたしていると、二枚貝に顔をつっこみカリカリ音をたてながら中身を食べだす。おちょくられている気がする。邪魔なら消せばいいのだが、いないと少し淋しい。

　Ｆはメールもインターネットも、電話に接続すればすぐにできるようにしてもらい、すでにホームページをのぞいて楽しんでいるが、私はまだできない。うちの電話は古いために、壁に差し込み口がないのだ。ＮＴＴに依頼すれば簡単だと名人に言われたが、床も壁も見えないほど積み重なった本の山をなんとか処分し通路を作らないかぎり、ＮＴＴの人に部屋に入ってもらうこともできない。

「それじゃ、メールは永遠にだめですね」と名人に見放された。

『読売新聞』一九九九年十二月十九日付朝刊

小さい情景

「嚙みついたのよ、この子」

そう口にしたときの、若いお母さんの表情は、自分の子供がえたいの知れない忌まわしいものに変わったというふうだった。

腕を嚙まれ泣き叫ぶのは、まだよちよち歩きもできないような幼女で、お母さんに抱かれていた。嚙んだのは、そのお姉ちゃん。これも三つぐらいか、四つにはなっていないと思われる幼い女の子だ。

書店で、若いお母さんは友人らしい女性と話しこんでいるときだった。

私は離れた場所で、読みたい本を探していた。視野の隅に、少し前から、その四人が入っていた。私の目にまず映ったのは、母親に抱かれた幼い妹が手を伸ばし、お姉ちゃんの髪をひっぱっているところだった。

お姉ちゃんは痛がって頭を振るけれど、妹はやめない。母親に訴える視線をむけるのだが、友人との話に夢中な母親は気がつかない。

手加減を知らない幼い妹は、力まかせにひっぱった。反射的に、お姉ちゃんは嚙んだ。

母親が見たのは、姉娘が嚙みついた、その瞬間だ。

うとましげな一瞥を浴びせ、母親は泣き叫ぶ妹をあやしなだめながら、足早に立ち去る。友人もいっしょに去る。女の子は半泣きになってから、後をついていった。

ほんの一瞬のできごとだった。傍にいたら、弁明の声も出ない幼い女の子にかわって「先に、小さいお嬢ちゃんが」と、成り行きを説明できたのだが。

追いかけてでも代弁すべきだったかと悔いが残った。真実を目撃したのはおそらく私だけだった。もっとも、女の子にしてみれば、見知らぬ他人のお節介はかえって傷を深めるだけだったかもしれない。

　母親はじきに忘れるだろう。女の子も、三つ四つのころの小さなできごとは、成人したとき記憶から消えているだろう。

　でも、その瞬間、子供が感じた孤独、母親に拒否された恐怖は、こちらが想像する以上だったのではないかと思う。

　そんなふうに思うようになったのも、たぶん、私が齢(とし)をかさねたからだろう。若いころを思い返すと、自分の子供にずいぶん淋(さび)しい思い辛い思いをさせてきた。その時は気づかなかった。

　……と公の場で書くのは気恥ずかしい。日常の素顔を人目にさらすのは苦手だから、物語の背後の黒衣(くろご)に徹し、登場人物にすべてを語らせようとつとめてきた。身辺雑記を書くのは、ほとほと辛い。……などと、またも本心をさらしてしまった。日常の些事(さじ)を記してそれがみごとな芸になるのは物語を創(つく)るよりはるかにむずかしい。


『読売新聞』一九九九年十二月二十六日付朝刊

プロムナード

ネズナイカ症候群

「絵本ができたら、リュックにつめて、日本中の幼稚園や保育園をまわるの」Ｆの意気込んだ声が電話口からつたわってきた。「重いから、まず、泊まるところに宅配で送っておくわ。それから、リュック背負って」

Ｆは、長年、幼年童話を書いている。寡作だが、何点か出版もした。しかし、このごろは子供向けの本はなかなか売れないということで、出版がむずかしくなっている。

「これならと思う作品が完成したら、自費出版しようかしら。でも、おかねがかかるわね」とＦは悩んでいた。

私は、原稿を書きあぐねているとき、すぐ側にある電話につい手がのびる。呼び出す相手はＦで、すらすらと書けない嘆きをわかちあう。

近年、Ｆはある公募の童話賞に入選し、思いがけない多額の賞金を手にした。主催団体が出版を専門とするところではないので、Ｆの満足するような絵本には仕上がらなかったが、「これから、いいものを書いて、自費出版するわ」とＦの夢想はひろがった。「作品より先に、出版費用のほうができちゃったわ」そうして、冒頭に記したような決意を、Fは固めたのである。「わたし、直接、子供の手に渡したいのよ」

Fは、人見知りが強く、社交的でも外向的でもない。決して、たくましい行動者ではない。だからこそ同じように引っ込み思案の私と気が合うのだが、いったん思い込むと、がむしゃらに実行するたちでもある。

機械に弱い私が十数年前にワープロをはじめたのも、最近パソコンを導入したのも、Fの、「あたし、やるわ」の一言にはげまされたゆえである。興味はありながら、あんなややこしいもの、できるわけはないと私はためらっていたのだった。ふたりで同じ機種を買い込み、おぼつかない手つきでやりはじめ、なんとか簡単なことはできるようになった。

Fのリュック童話は、肝心の作品がいまだに全然仕上がっていない。しかしFの脳裏には、リュックを担いで幼稚園を回る情景が楽しくひろがっている。

「わたし、ネズナイカだからねえ」と、Fは苦笑する。

「ネズナイカ？」

「何かひとつ思いつくと、夢想ばかり大きくひろがって、結局何もしない子供なの、ネズナイカは。ロシアの現代童話よ」

「つまり、『虹を摑む男』の子供版ね？」

山田洋次監督の映画ではない。アメリカのJ・サーバー作。映画ではダニー・ケイが主演した。冴えない、気の弱い中年男ウォルター・ミティは、嵐にあい沈没寸前の船では美女の危機を救い、どのような名医でも不可能な手術をブラック・ジャックみたいにやりとげ……るのだが、すべては彼の妄想であって、現実に戻れば、やはり冴えない中年男。当時はまだ楽天的だったアメリカ映画では、最後に大活躍させていたが。

ようやくインターネットができるようになったばかりで、早くも、もう一台こんどはマックをいれデザインをやりたいなどと夢想している私も、りっぱなネズナイカだ。

『日本経済新聞』二〇〇〇年七月三日付夕刊

絶対の逆転

前回材料にした童話『ネズナイカ』の持主である友人Fに、エッセイに書くといったら、押入れの中から古い本を探し出して、送ってくれた。

私は、実によく物をなくす。自覚しているのだが、さっと目を通した後、なにげなくかたわらに置いてしまった。堆(うずたか)い本の山に囲まれて暮らしている。大海に落とした一滴の水のように、『ネズナイカ』は、本の山に飲み込まれ、行方不明になった。私は詫(わ)びをいれ、Fは寛大に、好きな本ではないからいいわよ、と言ってくれたが、ここで書こうとしているのは、その顚末(てんまつ)ではない。

『ネズナイカ』は、ロシアの現代童話と前回書いたが、昭和三十年代に出版されたもので、正確にいえば、ソ連の童話であった。目を通して、もっとも印象に残ったのは、おしまいに記された解説であった。前述の次第で本がいま手元になく、細かい引用ができないのだが、ソ連の国家体制を絶賛し、すべてがうまくいっており、将来すばらしく発展するであろうと予告したものであったことは記憶している。

日本で翻訳出版されたのが、六〇年安保の前後で、社会主義運動に勢いがあり、共産国家の実態が知られていない時期ではあった。解説者はソ連を訪れて実情を目にしたわけではなく、共産主義の理想の姿を高らかに謳歌(おうか)したのだろう。だが当時の読者である子供たちに伝えた記述が虚妄であったことは、三、四十年を経た今になってわかる。

第二次大戦の敗戦時、学齢以上であった子供は、絶対的な正義として教え込まれた価値観が百八十度逆転する経験を経ている。私もその一人だが、すでに十分に言及されていることであり、またここに繰り返すこともないのだけれど、あのときの感覚は、時がたつほど鮮明になる。厳しい軍隊的指導を率先して行っていた当人であるにもかかわらず、敗戦となると、「私は共産党員です」と記した札を胸に誇らしげにさげた教師がいた。今にして思えば、その教師もまだ若く、彼なりの理想をもっていたのだろうとは思うが、子供だったこちらは、不信感を通り越し、不気味でさえあった。

　戦争のあいだ、忠君愛国、撃ちてし止(や)まんの精神を鼓舞した社会のエネルギーが、民主主義謳歌と暴力絶対不可の方向にむかった。

　鬼畜米英のスローガンから、指導は一転して、「如何(いか)なる場合も暴力はいけない。話し合いできめましょう」になり、敵に対し暴力をもちいない模範的な抵抗として称賛されたのが、次のような話だ。

　小さい村が敵に攻められた。敵陣と村とは細い川でへだてられ、橋がかかっている。村の者がひとりずつ武器を持たず、敵軍のほうにむかって橋を渡る。発砲され、死ぬ。またひとり、渡る。いずれも、無抵抗で殺されていき、敵軍は攻撃をやめた。この話とて、村という共同体の存続のためには、個々の命を捨てよと教えている点では、戦時中とあまり変わらないのだが。

　時代の正論というのは、いつも、矛盾や本音を、おさえつけている。矛盾が噴出したとき、正義は悪に、悪が正義に反転し、ふたたび矛盾が堆積する。

『日本経済新聞』二〇〇〇年七月十日付夕刊

ねこ・フリーズ

『ネコマンガ』という本を愛読している。さまざまなポーズの猫の写真に吹き出しでせりふをつけたもので、ごくあたりまえの猫写真が、せりふひとつでギャグになる。

　座って右の前足をちょっとあげた不安定なポーズのまま固まり、不愉快そうに口を開けた写真は、

「くそっ。またフリーズだ」

　十数年、ワープロ専用機で原稿を書いてきた。ハードディスクを内蔵しているので容量はたっぷりあるし、広辞苑も使えるし、レーザープリンタ

で印字は速いし、何不自由ないのだが、最近はパソコン全盛で、ワープロは売場さえない状態だ。近い将来ワープロが故障したとき部品交換ができないという事態になるのではないか、ワープロがまだ丈夫なうちにパソコンにも馴れておこうという深謀遠慮から始めたのだが、手こずった。

わが家は古いので、電話線の差し込み口がない。NTTに申し込めば簡単に工事してくれるが、私の部屋は他人を入れられる状態ではない。私の部屋ばかりか、家がまるごと本の山の置場と化している。トイレの床は見えるから、某氏や某氏よりはましなのであるが。工事の人が歩けるように通路を開けるのに、まず、日にちがかかった。

パソコン名人である知人に、友人Fといっしょに、マウスで画面のポインタを動かす第一歩から教えてもらった。緊張してマウスをにぎりしめる二人に、名人は、

「ときどき、フリーズして、ポインタが動かなくなることがあります。そのときは、強制終了すればいいんです。くれぐれも慌てないように」と訓示した。

Fは、どこかで聞きかじり、

「パソコンなんて呼ぶのは素人で、PCというほうがかっこいいのよ」と言っていたのだが、二人とも素人だから、結局かっこいい呼称PCは定着せず、我々のパソコンはパコと呼ばれている。

初指導の数日後、Fからファックスがきた。「ミナガワさん、タスケ！」よほど慌てたらしく、助けて、の「て」が抜けている。Fは、私が仕事中だといけないと気をつかって、自分から電話をかけてくることはめったにない。

「どうしたの？」電話をかけて訊ねると、「うちのパコ、ポインタが消えちゃった」Fの声は悲痛だ。

洗濯機やエアコンと違い、パソコンは、電気製品のくせに、終了するためには面倒な手続きがいる。ポインタをスタートボタンにあわせてクリックし、終了をクリックし、OKをクリックする。終了するのにスタートボタンを押すとは不合理だと思うのだが、そういうことになっている。とも

あれ、ポインタが消えてはどんな指示も与えられない。「部屋中、マウスを動かして、天井にまで向けてみたんだけど、ポインタがでてこないのよ」他人事だと私も冷静になれる。名人から言われたことをＦに思い出させた。

　その後、うちのパコが初フリーズをやらかし、強制終了したのだが、次に起動したら画面に偉そうなメッセージがでた。「不正な終了をしたから、ディスクにエラーが生じたかもしれない。この次から、正しく終了するように」

　不正とはなんだ。パコ、突如動かなくなるおまえが悪いんじゃないか、と私は憤慨したのである。


『日本経済新聞』二〇〇〇年七月十七日付夕刊

巻き毛の娘

　発明王エジソンが、しばしば口ずさむ歌があった。伝記を読んだのは六十数年昔だから、歌詞はうろおぼえなのだが、愛らしい巻き毛の娘を歌ったもので、最後の二行だけはいまだにはっきりおぼえている。「この娘はいいときゃほんとにいいが／悪いとなると手がつけられぬ」

　作品にヴァーチュアル・リアリティをだれよりも早くとりいれた作家の井上夢人さんは、コンピューターの知識にかけては専門家である。私はワープロにモデムをつけてニフティのパソコン通信をはじめたころから、マシンのことで困ると夢人さんに教えて頂いてきた。パソコンをはじめましたと報告したら、「それじゃ、ｅ－ＮＯＶＥＬＳに参加しませんか」と誘われた。

　夢人さんと我孫子武丸さん、笠井潔さん、三人の作家が中心になって立ち上げたｅ－ＮＯＶＥＬＳは、いわゆる電子本である。紙の活字になじんだ私は、パソコンの画面上で、活字本と同じ感覚で文章が読めるのだろうかと危ぶんだが、試しにのぞいてみて驚いた。特別なフォントをもちいた縦書きの文字は、たいそう綺麗で読みやすかったのだ。アクロバットというソフト（でいいのかな、パソコン用語は私は正確ではない）が必要だが、これは無料でe－NOVELSからダウンロードでき、後は簡単な操作で読める。

　いずれ盛んになるにちがいない電子本を最良の状態にすべく、夢人さんが長年研鑽（けんさん）をかさねられた結果である。レンタル・ビデオがコピーできないように、勝手に盗用されることのないようセキュリティの問題にも留意している。

　若い気鋭の評論家が多数参加している。字数に制限がないから、あらすじと印象を短文で紹介する書評では言いつくせないことを、十分に記し、読みごたえがある。評論や読み物はふつうのパソコン文字の横書きだが、なかなか楽しい記事が多い。読者との交流欄があって、読者からの書き込みに作者がすぐ返事を書き込んでもいる。

　新しいものを作り上げ育て上げてゆく場は、熱気がある。若い作家が次々に参加しつつあり、すべての面倒を見ている夢人さんは、倒れるのではないかと案じられる忙しさだ。

　絶版になることがないというのが電子本の大きな利点で、私も絶版本のなかから短篇を幾つかのせてみた。綺麗な表紙がつけられていた。

　生まれたときから傍らにパソコンがあるという世代が育つころは電子本が普及しているのかもしれないが、本の虫で過ごしてきた私は、紙の本なしでは暮らせない。紙の本もいつまでも愛されてほしいという思いは強いが、夢人さんたちの熱意に敬意を持ちもする。

　もっとも、パソコンは便利だけれど、融通（ゆうずう）がきかなくて困ることがある。そういうとき、冒頭のエジソンの鼻唄を私は思い出す。女の扱いにくさを歌ったものではあるが、エジソンも、自分の発明品の不具合に手をやくことがあり、「……いいときゃほんとにいいが／悪いとなると手がつけられぬ」と頭を抱えながら歌ったのではあるまいか。


『日本経済新聞』二〇〇〇年七月二十四日付夕刊

呪縛

心霊写真がとれた、と無邪気に喜んだのは、父であった。現像されてきた写真を見ると、並んだ私たち家族の手前のほうに、ぼんやりと白い塊がただよっていた。

　敗戦の翌年ぐらいからだったろうか、わが家には霊媒と称する男が出入りするようになっていた。写真は、その男が撮ったものだ。

　十九世紀末から二十世紀初頭という時期は、欧米でも日本でも心霊研究がさかんで、父は若いころその影響を強く受けたようだ。それに神道系の思想をまじえ、霊魂について父は独特の考えを持つにいたった。神政復古というのが、父の信念であった。往古、卑弥呼がシャーマンとして神意を統治に反映させた、あの状態を理想としていたらしいのだが、私たち子供にとっては、不気味であり、かつ迷惑なことであった。

　家で、しばしば交霊会がもよおされた。戦争中、空襲時に明かりが外にもれないように窓にはりめぐらした暗幕（あんまく）を利用して室内を暗黒にし、夜光塗料を塗った人形やガラガラをおいて、椅子に腰掛けた霊媒がトランスに入りやすいよう、レコードをかけた。かならずトロイメライをもちいたので、私はいまでも、この曲が嫌いだ。

　十六、七だった私は、霊媒と父の指導で自動書記というのをやらされた。神棚の前で机に紙をおき精神統一し、鉛筆で円を描いているとひとりでに文章が書けるというものである。霊が書かせているのだと、父も霊媒も言うのだった。

　後年、小説を書くようになってから、そのころの辛い嫌な体験は、フィクションとして作品化し、突き放すことができるようになったけれど、半世紀以上経（た）ったいまでも、あまり思い出したくはない。

　あのころ感じた不愉快さ怖さを、短文で人に伝えるのは難しい。私は、幻想小説を数多く書いてきているし、読むのも好きだけれど、そうして、幻想小説は怪奇小説とよくなじむのだけれど、オカルト現象を事実とすることには、強い拒絶反応をもち、苦々しい気分にすらなる。オカルトは、嘘だからこそ、エンターテインメントとして楽しめるのだ。

自動書記は、最初のうちはすらすらと、思いも寄らない文章があらわれた。内容は忘れてしまったが、創世記めいたものを書いていたと思う。心霊現象を毫も疑わない父は欣喜して、毎日、私を神棚の前に座らせた。次第に私は疑念をもつようになった。私の知らない外国語、あるいはまったく知識にない事柄、そういうものは書けないのであった。意識下にあるものが、抑制をとりはらわれて、あらわれてくるにすぎない。

金縛り状態になるのも、ときどき、いわれのない不安にとらわれるのも、医学的に説明のできることであるのに、医師でありながら父は、霊の影響だと確信を強めた。父に従えと母は厳命し、親には絶対服従の家風にあって、ふたりの圧力から自分を解き放つのに、エネルギーを費やした。オカルトより、親の呪縛のほうがよほどホラーだ。

心霊写真ね、あれは、カメラの近くに咲いていた花が、ピンボケで写ったんだよ。下の弟がこっそり私に教えたのだった。

『日本経済新聞』二〇〇〇年七月三十一日付夕刊

超能力か？

セバスチアン・ジャプリゾの『シンデレラの罠』は、〈わたしは、探偵で犯人で被害者で証人なのだ〉という一人四役の離れ業で、ミステリファンの絶賛を受けた作品である。

十年ほど前になるか、ミステリ作家の綾辻行人さんと初めてお会いすることになった。京都にお住まいの綾辻さんがたまたま東京にこられるので、担当の編集者がセッティングしてくれた。

私は所用があって、約束の日の前日から、駿河台の山の上ホテルに宿泊していた。その日、ホテルの一室のベッドでめざめたとき、頭のなかに〈綾辻さんが三十九度の発熱なので、キャンセルにしてください〉という言葉があった。夢でも見たのだろうか。しかし、夢なら、情景も記憶にありそうなものなのに、言葉だけがあるというのは、奇妙だ。前回記したような体験から、私はオカルティズムには一切信をおかない。超能力も前世の因縁も亡霊も、まともに取り上げるのは馬鹿げている。自分で書く物語には死者だのお化けだのをときどき登場させるが、あくまでフィクションである。

一昨年南米に取材旅行したとき、幻像を視（み）た。アマゾン河の近くのホテルに到着するのが遅れ、就寝の直前に夕食をとった。おかげで、食後に服用する胃の鎮痛剤——胃炎をおしての旅だった——と、睡眠障害のため医師に処方してもらっている導眠剤を、同時にとる羽目になってしまった。相乗作用だろう、眠気がさすどころではなく、ルソーの絵みたいなジャングル風景が闇のなかに明瞭に見えた。幻灯を映したような二次元の像であった。電灯をつけると、ジャングルは消えたが、壁に虹がかかっていた。薬の効果が失せればいいのだとわかっていたから怖くはないが、うるさくて困った。音はしないのに色彩がうるさいという体験は初めてだった。これは超常現象ではない。

十年前の山の上ホテルに話を戻す。所用をすませ、夕方、ロビーで綾辻さんと編集者を待った。六時の約束である。十分過ぎ、十五分過ぎ、三十分たっても、ふたりはあらわれない。頭のなかには、綾辻さんが発熱、今日の約束はキャンセル、という言葉が執拗（しつよう）に残っている。八時まで待ち、ついにあきらめて帰宅した。

自室に入ると、ＦＡＸがとどいていた。発信は前日の夜で、〈綾辻さんが三十九度の発熱なので、約束はキャンセルにしてください〉という文面であった。ぞっとすると同時に、超能力の存在を一瞬信じた。

冒頭に不可解な謎をかかげ、論理的に解きあかす、というのがミステリの醍醐味の一つであるが、超能力の謎は、翌日編集者に電話して、あっさり解けた。

編集者は、ＦＡＸを送ったあと、念のため、ホテルにも電話をくれたのである。導眠剤で熟睡していたところを起こされた私は、明瞭に応答したらしいのだが、朝起きたとき、完全に忘却しており、言葉だけが記憶に残っていたのだった。殺人こそなけれ、奇怪な謎の、私は被害者であり、探偵であり、犯人であったわけだが、ミステリでこんな安易な解決をしたら、読者の激怒を買うことだろう。

『日本経済新聞』二〇〇〇年八月十四日付夕刊

古い本

「〈ヒサナガウンブ〉って何のこと? ってカミサンに聞かれたよ」弟が苦笑してそう言ったのは、二十数年昔になるか。古い日章旗をどこかで見たのだそうだ。弟は昭和一桁の最後の生まれだが、結婚した相手ははるか年下。〈武運長久〉という言葉も、右から左に読む戦前の横書きも、なじみがなかった。

昭和五年生まれの私は、昭和十二年まで渋谷に住んでいた。忠犬ハチ公の生きている姿を見たおぼえがかすかにあるのだが、記憶ちがいかもしれない。

そのころの渋谷は、銀座あたりにくらべたらまるで場末で、宮益坂(みやますざか)を馬が荷車をひいて行き来し、電信柱に馬が繋がれていたりした。どぶはU字溝だから、本を読みながら歩く私は、しじゅう、馬の臀(しり)にぶつかり、どぶに落ちていた。

医者である父は、歩き読みを厳禁した。眼に悪い、乱視になる、という理由からである。父の言葉どおり、私は乱視になった。いまは、それに、老眼と白内障と緑内障が混在している。

子供のころは、先行きのことなど、考えられない。目先の楽しさにどっぷり漬かり、馬もどぶものかは、読みふけりながら歩いた。

世田谷に越してからは、種々(くさぐさ)の事情から身辺に本があふれるようになったのだが、そのころは、親が買い与えてくれるのは、『幼年クラブ』と講談社の絵本ばかりで、待合室にそなえてある『キング』『富士』といった大人の娯楽雑誌を盗み読みしている私には、どうにも物足りない。

本の宝庫が、すぐ近所にあるのに気がついた。東横百貨店――いまの東急東横店――まで、子供の足で歩いて五分とかからない。その書籍売場で立ち読みすることをおぼえた。店員に叱られる前に立ち去らなくてはならないから、店頭読書にあてられるのは、一日数分である。小学校にあがって最初の夏休みに、毎日かよって一冊読み上げたのは、『涙の握手』という少年小説で、主人公の名前はジガープ。

　同じ夏休み、もうひとつ、忘れがたい本を読んだ。父の関係していた宗教団体が主宰した夏の行事である海の合宿に、六つの私はひとりで参加させられた。千葉の海岸で、家を借り切り、一週間ほどだったと思う。年上の中学生女学生もいっしょで、そのだれかの持物だったのだろう、少女雑誌の付録のうすっぺらい本があった。文は西條八十、挿絵は須藤重。『三吉馬子唄』というその本は、後にわかったが、歌舞伎の「重の井子別れ」をリライトしたものであった。乳人重の井と、その裲襠の裾をかざして、母を見上げる三吉を描いた挿絵は、磯のにおいや、醬油をつけて焼いた玉蜀黍の香ばしいにおいといっしょに、記憶に刻まれた。

　数年前、古書店から送られてくる目録に、この二冊の本のタイトルを見た。戦前の本ということで、馬鹿馬鹿しく高い値段がついていたが、懐旧の思いに駆られ、取り寄せた。『三吉馬子唄』は、おそらく、女学生が慰問袋にいれて戦地に送ったものであったのだろう、表紙に、〈武運長久〉の四文字が、これは縦書きで、記されてあった。

　『日本経済新聞』二〇〇〇年八月二十一日付夕刊

人形異相

　六畳ほどの部屋の三方にぎっしり、大小の人形がひしめき並んでいた。棚を埋め、机を埋め、畳にまであふれこぼれる。赤ん坊ほどもある抱き人形、市松人形、享保雛、次郎左衛門雛、有職雛、古今雛、御所人形、唐子、小指の先ほどの芥子人形、どれもが、江戸から明治、大正、新しいのでも昭和初期と、古びた骨董品ばかりである。「ぼく、どうしてこんなに集めちゃったんでしょうかねえ」と、持主の画家Mさんは吐息をつく。

「今までは、好きな人形をみると、夢中で無理算段して買い集めてきましたけれど、ぼくが死んだら、この子たちどうなるんでしょうねえ」畳に足を投げ出した人形たちの裾ちかくに、お手玉が散っている。古代紫や緋縮緬など、古い布の端を縫い合わせたもので、そっと手に取ると中身は小豆の手触りだった。さりげないようで、こころを配った散り方であった。

「蒐集家の方たちは、大事にガラスのケースにおさめて、手をふれさせません」と言いながら、等身大の童子人形を、わざとのように荒っぽい手つきで抱きあげ、「空気にあたると、衣裳が溶けて傷むんです。でも、お人形って、抱いたり触ったりされるためにあるんですもの」と、私の膝にのせた。

「抱いてやってください。この子は、菊丸様っていうんです。足が三つ折れになっていますから、正座ができます。昔の職人さんはいい仕事をしたんですよねえ。これは藤尾さん」と紫の振袖の人形をとって、またも私の膝にのせる。

「ベルメールの関節人形が伝わるよりずっと昔ですねえ」と相槌をうちながら、私は膝の上の二体の人形を少しもてあましていた。どれほど古いといっても、人形は〈物〉に過ぎない。人形自体は、何の力も持ちはしない、単なる物質がたまたま人を模した形態をとっているだけだと承知しているけれど、なんとなく怖い。

大正十一年生まれのMさんは、痩身にいつも白いスーツをまとったダンディだが、戦争末期、召集令をうけ、輸送船で台湾に送られた。爆撃を受けて船は沈没し、危ういところを助かった。敗戦で復員しひとりで暮らしているとき、古道具屋の店先で、一体の人形に出会った。

「この子です」と、桐の箱の蓋をひらき、仰向けに置かれた身の丈七、八寸の人形を見せた。財産税などで家計が苦しくなった旧家が売りに出したのだろうか、江戸末期に作られたとおぼしい。しかし、百年近い歳月を経ていながら、よほど大切にしまわれていたのか、Mさんが手にしたときは、少しの傷みもなかったという。

「いっしょに年をとろうねって、ぼく、この子に言ったんですよ。そのころ、ぼくはまだ二十を少し過ぎたばかりでしたけれど、三十過ぎても生きている自分なんて、想像がつかなかった。六十になってもまだ生きていて、もう七十過ぎましたものね」

人形の顔は無惨に砥の粉がはげ落ち、唇の紅も褪せ、はめ込んだ眼球ばかりが黒々と光っている。

「この子も老いました。ぼくが頼んだとおりに、いっしょに年をとってくれました」Mさんは目尻の皺をやさしく深めた。

『日本経済新聞』二〇〇〇年八月二十八日付夕刊

平家と川柳

江戸の庶民の娯しみであった平俗な川柳と、高雅な古典である『平家物語』。

どう考えても共通点のなさそうなこの二つを、鮮やかに結んだ本が出た。

阿部達二『江戸川柳で読む平家物語』（文春新書）である。着眼点も内容も、読者に膝をうたせるものがある。「祇園精舎の鐘の声」にはじまり平家の興隆からその滅亡まで、倭言葉の美しさのかぎりをつくしてうたい上げた『平家物語』と『義経記』を、笑いと穿ちともじりの川柳でたどる趣向が、まことに興味深い。

著者のあとがきから引くと、〈下女よんで見て川柳はにくいねへ

川柳の約束事として無学な者とされていた下女が読んでさえ、川柳が人情の機微をついていること美事なものであった〉

江戸の庶民が、『平家物語』の内容、登場人物を熟知していたからこそ、それを日常身の回りの生身の人間とかさねて笑いのたねとする川柳が成り立った。

歌舞伎や落語にも古典はふんだんに取り入れられ、むずかしい学識は持たない長屋の熊さん八つ

ぁんが、それを娯楽としていたのである。江戸文化の厚みに感嘆する。

『平家物語』は、これも著者あとがきによれば、川柳の題材として忠臣蔵に次ぐ人気だったという。平清盛、源義経、といった中心人物ばかりではない。

〈兼平はりつぱに落馬した男〉の句は、木曾義仲討死を知った乳兄弟、今井四郎兼平が、「いまはたれをかかばはんとてかいくさをばすべき。是を見給へ、東国の殿原、日本一の甲（豪）の者の自害する手本」とおらび、太刀の先端を口に含み、身を逆しまに馬から飛び下りた、という故事を知らなくては、通じない。脇役も、江戸の熊さんには常識だったのだ。

ちなみに、私のワープロは、〈たいらのきよもり〉を変換したら、〈平の寄与盛り〉と出してきた。情けないやつだ（前にパソコンを導入したと記したが、原稿を書くときはワープロ専用機を未だに愛用している）。

このワープロのように、古典に関して情けない知識しか持たない私でも、本書は十分に楽しめる。まず、『平家物語』の各さわりを原文と平易な文をならべて記し、それを素材にした句を列記し、短いが要を得た解説がついているからである。なまなかな付け焼き刃ではできないことだ。阿部さんは、歌舞伎をはじめ古典芸能にも古典文学、明治文学にも造詣が深い。該博な知識を駆使して平家と川柳の世界を逍遥させてくれる。

平家滅亡には、幾多の哀話が生じた。幼い安徳帝（ワープロは〈餡特定〉と出してきた。悲しい）が二位の尼に抱かれ入水するくだりは歌舞伎の舞台でも見物を泣かせたことだろう。この幼帝が女児であったという説が流布しているが、その根源が『平家物語』巻第三「公卿揃」にあるということは本書によって知った。

川柳は、その伝承をふまえて、

蜆貝海へかくした二位の尼

と、悲劇を笑いに変えてしまう図太さを持つのである。

『日本経済新聞』二〇〇〇年九月四日付夕刊

〈じわ〉

深い森の木立のあいだを、小わきに弓矢、鷹をすえ、白馬にまたがった若武者が行く。

舞台に登場したとたん、客席から、さざ波のような〈じわ〉が起きた。「まあ、きれい」「ああ、美しい」の感情をこめた吐息が、ひとつのざわめきになる、それが〈じわ〉である。最近の歌舞伎でいえば、新之助が登場するたびに、この〈じわ〉が客席にひろがる。

騎馬の若武者は、生身の役者にあらず、等身大の人形であった。

名古屋の西川流の家元・西川右近さんから、今年の九月に上演する——すなわち今、上演中の——新作舞踊劇の台本を依頼されたのは、一年前だった。

生来、舞台や映画の人工的な世界に、強く惹かれるたちなのに、堅い家風で、劇場も映画館も、禁断の場所とされていた。禁じられればなおのこと憧憬はつのり、スチール写真や雑誌のグラビアから内容を想像して、幼時を過ごした。

昨今は、作品が舞台化されたり、映画のシナリオを書く機会に恵まれたりして、かつての禁断の場所に少し近づけるようになった。

私は邦楽の素養はまったくない。清元と常磐津の区別もつかない素人である。しかし、演出は右近さんだし、作曲は専門の方がしてくださるのだし、舞台美術は戦後の主要な舞台をほとんど手掛けてこられた朝倉摂さん、照明は朝倉さんと組んで数多くの見事な舞台を作ってこられた沢田祐二さんと、大ベテランの方々が揃っている。

すぐに思ったのは、十九世紀のドイツ・ロマン派の作家フーケーによる『ウンディーネ』の本歌取りをしてみたいということであった。邦訳のタイトルは『水妖記』、水の精と人間の騎士の恋物語である。人ならざる者と人間の恋は、アンデルセンの『人魚姫』、本邦では狐葛の葉と保名の物語など、伝説、童話に数多い。

フーケーは、十九世紀初頭にあっては人気作家だったが、市井（しせい）の現実を描いたリアリズムがもてはやされるようになってから、その作品の大半は忘れられた。しかしゲーテにも絶賛されたという『ウンディーネ』だけは、オペラやバレエにもなって、愛されつづけてきた。一九三八年に邦訳された岩波文庫は、いまにいたるまで、途絶えることなく版を重ねている。

フランスの劇作家ジロドゥも、この作を翻案し「オンディーヌ」をあらわした。朗々たる台詞（せりふ）が美しいこの戯曲は、劇団四季によって上演された。加賀まりこ主演のあの舞台は、数十年経ったいまでも記憶に鮮烈だ。舞踊劇は時間的にも台詞の点でも制約があり、「オンディーヌ」をそのまま日本の中世に移しかえればすむというものではない。若武者と水の精の恋という設定だけを原作から借り、あとは独自のストーリーになった。

骨格を話すと、すぐに、主人公の若武者をホリ・ヒロシさんの人形で、と右近さんは思いつかれた。

現代の代表的な人形創作者の一人であるホリ・ヒロシさんは、吾妻（あづま）流の名取でもあり、自作の等身大の人形と一体になって舞う独自の人形舞を創始した方である。

これまで女舞を専門としてこられたホリさんの若武者の艶（あで）やかな色気は、初秋の客席に〈じわ〉をひろがらせている。

『日本経済新聞』二〇〇〇年九月十一日付夕刊

三枚のパンツ

旅行が好きなんですね、と、よく、人に言われる。「大嫌いよ」「だって、しょっちゅう、海外に出ているじゃないですか。一昨年なんか、延べ二ヵ月以上、旅ガラスだったでしょ」どうしても、ここだけは取材しておかなくては、物語に着手できないということから、やむをえず出かけていくのである。旅行嫌いの原因、理由はいくつかあるが、思いつくままに並べれば左記のごとし。

乗物に興味がない。方向感覚が皆無だから、ホテルのなかですら迷子になる。胃が弱いので、ヴォリュームたっぷりの西洋食をうけつけない。歩くのが苦手なのに、歩きまわらなければ取材にならない。せっかちでそそっかしいため、ドジが多すぎる。

初めての海外ひとり旅は、二十何年前になるか、アイルランド取材であった。国際便も羽田からでていたころで、飛行時間も長く、途中給油せねば目的地まで行けないのだった。空港の乗り継ぎは、方向音痴にとっては、恐怖である。疲れていると、なおのこと方向がわからなくなる。

アイルランド人は、気さくで人なつっこい。町中で迷子になるたびに、何人もの人が寄ってきて、小さい私を取り囲んで道を教えてくれた。ありがたいのだが、さっぱり聞き取れなかった。

オートバイ・レースで知られるマン島に行ったのは、その翌年だったか。島に渡る前に、リバプールの駅で、帰りのロンドン行き列車の予約をした。おぼつかない英語でなんとか手続きをすませ、なんだか書き込んだ紙片をもらい、乗車時にその紙を提示してチケットを受け取れという指示は理解でき、ほっとして行きかけたら、雄大な体格の女性駅員が、「パンツ三枚！」とどなりつけた。きょとんとしていると、なおも執拗(しつよう)に、「パンツ三枚！」と、恐ろしい顔でわめく。面倒になって、“I see, I see.”（わかった、わかった、と、このくらいなら言える）と去ろうとしたら、相手はむずと私の腕をつかみ、「おまえは少しもわかっていない！　パンツ三枚よこせ」と叫ぶのである。ようやく、理解した。スリー　パンツではなく、「サーティ　ペンス払え」と言っているのであった。料金は、チケットを受け取るときに払うものと、私は思い込んでいたのだが、相手は、私を無賃乗車をたくらむ不届きな東洋人と誤解したようだ。相手の発音が悪い。イギリス人なのに、ペンスを、アメリカ人のごとく、ペアンツと彼女は言ったのだ。

羽田に帰り着くと、緊張がとける。何も急ぐ必要はないのに、なぜか一刻も早く税関を通過したくなる。ターンテーブルに出てきたトランクをひっさらい、カウンターにのせ、蓋を開けようとしたら、どうしても鍵がまわらない。「それは、確かにあなたの荷物か?」係員に言われ、似たトランクと間違えたのに気がついた。あわててとってかえし、ターンテーブルに取り残されていた私のトランクを、カウンターに運んだ。今度は間違えなかったが上下を逆にしたまま開けてしまったので、中身が散乱した。係員はうんざりし、中を調べず、「行け」と手を振った。密輸の一手段になるな、と思った。

『日本経済新聞』二〇〇〇年九月十八日付夕刊

少年と戦争

〈原っぱ……。(略)ブダペスト市の少年たちにとって、こういう原っぱは、いわば大平原や荒野なのだった。〉(『パール街の少年たち』モルナール・フェレンツ作・徳永康元訳)

子供のころに読んで心に残り、その後も再読したいと思いながら手に入らずにいる本がいくつかあって、『パール街の少年たち』もその一つだった。一九〇七年に書かれた本で、私が読んだのは戦前だが、戦後も、昭和三十年代に新しい版が出ているのを知り——もちろん、それももう絶版なので——知人に図書館でコピーをとってもらった。

材木置場である原っぱは、あるときは密林に、あるときは岩山に、つまり、少年たちの望みどおりの舞台に、毎日変貌する。ときには軍隊の砦(とりで)になる。材木の山の頂上に城や要塞がおかれる。

ハンガリーの首都ブダペストにかぎらない。東京の郊外に育った私にとっても、原っぱは、狭くとも、何もない空き地であろうとも、どのようにも想像を広げられる一種の幻想空間であった。私たちは原っぱを野外劇の舞台にし、即席で物語をつくりながら、登場人物となって、〈ごっこ遊び〉に興じたのだった。

パール街の少年たちの貴重な原っぱを、奪い取ろうとするもうひとつの少年グループがある。二つのグループの原っぱ争奪戦は、彼らがさだめたルールによって、正々堂々と、しかも互いに、指揮官が巧妙な作戦をたて兵が勇敢に従うという、戦争ごっこの理想的状態によって行われる。大人の手を借りて相手を追い出すという卑怯な手段をリーダーに献策した子供は、追放された。

武器は砂玉である。組み打ちは一対一のレスリングの規則によって行われ、一人に二人以上でかかることは許されない。戦争ごっこと実際の殺戮(さつりく)の区別は明瞭にわきまえている。

騎士道精神が戦争ごっこの規範になっている。中世の騎士の実態は、アシル・リュシェール『フランス中世の社会』その他の記事によれば、後世かかげられた理想とは程遠い、残忍非道、野盗と変わらないものだったらしいが。

ルールを重んじる愛らしい戦争ごっこは、フランス映画『わんぱく戦争』にもみられる。ケストナーの『飛ぶ教室』でも、少年たちは卑怯を嫌い名誉を重んじる。

二度におよぶ世界大戦は、騎士道精神などふっとばした。戦争の渦中に投じられた少年たちは、イエールジ・コジンスキーの『異端の鳥』やアゴタ・クリストフ『悪童日記』に鮮烈に表現されたように、自分を護るために、残酷にも非情にもならざるをえない。ウイリアム・ゴールディングの『蝿の王』では、戦火をのがれて疎開しようとした子供たちが、乗っていた飛行機が撃墜され、絶海の孤島で暮らすことになる。社会秩序を保とうとするグループと野生の狩猟本能を剝(む)き出しにしたグループ間の、凄惨(せいさん)な闘争が描かれる。

名誉だの誇りだのを強調するとき、いかがわしい虚の力が現実の醜さ、残酷さを覆(おお)いかくしがちにもなる。それでもなお、パール街の少年たちの気概に私は郷愁をおぼえる。

『日本経済新聞』二〇〇〇年九月二十五日付夕刊

哀しい歌

子供のころ——昭和初期——に聞き覚えた童謡を思い返すと、どうしてこうまでと訝しくなるほど、旋律といい、歌詞といい、うら寂しい物哀しいものが多い。

〈十五夜お月さん　御機嫌さん　婆やは　お暇とりました　十五夜お月さん　妹は　田舎へ　貰られて　ゆきました　十五夜お月さん　母さんにも一度　わたしは　逢いたいな〉。これは一家没落、離散の歌ではないか。

そのほかにも、〈生まれながらに母様知らぬ、いとし父様目が見えぬ〉だの、〈かあさん、かあさん、むこうから、勲章つけて、剣さげて、もしや、ぼくの父さんが、帰ってきたのじゃあるまいか。まあまあこの子はどうしたの。ゆうべも言ってきかせたに。かわいおまえの父さんは、三年前に戦死した〉だの。

この歌のおかげで、幼いときに勲章の虚しさを感じてしまった。第二次世界大戦の大量死より以前である。戦死したのは、日露戦争だろう。明治の末に作られた歌だろうか。

勲章と剣は、ワンセットらしく、〈ぼくは軍人大好きよ。いまに大きくなったなら、勲章つけて剣さげて、お馬に乗ってはいどうどう〉という景気のいいのもあったのだが、印象に強いのは、吐息のように歌われる〈戦死した〉のほうだ。

いまだに不思議でならない童謡がある。だれの作詞か知らない。全文を引用する。六十数年前に聞き覚えたのだから、文字づかいなど、多少まちがっているかもしれない。

お母さま、泣かずにねんね　いたしましょ
あしたの朝は　浜に出て　かえるお船を　待ちましょう
お母さま　泣かずにねんね　いたしましょ
赤いお船の　おみやげは　あの父さまの　わらい顔

泣かないで寝ましょうね、と子供が母親に言っている。ふつうの子守歌と逆なのだ。泣いている母親を、子供がなぐさめているとしか思えない。

明日はお父様の船が帰ってくる。笑顔のお父様がタラップを下りてくる。

〈かえるお船〉という言葉は、〈お父さま〉が外国航路の船長であることを暗示する。

子供のわくわくした期待感とは裏腹の、哀しすぎる切々としたメロディだ。

想像できるのは、次のような事情だ。夫が帰ってこないことを、母親は知っている。船が難破したか、あるいは夫は異国で病死したか、いずれにしても、明日、浜に出ても〈あの父さまのわらい顔〉はみられないことを母親は承知しているが、子供に告げることができず、しのび泣いている。

〈真白き富士の嶺、緑の江の島〉という歌が、当時だれでも知っていた、ボートが沈み学生たちが溺死した事件を歌ったように、この童謡も、何かよく知られたことを基にしているのだろうか。それとも、昔の映画か小説の主題歌だったのだろうか。読者のなかにご存じの方がおられたら、この不思議な哀しい歌のいわれを教えてください。

『日本経済新聞』二〇〇〇年十月二日付夕刊

これが私の

前回、子供のころ聞き覚えた哀しい歌について書いたら、大勢の方からお便りをいただき、タイトルは『あした』、清水かつら作詞、弘田龍太郎作曲で、岩波文庫『日本童謡集』に掲載されているということを教えていただいた。「懐かしかった」といってくださる方も多く、テープを送ってくださった方もある。お一人お一人にお礼状を書く時間のゆとりがないので、この欄で、皆様に心からお礼を申し上げます。ありがとうございました。私も、懐かしさを味わい返しました。

さて、今回は、ドイツとポーランドの旅から帰ってきたばかりなので、その土産話。旅なれた若い編集者が同行してくれたので、先にこの欄で披露したようなドジはやらかさないですんだ。

グリム兄弟のゆかりの地であるカッセルからフランクフルトにむかう途中、アルスフェルトという小さい街で車を停めた。

古い民家が保存された地区である。内部は改装され、普通の生活が営まれている。ヨーロッパの家屋というと頑強な石造りを想起するが、森林の多いドイツでは、昔は木造家屋が多かった。表面にあらわれた木組みが美しい。坂井洲二氏の御著書『ドイツ人の家屋』(法政大学出版局)を愛読している私には、興味深い街であった。

編集者、ガイドさんと三人連れ立って、甃の街を歩き回り、古い面影を残した薬屋の飾り窓をのぞき、その隣の家にドクターなにがしと刻んだプレートが出ているのを眺めていたら、扉が開いて、当のドクターが出てきた。扉に鍵をかけようとして、私たちに目を向けた。「どこからきたのか?」

私はドイツ語はまるでわからない。以下は、ガイドさんを通じてのやりとり——というより、彼の一方的なお喋り——である。

日本からきたと言うと、(編集者の感想によるとミスター・ビーンとかいうコメディアンによく似た)中年のドクターはいたく親しみをあらわし、家の中を見せてやるから入れ、と誘った。

外観は中世そのままの家の、内部がどのように改造されているか好奇心をそそられ、初対面のドクターの言葉に甘えることにした。

玄関を入ると、左手の板の間に椅子がならんでいる。「ここは、患者の待合室である」とドクターは説明し、次に右手のドアをあけた。「ここは患者のトイレである。このトイレット・ペーパーは質が悪い。以前、上質の紙をおいていたら、三日でなくなった。悪いのにしたら、一ヵ月たってもなくならない。上にどうぞ」

二階に診察室と予備室がある。

「注射をする患者は、ここでパンツを脱ぎ、臀を出す。他の場所で脱いではいけない」

さらに横の扉を開いた、「これが私の専用トイレである。ゆえに、ここのトイレット・ペーパーは上質である。こちらへ」

台所まで一気に案内され、階段を下りると玄関で、「私は昼食をとりにいく。アウフ・ヴィーダゼーエン」と送り出された。

あっという間である。足早にレストランにむかうドクターの背中を、私たちは、穴に落ちたアリスのような心地で見送ったのであった。

『日本経済新聞』二〇〇〇年十月十六日付夕刊

歌の力

前回、お便りをくださった方々へのお礼を書きましたが、その後も大勢の方から、同じ趣旨のお便りをいただきました。重ねてお礼を申し上げます。

子供のころ聞きおぼえ心に刻まれた懐かしい歌は、遠い記憶を、もつれた糸をほどくように鮮明に蘇らせる力を持っているのですねえ。

私も、他の方が歌について書かれたエッセイに、胸の底が熱くなるような懐かしさをおぼえ、思わずお便りをだしたことがある。

テレビや舞台の演出家として、また、作家として、読者の方々もよくご存じであろう久世光彦(てるひこ)さんが、『マイ・ラスト・ソング』というエッセイを雑誌に連載しておられる。そのなかの一つに、次の歌があった。

支那の町の夕暮れに
親のない子がただひとり
手桶(ておけ)さげてとぼとぼと

四つ五つのころ、だれに教えられたともなく私はおぼえた。童謡とも歌謡曲ともちがう、言いようなく哀切なメロディが好きだった。人の前で大声で歌う歌ではない、冬の縁側のすみで、だれの耳にもとどかぬよう、小声でそっとくちずさむのがふさわしい歌であった。

その後、他の人が歌っているのを聞いたことがなく、いつまでも心にかかっていた。

久世さんのエッセイに、もう一つ、記憶を懐かしく揺り動かした歌がある。

〈草の葉(は)ずれも忍びつつ／身には爆薬手榴弾(しゅりゅうだん)／二十重(はたえ)の囲みくぐりぬけ／敵司令部の真っ只中に／散るを覚悟の斬込隊(きりこみたい)〉

空襲が激しくなった年、女学生だった私は宮城県に縁故疎開した。学校は兵営として使われ、生徒は近くの工場に動員され、朝は班ごとに集まり、戦闘帽の上に鉢巻きをしめ、もんぺにゲートルという恰好で、班長の指揮のもと、歌いながら工場に通った。斬込隊の歌は、女生徒たちの愛唱歌であった。

　東京で通っていた女学校は、コーラスが盛んで、昼休みに数人集まると、『菩提樹』や『峠の我が家』をソプラノ、メゾ、アルトの三部にわかれて、自然に歌いはじめるというふうだった。集団で登校するという習慣もなかったので、カルチャーショックを受け、印象に強く残ったのだろう、そのときおぼえた数々の歌は、うろおぼえながら、いまだに忘れかねている。

〈もしもこの傷癒えたなら／征くぞふたたび国のため／その日を待てよ、妹よ／ああ、さらばよ、白衣の我が兄よ〉など、感傷的なあるいは悲壮な歌が多かった。

　敗戦後東京に帰ってからは、それらの歌を耳にすることも歌詞を目にすることもなかった。久世さんのエッセイは、マドレーヌの一片のように、疎開生活の追憶をみちびきだした。

　支那の町の歌を久世さんがエッセイにとりあげられてしばらくしてから、テレビでその歌のメロディが流れていた。画面では、中国服の若い女性が数人、メロディにあわせて中国語で歌い踊っている。ウーロン茶のコマーシャルで、同じ曲なのに、たいそう明るく愛らしい歌い方になっていた。そちらが本来の歌で、戦前の日本では、それを哀しい歌に変えていたのだろう。

『日本経済新聞』二〇〇〇年十月二十三日付夕刊

長いスカート

　絵空事というのは、とかく悪い意味にとられるけれど、〈花も実もある絵空事〉こそが小説の面白さだと主張されたのは『眠狂四郎』の作者柴田錬三郎氏であった。

幕末から明治にかけて活躍した河竹黙阿弥は、承知の上で嘘を書くのは作者の特権だが、知らないで間違えるのは作者の恥だという意味のことを言っている。

日常生活のリアリズムに徹したものに共感をおぼえるのも、現実とはかけはなれた架空の世界に遊ぶのを楽しむのも、人それぞれ。私自身は、読者としても書き手としても幻想小説をもっとも好んでいる。

〈花も実もある絵空事〉を書くためには、黙阿弥の言うように、知るべきことは十分知った上で、確信犯として嘘を作りあげねばと、私も思っている。――そうは言いながら、恥ずかしい無知の間違いをもやらかしているのだが。

異国を舞台にした物語を書く場合、現地の取材は欠かせない。前にも書いたことだが、私は旅行を苦手としている。体力がないのがもっとも大きい理由で、旅は楽しみより躰の苦痛のほうが大きい。十数年前、入眠障害で悩んでいるとき、くたびれれば眠れるだろうともくろみ、海外に出たら、疲れ果てて不眠はいっそう悪化した。年も年だし、旅はこれが最後だとそのとき思った。

その後まもなく、ドイツを舞台にした幻想ミステリを書くことになったのだが、現地取材は無理ときめこみ、資料や地図だけで書こうとして、どうにも書きあぐね、他誌の連載が重なったためもあって、七年ほど過ぎた。

「踝までの長いスカートをもっていきます」

篠田節子さんが、淡々とした口調でそう仰ったのは、もう四年前になるか。『女たちのジハード』で直木賞を受賞される前年だった。『聖域』という作品を上梓された直後で、その筆力、描写力、社会を視る目の確かさに私は畏敬の念をもっていた。――その後もつづいて秀作力作を発表され、年若いこの作家に、私はいっそう畏敬の思いを強めている――。

「ネパールに行くんですよ」

「取材？」

「ええ。物陰のない、広い草原を長時間回りますから」

長いスカートの持参は、つまり、トイレがないから草原の真ん中で堂々と、ということだ。

その一言に、私は感動し、つき動かされた。手抜きをしては厚みのあるものは書けない。ドイツに行ってこようと、ようやく決心がついた。

旅行社を通じ前もってガイドの方に、ナチの施設〈レーベンスボルン〉について知りたいと頼んだところ、ガイドさんは、一般にはあまり知られていなかったその施設の所在地を調べてくださり、訪問することが出来た。ヒトラーの山荘のあったベルヒテスガーデンから、その近くの塩坑までまわり、おかげで、帰国後書き上げた作品は、知った上で確信犯的に大法螺（おおぼら）をふくことができた。

ところが、黙阿弥が作者の恥というミスをやってしまった。表紙にドイツ語をいれた、そのスペリングを間違えたのである。ああ……。

『日本経済新聞』二〇〇〇年十月三十日付夕刊

不死身のネズミ

二十何年前になるか、台所にネズミが出入りして困ったことがある。殺鼠剤（さっそざい）を台所においた。ちゃんと食べている。にもかかわらず、死なない。ラスプーチンと名づけた。

目下（もっか）書いている物語が、帝政ロシアの没落を背景にしたもので、ラスプーチンも登場する。ラスプーチンといえば、色魔で性豪で、怪しげなやり方で皇太子の血友病を癒（いや）し、ロマノフ朝最後の皇帝一家に取り入り、皇后をたぶらかし、暗殺者に青酸カリを飲まされてもピストルで撃たれても死なず、ついに河に投げ込まれて溺死（できし）した、というのが通説だ。

毒を食べても死なないネズミに、私も通説に従ってかの怪僧の名をつけたのだが、コリン・ウィルソンがラスプーチンについて記した書によると、遺体から毒は検出されなかったとある。

ラスプーチン暗殺の詳細は、暗殺した本人であるフェリックス・ユスーポフ公爵が一九二七年にパリで出版した手記が、どのラスプーチン伝でも種本になっている。ユスーポフの記述によると、ワインとチョコレートケーキの双方に青酸カリをあわせて一オンスほど混入し、ラスプーチンはそれをどちらも口にした。致死量の八倍も体内にいれたことになる。それにもかかわらず、ラスプーチンは平然としていた。ユスーポフら四人の暗殺者は、拳銃で射殺し、死体を河に投げ込んだ。翌日引き上げられたラスプーチンの死因は溺死であった。水のなかでいったん蘇生したとみられた。不死身のラスプーチンとして、いっそう不気味がられ、煽情的な物語の種にもなったのだが、ラスプーチンの娘マーリアは、父はケーキを口にしたことがないと言っている。

ユスーポフが、暗殺事件を華麗に粉飾して書いたとも疑える、とウィルソンは記している。

ラスプーチンと皇后のスキャンダルにしても、当時の新聞などが悪意をもってでっちあげたものである。皇后はドイツ人だったので、第一次大戦でドイツとロシアとのあいだで戦闘が始まると、ロシア国民の、皇后への反感が高まった。皇太子の異常出血を治癒するラスプーチンに皇后は絶大な信頼感をもち、ラスプーチンは行政にまで口出しするようになるが、性的醜行はなかったと記した本が、いまでは多い。

ラスプーチンは数多い敵をもっていた。その一人、はじめのうち親交を結び、後に敵対関係になったある聖職者が、一九一七年、彼について悪しざまに記した本を出版した。それを嚆矢に、荒唐無稽な読物やら実録やら映画やらが続出し、怪人、邪僧のイメージが膨張する。

一九八〇年代の末、ソヴィエト文書館改革によって、従来非公開だったロマノフ王朝関係の資料が解禁され、最後の皇帝ニコライの汚名も晴らされるようになった。ラスプーチンに関しても、正確な実像に迫ろうとする著書が増えた。

植田樹氏の『最後のロシア皇帝』には、皇太子たちにあてた、やさしさのにじむラスプーチンの手紙が紹介されている。

突如あらわれ我が家の台所を荒らしまくった不

死身ネズミ・ラスプーチンは、殺鼠剤と関係なく、突如、消えた。

『日本経済新聞』二〇〇〇年十一月六日付夕刊

ああ、光陰

正確な言い回しは忘れたが、宮本武蔵の言葉だったことは確かで、半世紀あまり昔に吉川英治の本で読んだことも確かだ。〈我、ことにあたりて〉……だったか、〈ことにおいて〉……だったか忘れたが、〈悔いまじ〉という部分だけが確かだ。

……と思っていたのだが、原本にあたってみたら、これも間違っていた。

吉川本『宮本武蔵』は、自分の弱点を見いだすごとに、自戒の言葉をひとつ書き、朝晩経文(きようもん)のように唱えて、胸に刻みつける。

大晦日、百八の鐘を聞きながら、〈われ何事にも悔いまじ〉と武蔵は記し、〈われ何事にも〉を〈われ事において〉と書き改め、まだ弱いと感じて、〈われ事において後悔せず〉とする。

武蔵がまだ年若く、迷いをかさねつつ修行している時代である。

読んだのは大昔だから、ほとんど忘れたのだが、いくつかの場面は記憶に鮮明で、ことに、この〈事において後悔せず〉が、なぜか気に入っていた。

何事であれ、自分の為(な)したことに後悔はしないというような高い境地へまで到達するのはきわめて困難なことだけれど、心身を不断に鍛え抜き、そこへ行き着こうと、〈吉川〉武蔵は決意するのだが、読んだとき子供であった私は、きわめて短絡的に安易に、都合よくこれを解釈しておぼえこんでしまった。

根が気弱だから、事をはじめる前はさんざん躊躇(ちゆう ちよ)するのだが、思い切って決行したら、あとは、結果はどうであれ、くよくよしてもしょうがないよな、後悔するのはやめよう、と自分を楽にする。

武蔵のような禁欲的求道者ならぬ、小心で臆病で対人恐怖の気(け)のある女の子であった私の、ふてくされともいえる自衛法であった。

それでなんとか凌いできたが、このところ、後悔しきりなのである。

ここ数年、異国を舞台にした物語を書くようになり、現地に取材に行く。その地でなくては入手できない資料がある。

三年前になるか、異端カタリ派について知りたくて、南フランスをおとずれた。カタリ派の儀式やら弾圧の模様やらを記した書物がたくさんあるのだが、当然のことながら、フランス語である。読めない。これほど悔しいことはない。中においしい実がつまっているのがわかっているのに、殻が固くて噛み割れない、歯の悪い栗鼠の心境である。数冊買って、フランス語の出来る方に粗訳していただいたが、隔靴搔痒の感がある。

この秋は、ヴェーヴェルスブルク城をおとずれた。ナチス親衛隊最高指導者ハインリヒ・ヒムラーが、古い城を改築し、SS（親衛隊）のエリート教育の場としたものだ。そこにも、ヒムラーとヴェーヴェルスブルクに関する資料はあったのだが、ドイツ語である。英語版を買い、辞書と首っ引きでたどたどしく読み進めている。日本語なら三十分もあれば読み通せる本に数日かかる。

かくして、つくづく後悔しているのである。なぜ、ドイツ語やフランス語をせめて初歩なりと習得しておかなかったの、私。七十年も時間はあったのに。


『日本経済新聞』二〇〇〇年十一月十三日付夕刊

秘儀の地下室

ドイツのノルトライン゠ヴェストファーレン州、南部の高地が北の平野部にうつるその境あたりに建つヴェーヴェルスブルク城は、三つの棟が二等辺三角形をなし、それぞれの頂点に塔がそびえていた。

「以前は公開していたのだが、ネオナチの連中がかってに入り込むので」と言いながら、館長さんは北塔の地下への石段を下り、行く手に立ちふさがる重々しい鉄の扉を、大きい鉄の鍵で開けた。

　十七世紀に建設されたルネッサンス・スタイルのこの城は、十九世紀初頭、落雷を受けて外壁のみ残る廃虚となり、一九二五年まで放置されていた。地元の評議会が、博物館およびユースホステルとして再建をはじめたが、ナチスが政権を獲得した一九三三年、SS最高指導者ハインリヒ・ヒムラーが借入れ、大がかりな改築を行い、SSのなかでも特に選ばれたエリートの教育の場とした。

　目下構想中の長篇の舞台の一つになるので取材に訪れたのだが、かくも奇妙な場所だとは予想しなかった。

　城そのものはかくべつ異様ではないのだが、地下室は、大聖堂のドームのような天井をもった巨大な円筒形である。床の中央は一段低く掘り下げられ、その中心にガス管が引いてあり、炎を燃やすことができる（いまは、やっていない）。

　高い天井に近いあたりに、窓が並んでいる。窓の位置は、外から見れば地上すれすれのところにある。壁の厚みを斜めに切り裂いた窓から射す陽光が、ある時刻に、床の中央にとどくよう設計されている。壁に沿って、十二の石の腰掛けがならぶ。ヒトラーの意志に沿って冷徹な人種政策を貫徹したヒムラーは、同時にまたとんでもないロマンティストであって、この地下室をアーサー王の円卓になぞらえた秘儀の場としたのである。

　カトリックの家庭に生まれ育ったヒムラーは、ヒトラーに忠誠を誓ったとき、キリストへの信仰を捨てた。その空白をみたしたのは、円卓の騎士の伝説と、ゲルマン神話であった。

　この地下室を、彼はゲルマン神話のヴァルハラともみなした。勇敢に戦って死んだ戦士が、ヴァルキューレにみちびかれて行く場所である。神々の黄昏となる最後の戦いに召喚されるときまで、死んだ戦士らはヴァルハラで宴に興ずる。地下室の壁の中に、戦死したSS将兵の骸が祀られてあるらしい、と館長さんは言った。

　真上を振り仰ぐと、てっぺんに、ナチの鉤十字の模様が刻まれている。床の中央に立った館長さんは、ドイツ語でなにか短い演説をした。その声

が、壁に谺して、雷鳴とでも形容したくなる、と
ほうもなく深みのある恐ろしげな声になって、私
の全身にひびいた。
館長さんはさらに、壁に耳をつけて立つように
言った。私の耳もとに、ひそかな声が、まるで壁
のなかから囁きかけるように、聞こえた。声の主、
館長さんは、反対側の壁際に立っていた。
ヒトラーやゲーリングやゲッベルスのようなカ
リスマ性を持たない凡庸な容姿のヒムラーは、彼
自身を神の如くにみせる舞台を案出したのだ。俗
説だと思っていたナチとオカルトの組合わせは、
ヒムラーに関するかぎり事実であった。

『日本経済新聞』二〇〇〇年十一月二十日付夕刊

ポーランドの薔薇

ワルシャワの空港の出口で、赤いトーク帽に赤
いコートの若いポーランド女性が、赤い薔薇を、
同行の編集者と私、ふたりにそれぞれ一輪ずつ、
あたたかい笑顔でさしだしてくれた。
「ポーランドでは、お客さんをこうやってお迎え
します」
きれいな日本語であった。
取材の目的地は、ポーランドとドイツの国境に
あたるシュレージェン地方である。
第二次大戦がドイツの敗北で終わったとき、ポ
ーランドの国境は大きく変わった。東方十八万平
方キロをソ連が取得し、そのかわりに西方十万三
〇〇〇平方キロをドイツに割譲させた。国が大き
く西にずれたのだ。シュレージェンは、このとき
ドイツからポーランドに割譲された地域である。
ドイツ領のときはブレスラウと呼ばれ、ポーラ
ンド領になってからはヴロツワフという名になっ
た都市に、ワルシャワから列車でむかった。ヴロ
ツワフで思いがけない収穫――小説の舞台として
の――があったのだが、短いコラムでは書ききれ
ないので、詳細は小説で書くことにする。
ヴロツワフから古都クラクフに行き、ヴィエリ
ツィカの大塩坑をおとずれる長い旅のあいだ、心

配りのやさしい薔薇のガイドさんがずっと同行してくれた。

薔薇さんは二十そこそこに見えるのだが実際はもう少し年がいっており、三歳になる可愛い盛りの女の子アメリアちゃんの写真と夫君の写真を持ち歩いている。

クラクフからワルシャワに戻る列車の指定席であるコンパートメントには、――あとでカナダ人とわかった――気難しそうな老夫婦が先に座っていた。私たち三人が入ると、夫人のほうは露骨にいやな顔をした。狭いコンパートメントに言葉の通じない東洋人と同室するのは、うっとうしいのだろう。

薔薇さんは屈託なく、私たちと日本語でお喋りをかわし、現地で手に入れたポーランド語の資料に日本語の訳語を書き入れてくれた。ニホンという言葉を聞き取った老夫人が、「なぜ、そんなに日本語が上手なのか」と薔薇さんに話しかけ、会話の糸口がほぐれた。

薔薇さんは流暢な英語で、日本の文化に興味を持ったので勉強しましたと答え、夫人を感心させた。

同行の編集者は英語が達者であり、私も簡単な相槌ぐらいはうてるので、話がはずみ、老紳士も話にくわわり、かつて海軍士官として日本に滞在したことがあるという話題になって五人が和やかに歓談するころは、ワルシャワに近づいていた。

夫婦の泊まるホテルは駅からかなりはなれている。駅前でタクシーを拾うという夫婦に、流しのタクシーは危険だからと、薔薇さんは信用のおけるタクシーを車中から携帯で呼び、駅のすぐそばにある私たちのホテルの前につけさせる手配をした。

夫婦がタクシーにのりこむまで、薔薇さんは付き添った。

ホテルのそばに、小さい女の子を抱いた男性が人待ち顔で立っていた。写真で見おぼえのある顔だ。

走り戻ってきた薔薇さんは、両手をのばすアメリアちゃんを抱きとって、ふっくらした頬にキスをふらせた。

『日本経済新聞』二〇〇〇年十一月二十七日付夕刊

眼球譚

朝廷の密命を帯びた少年密使が陸奥に潜行するが、賊にとらえられ……というのは、幼いころに読んだ『陸奥の嵐』という熱血少年時代小説である。

縛られた少年の両の瞼の上に、賊の頭目が、灼熱した鉄棒を押しつける。少年の両眼は焼けただれる。かろうじて脱出した少年は、ラストの山場で、ふたたび頭目と相対し闘う。相手を盲目と侮る賊は、やがて少年の眼が見えていることに気がつく。

失明をまぬがれた理由は、次のように説明されている。瞼を焼かれる瞬間、少年は母を思い出し涙があふれた。水分が熱を奪い、眼球は無事だった。母の愛情による奇跡と、作者はこじつけたかったのだろうが、それはないと、読者である私はしらけたのだった。

理屈にあわない話ではあるのだが、眼を焼かれる痛さ怖さが、ことさら印象に強く刻まれた。前々から医師にすすめられている白内障の手術になかなか踏み切れなかったのも、『陸奥の嵐』で受けた衝撃の影響があったようだ。

水晶体をみたす液体が濁った状態だから、液を抽出し、そのままでは萎むので、眼球に小さい切り口を開け、水晶体内にレンズを挿入するという。逆さ睫毛一本だって痛いのに。麻酔をするから痛みはない、ごく簡単な手術ですと先生に言われても、麻酔の注射針が眼球に突き刺さると想像しただけで身震いがでる。

手術はこれまで二度経験がある。全身麻酔による子宮筋腫摘出と、局部麻酔による乳房の小さい腫瘍の摘出である。後者は日帰りですむものだったが、麻酔が効かなくて悲鳴をあげた。その記憶があるので、簡単だといくら言われても不安は去らず、何年もひきのばしていたのだが、TVの画面で見る洋画の字幕さえ見づらくなったのでついに覚悟を決め、この十一月十六日、入院した。

手術の手順について、先生から懇切な説明があり、麻酔は注射ではなく目薬だから、まったく痛みはないと言われた。

俎上の鯉でおとなしく手術台の上に仰臥し、片目の部分だけ丸くあけた、ゴム引きのような布で全身をおおわれた。

結果を言うと、痛かったのは不慣れな若い助手が何度も刺しそこねた点滴の針だけで、そのほかは何の苦痛もなかった。麻酔薬とそのほか何か液体が上方からばしゃばしゃ大量に注がれ、手術のあいだ中、液体は眼球に降り注ぎ流れていた。

「これからレンズを挿入します。少し押される感じがしますよ」頭上から先生の声。そうして、私は、この世ならぬ美しいものを視た。

これほど輝かしい、それでいて静謐な、透明な青はないと感じられる不定型の輪が、濃く淡く幾重にも視野いっぱいに広がり、アメーバーのように触手をのばし流動し、うねり、揺らめく。

強いライトを透して眼内レンズの上に注がれる液体が描く、幻想美の極致である。映画のSFXでも、この透明な色彩の燦然たる流動は、たとえ再現できても体感は不可能だ。ガーゼと金属製の眼帯が術後の眼を覆った。両眼とも処置したから、もう生涯二度とあの美しいものを視ることはない。夢の中でさえ。

『日本経済新聞』二〇〇〇年十二月四日付夕刊

露とこたへて

埴谷雄高から〈老いたるアリョーシャ〉と呼ばれた、私の敬愛する俳人齋藤愼爾さんは、〈エーゲ海を航行中の連絡船上から行方不明となった。渡航前に友人に語っていた「錘を両足に括りつけての投身自殺」の実行とみられる〉。

括弧内は、齋藤さん御本人が書かれた死亡記事である。各界の士が、当人の死亡記事を書くという楽しい本が、文藝春秋から出版された。〈既成の形式にこだわらず、没年（架空）、経歴、代表作など、フィクションも可、望ましい死の状況描写、死に至るまでの業績、辞世の句や歌、最後の言葉などを、本人没後、第三者が記したという形で書いてほしい〉という出版社の要望に応えた回答を集めた一冊である。生真面目なものから瓢々としたものまでさまざまである。ここで一部を引用しては、未読の方の楽しみを奪うことになると思うから（齋藤さん、許してね）、帯に記されてあるものだけを二、三あげると、阿川佐和子さんの「それにしても美しい人を失った」、田辺聖子さんの「昭和の世の女流作家。自称して『文壇の白雪姫』」などなど。死に方も、腹上死あり老衰あり餅をのどに詰めての窒息死あり雪崩れ落ちる古書の下敷きになって圧死する愛書家ありと多種多様。どれも苦しそうだ。

　愼爾さん、エーゲ海の死は、貴兄にたいそうふさわしくはあるけれど、溺死はしんどいよ。江藤淳氏が自死されたとき、もっと楽な死に方があったらなあと思ったものだった。

　私は、自分が死ぬのはかまわないのだが、そこに達するまでの苦痛が嫌だ。ある年齢以上になると、そう思う方はかなり多いのではないだろうか。死骸の始末も周囲の人にとっては厄介だしね。

　そこで、想定される私の死亡記事は次のごとし。

〈古歌の下の句「露とこたへて消なましものを」は、皆川博子刀自が、積年切望してきた死のありようである。儚い露の一雫と化し朝の光とともに消えうせるのは、自称耽美派唯美派にして年甲斐もなく少女趣味濃厚、やおい傾向も垣間見える刀自としては、当然の願望であった。

　近年、生化学のＳＦ的発達はめざましく、露化死も未だ研究段階ではあるが実施可能になり、刀自は欣然として被験者たらんと志願した。

　そのために、まず、心電図、脳波測定、血液検査、尿検査等々、慎重にして綿密な検査が行われたのであるが、その結果、刀自がすでに半世紀前に死亡しているのではないかという疑惑が生じた。

　本人に自覚がないために、無であるにもかかわらず他者の前に存在するということは、ＳＦなどでは珍しくない現象である。しかし、本人の意志は尊重せねば戦後民主主義に反するので、いつでも本人が希望するときに露化させる措置がとられた。「時間よ、とまれ」のごとく、キーワードを口にしたとき、効力を発揮する。

刀自の露化死が、覚悟の上であるかどうか、いささか疑念がある。キーワードは当然「つゆ」であるが、年越し蕎麦を食べながら、「このつゆは」と言いかけ、一滴の水となり、蕎麦汁に混じってしまったのである。不味(まず)いと言おうとしたのかもしれない。〉

『日本経済新聞』二〇〇〇年十二月十一日付夕刊

臘月(ろうげつ)雑感

あまり考えたくはないが、年の暮れである。個人的な追憶にふけるのは読者の興を削ぐだろうが、臘月ともなると、どうも懐古的な気分におちいる。

二十七年昔、思いがけない成り行きで小説誌の新人賞を受賞し、ずぶの素人が否応なしに商業誌で物語を書くようになったとき、四十を三年過ぎていた。犬掻(いぬか)きもできないのにいきなり背の立たない海に放りこまれたような気分であった。そのころはまだ、定命(じょうみょう)五十といわれていたから、もう人生の晩年、あと、まあ、十年足らずだなと思っていた。ところが、それから、みるみる平均寿命がのびた。目の前にあるはずのゴールが、先へ先へと移動している。

思い返すと、いつでも、もう遅すぎる、私にはできない、と、始める前から諦めるのが常だった。

最初にその諦観を持ったのは、小学校一年のときだった。同級生に、私の父と同業、開業医を父に持つ子供がいて仲良くなった。その子の家に遊びにいったら、彼女はピアノを弾いてくれた。いま思えばバイエルの初歩だったのだろうが、当時ピアノのある家は珍しく、オルガンでさえ備えている家は少なかった。本職の演奏家みたいに両手を鍵盤の上に走らせる同級生に驚嘆し、天才児だと思い、ああ、私はピアノを習うにはすでに遅すぎる、と六歳にして思い込んだ。このころから、世には才能のある人とない人、二種類あり、自分は後者に属すると思うようになった。努力して目標に到達するということが、まったく念頭になかったのだ。

我が家は、本は多かったが、音楽となると、まことに貧しい環境であった。ピアノはもちろん、オルガンもなく、若い叔母が一時ヴァイオリンを習っていたが、耳障りな騒音をたてるだけで、じきにやめたようだ。音楽に親しんでいる家には電蓄があったが、我が家は手回し蓄音機が一台、レコードは童謡と軍歌ばかり、そのほかに、落語のレコードが一枚あった。

『金語楼の兵隊さん』というのである。本名山下敬太郎という柳家金語楼は、新作落語で人気があった。『……兵隊さん』は、徴兵で二年間兵営生活をおくった経験を落語にしたもので、上官の靴を磨きながらぼやくのを、繰り返し聞いていたら覚えてしまった。同じく小学校一年のころ、授業中にお話会というのがあった。生徒が黒板の前に立って、皆にお話をするのである。私はあてられたので、この落語を一席暗唱した。「私の身の上申すなら、去年の暮れの十二月、七十三連隊に入営して、朝はラッパで起こされて、週番士官の立会いで、右から一、二の番号つけ、葱の味噌汁ぶっかけて、ほおばる途端に整列の、掛け声ともにうち並び、下士や将校の引率に、ナントカ練兵場に整列し、西に向かって担え銃、東を向いて捧げ銃、顎だす兵士はだれあろう、山下ケッタロのその人よ、っとくらあ」——あら、まだ覚えているわ。「下士官の前に出りゃめんこくさい、伍長勤務は生意気で、粋な上等兵にゃ金がない」教師は憮然としていた。あとで、同級生のひとりが、「きみ、一ヵ所まちがっていた」と真面目な顔で指摘した。

年の暮れ、ろくなことを思い出さない。

『日本経済新聞』二〇〇〇年十二月十八日付夕刊

新世紀の初仕事

一年の終わりが世紀の終わりでもあり大晦日をすぎれば新世紀、という事態は、一生のうちで一度だけなのだから、感慨にふけってみようとしたのだが、うまくいかない。二十一世紀まで生きるとは予想もしなかった。去年は、世の中、〈ミレニアム〉と〈世紀末〉で盛り上がっていたが、新世紀に関してはあまり話題にならないようだ。最新号の週刊誌は、〈日本経済「終わりの鳴動」〉〈いよいよ大不況地獄の足音が聞こえる〉と見出しに大きくうたっている。

神武景気だの鍋底だの、好景気と大不況の繰返しの波に揺られてきた。身に沁(し)みて怖かったのは敗戦直後のインフレーションだ。値上がりとベースアップの鼬(いたち)ごっこだった。インフレの暴威は、第一次世界大戦後のドイツにおいて、もっとも凄(すさ)まじかったようだ。資料で数字をたどると、一九一八年の敗戦直後二十ペニヒで買えた新聞が、四年後の一九二二年には二千倍の四百マルクになり、一九二三年の七月には八千マルク。熱湯に突っ込んだ水銀柱のように暴騰して、九月には十五万マルク。十月に二千五百万マルク、十一月には、八十億マルク！　たった一部の新聞が。馬鈴薯(ばれいしょ)一キロが九百億マルク、卵一つが三千二百億マルク。こういうときは抜目(ぬけめ)のない奴が投機でもうける。〈雷鳴のごとく轟(とどろ)く声は、投機！　投機！　投機だ、それ！〉という歌が流行(はや)った。強力な経済政策とアメリカ資本の導入で、インフレはどうにかおさまり、一時的な安定期に入るが、アメリカの大不況の影響をもろに受け、企業は倒産し、庶民は失業に苦しみ、それがヒトラーとナチスの台頭につながっていく。

というようなことばかり頭に浮かぶのは、来年の春ごろから始まる新聞の連載小説の素材にヒトラー・ユーゲントをとりあげるので、目下(もっか)、関連した本を探し、読んでいる最中だからだ。

〈ヒトラー・ユーゲント〉という名称に、かすかな懐かしさやときめきをおぼえる年代の人は数少なくなったと思う。私より三つ年下の友人は、一九三八年にヒトラー・ユーゲントが来日したことも知らなかった。ナチス体制下に組織された青少年団である。一九三六年以降、ヒトラー・ユーゲント加入は、満十歳から十八歳の青少年の、強制的な義務となった。

ある時代に、ある国に生まれ、ある時代を生きる。それは子供自身が選べることではない。ヒトラー・ユーゲントの団員とほぼ同時代を私は生きていた。彼らの生に無関心ではいられない。

『ベルリン』三部作、『ダダ／ナチ』三部作の大作を著され、来春には中公新書で『ヒトラー・ユーゲント』を上梓される平井正先生にお目にかかり、ユーゲントに関するレクチュアを受けることができた。

原田一美氏の綿密など研究の成果である『ナチ独裁下の子どもたち』は当時の子供たちの様子を活き活きと伝える。竹中暉雄氏の『エーデルヴァイス海賊団』は、ヒトラー・ユーゲントに対立する子供たちの存在を詳述されている。

私の二十一世紀は、戦争の時代であった二十世紀前半の子供たちの生に溶けいることで、まず、始まる。

『日本経済新聞』二〇〇〇年十二月二十五日付夕刊

あれを切り抜けたんだから

心身ともに脆弱（ぜいじゃく）なので、すぐに、ばてます。そういう時自分に言い聞かせるのは、「あれを切り抜けたんだから」です。〈あれ〉は、八十有余年の間にいろいろありましたが、一つ例をあげれば、十数年前、思いがけぬ災難にあい、不安と疲労が躰（からだ）に影響して、胃潰瘍（いかいよう）に近い状態になりました。食事がとれず、缶詰の栄養液だけでなんとか日を過ごすうちに、前々から予定していた南米の取材旅行が迫ってきました。キャンセルはできず、フリーズドライのお粥（かゆ）を旅行鞄（かばん）に詰め、よれよれになりながら長い旅をしました。去年の大雪の日、油断して外出してしまい、車も拾えず、雪深い坂道を歩いて上る羽目になり、一足一足、〈あれを切り抜けたんだから、これも切り抜けられる〉と思いながら歩を進めました。年々、体力の衰えは激しく進行しているので、いずれ切り抜けられない時はくるのですが、その時は、「十分生きたんだから、いいね」と自分に言い聞かせるでしょう。

「わたしの大切な言葉」『ＰＨＰスペシャル』二〇一四年六月

折焚骨記（おりたくほねのき）

ある年齢以上になると、転んで大腿骨（だいたいこつ）をぶっ壊すのはさして珍しいことでもないらしいが、当人にとっては生まれて初めての大事件であった。去年の秋。

立ち上がれないほど痛いけれど、単なる打撲傷だろうと、いつも頼んでいるタクシーにきてもらい、娘に付き添われ、行きつけの病院へ。救急扱いではないので、通常どおり二時間あまり待ち、レントゲン検査。骨折と判明。即、入院。翌々日、手術。

当日は車付きのベッドで手術室の前室のようなところに移動し、待機。点滴を受けているうちに痛みは消え、経験したことのない心地よい気分を味わった。まだ前室にいるという自覚はあるが、海辺に近い春の野原にひとり佇（たたず）むような穏やかな気分であった。「移動します」と声がかかり、がたんと揺れて、別の部屋に運ばれた。激烈な痛みに襲われた。これまた、経験したことのない激痛であった。呻（うめ）き声すら出せない。早く手術して楽にしてほしい。再投与の鎮痛剤が効き始めたとみえ、痛みが引いた。そのとき娘が入ってきた。「待たせてごめん。手術、これからなんだ」娘が吹き出した。「もう、終わってるよ」

全身麻酔は数十年ぶりの二度目なのだが、医術は進歩していると痛感した。前の経験ではガスで意識消失、突然覚醒。今回は、快さの中でうっとりしていた。あの感覚は、新開発の麻酔薬の効力か。肉を裂かれ骨を断ち切られる間、自力では生命維持ができなかったわけで、生の果てが近づいたら、あれを使って心地よく終わらせてほしいと、どうせ法で禁じられ不可能であることを、切望している。あんな理想的な終わり方があるのに。

その後、リハビリ病院で二ヵ月。担当の先生も療法士の方々も、それはあたたかく熱心に遇してくださった。先生にも療法士さんたちにも深謝以外の言葉はない。ただ一つ、その病院だけの方針か、リハビリ病院はどこも同じなのか、退院が近づくと、女性の入院者は家事に復帰できるかどうかをテストされる決まりがあった。食器を洗えるか。床掃除ができるか。洗濯物を干せるか。食事を作れるか。これらのテストは男性には課せられないだろう。二十一世紀になっても、家事は女がするもの、なのであった。いずれ、病院の決まりも変わるだろう、変わらざるを得なくなるだろう、と期待する。

『オール讀物』二〇一八年十月

あとがき

日下三蔵さんと担当編集者の岩崎奈菜さんが超人的な努力で発掘蒐集、編纂してくださったおかげで、随筆集のⅢが出ることになりました。

今回は身辺雑記が主で、苦手と言いながら、書き始めてから五十年の間には、ずいぶん書いていたのだと驚きました。気恥ずかしいけれど、読み直して懐かしくもありました。久々に、縁側の感触や野原でのままごと、学齢前の幼いころ祖母の家に始終泊まり、いっしょに市場に買い物に行ったことなどを思い出しました。市場で買う揚げ物は古新聞に包んでくれるので油が滲(にじ)み紙をてらてらと黒くしていました。八十数年昔のことです。子供のころの日常の暮らしには、まだ大正時代の名残があったけれど、今は、影もない。〈昭和〉もほとんど失せた。〈平成〉は、好きな素材で好きな傾向の物語を書けるようになったので、資料読みや取材の旅、原稿書きに夢中なうちに過ぎ、日常の記憶が乏しい。〈令和〉は疫病の蔓延(まんえん)と凶暴な戦争——戦争はまだ遠い地ではあるけれど、ひたひたと近づいてくる。

「舞台(いた)つ記(き)」は芝居に関することがテーマなのですが、やはり身辺のことも混じっています。毎日新聞で週一回、一年間連載したもので、総タイトルは担当の方が命名してくださいました。幕の開く前から舞台に役者が立っていることを「板つき」と言います。それにかけたタイトルでした。

この連載で、大正から昭和の初期を活躍の時期とした挿絵画家 橘小夢(たちばなさゆめ)について触れたところ、小夢の遺族の方からお手紙をいただき、その方のお宅に招かれ、小夢の原画をいろいろ見せていただくという、思いがけない嬉しいことが起きました。

そのお手紙は、不思議な現れ方をしました。私の部屋が散らかり放題であったことは、身辺雑記でたびたび（読者がうんざりなさるほど、たびたび）書いていますが、そのごちゃごちゃの上に、ある日突然、一通の封書が置かれていたのです。私の名前だけで、住所が記されておらず、切手も貼ってない。差出人の住所と名前は裏に記されているけれど、心当たりがない。しかも、内容はあの小夢です。夢の中から現実に送られてきたように感じました。この謎はすぐに推察できました。私の住所をご存じないから、連載している新聞社宛に、転送依頼の手紙と一緒に送ってくださった。新聞社は私宛の封書だけを掲載紙と同封し郵送した。掲載紙を取り出すとき、封書が足元に落ちたのに私は気がつかなかった。この一件は「雪花散らんせ」という短篇に、変形して使いました。ついでに宣伝します。日下三蔵さんが編纂してくださった〈皆川博子コレクション〉第八巻『あの紫は　わらべ唄幻想』（出版芸術社）に収録されています。

遺族の方のお宅には、江戸川乱歩の「押絵と旅する男」の挿し絵の原画や、帙(ちつ)におさめられた『牡丹灯籠』の版画九葉などとともに、三代目澤村田之助の立ち姿を描いた妖艶な絵がありました。田之助の生涯を書いた拙作『花闇』が中公文庫で刊行されるとき、装画に使わせていただきました。

Ⅰ、Ⅱと同様、Ⅲも亦、新倉章子さんの装画・挿画、柳川貴代さんのデザインで、美しい一冊になっています。この造りにふさわしい「随筆」を書けたらいいなと思うのですが、ドジのエピソードばかりです。

今回は、奥付の小さい「チュン」が愛らしいのです。書き手にとって、作品を美しい形にしていただけるのは、大きな喜びです。

日下さん、岩﨑さん、そして新倉さん、柳川さん、ありがとうございます。

手にとってくださる読者の方々にも、心からお礼を申し上げます。

二〇二二年九月

皆川博子

編者解説

日下三蔵

既刊『皆川博子随筆精華　書物の森を旅して』『皆川博子随筆精華Ⅱ　書物の森への招待』に続く未刊行エッセイ集成の第三弾『皆川博子随筆精華Ⅲ　書物の森の思い出』をお届けする。

目次では六十八篇を収録しているように見えるが、そのうち「時のかたち」は四回、「舞台つ記」は四十五回、「週間日記」は四回、「よむサラダ」も四回、「プロムナード」は二十四回の連続エッセイをまとめたものなので、実際には百四十四篇が収められていることになる。

本書でも、全体を四部に分けて構成した。各パートごとに概ね初出発表順となっているのも、既刊二冊と同様である。

第一部　季のかよい路

かるたとり　『銀座百点』87年1月号
ヨデの話　『オール讀物』87年7月号
霊媒の季節　『問題小説』89年7月号
手の勘、人間の勘　『ミセス』89年12月号
時代の歌　『小説宝石』90年1月号
季のかよい路　『銀座百点』93年1月号

医学と超能力と　『小説中公』95年11月号
迷犬ファラオ　『ドッグ・ワールド』99年1月号
時のかたち　『朝日新聞』00年7月25日付夕刊～28日付夕刊
テンプルちゃん　『小説現代』01年5月号
梅雨時の花　『朝日新聞』02年6月5日付夕刊
楽しい授業　『小説新潮』05年8月号
絵と私　『青春と読書』06年8月号
お焦げのお結び　『野性時代』07年3月号
ねえやのお握り　『四季の味』08年秋号
電車の切符　『月刊PHP』10年12月号
わっと煮立ったら　『暮しの手帖』14年8・9月号（夏号）
Age15　この年、世界が倒立した　『月刊ジェイ・ノベル』15年1月号
国敗れて七十年　『オール讀物』15年2月号
過ぎ去りしもの　懐かし　哀し　『文藝春秋』18年2月号

第一部には、「自伝エッセイ」「回想」に該当する作品を集めた。総タイトルに「思い出」と冠した由来である。

『銀座百点』は銀座百店会の発行する月刊の小冊子。加盟店で無料で配布されている。「ヨデの

話」は特集「父の生き方」に掲載された。「霊媒の季節」は東洋経済新報社のエッセイ・アンソロジー『昭和感傷日記　思い出の戦後史』（95年7月）にも収録。この体験は後の長篇ミステリ『巫女の棲む家』（83年3月／中央公論社C★NOVELS）のベースとなった。『オール讀物』は文藝春秋、『問題小説』は徳間書店、『小説宝石』は光文社、『小説中公』は中央公論社（現・中央公論新社）、『小説現代』は講談社、『野性時代』は角川書店（現・KADOKAWA）の文芸誌である。

「手の勘、人間の勘」は特集「私のゆく「昭和」！くる「平成」」に掲載。『ミセス』は文化出版局の婦人雑誌であった。「時代の歌」は特集本『皆川博子の辺境薔薇館』（18年5月／河出書房新社）にも収録されている。「医学と超能力と」は「私の父、私の母」コーナーに掲載され、単行本『私の父、私の母Ｐａｒｔ２』（96年3月／中央公論社）に収録された。

成美堂出版の月刊誌『ドッグ・ワールド』に掲載された「迷犬ファラオ」は、同誌のエッセイをまとめた単行本『愛犬幸福論――犬を愛する名文家35人の私的エッセイ』（06年11月／ＰＨＰ研究所）およびその文庫版『きみと出会えたから――34人がつづる愛犬との日々』（15年11月／ＰＨＰ文芸文庫）にも収録。「時のかたち」は『朝日新聞』夕刊の連続コラムである。全四回。「テンプルちゃん」は「思い出の映画」コーナーに掲載。「梅雨時の花」は日本文藝家協会編のアンソロジー『花祭りとバーミヤンの大仏　ベスト・エッセイ２００３』（03年6月／光村図書出版）にも収録。「楽しい授業」は「わが師の恩」コーナー、「お焦げのお結び」は特集「「食」を読む」に、それぞれ掲載された。「絵と私」は『皆川博子の辺境薔薇館』にも収録。料理雑誌

『四季の味』はニューサイエンス社の季刊誌である。

「電車の切符」は「心に残る、父のこと母のこと」コーナーに掲載され、同欄をまとめた単行本『父へ母へ。100万回の「ありがとう」』(16年9月/PHP研究所)に収録された。

実業之日本社の『月刊ジェイ・ノベル』に掲載された「Age15 この年、世界が倒立した」は特集「年齢を巡るリレーエッセイAgeX」の一篇。「国敗れて七十年」は最終ページの名物コーナー「おしまいのページで」に掲載された。

第二部 舞台つ記

舞台つ記 『毎日新聞』91年11月6日付夕刊～92年10月28日付夕刊
確率二分の一のスリルの連続 『キネマ旬報』85年9月下旬号
新鮮なスターの出現だった 『キネマ旬報』87年9月上旬号
若い世代は〈無意味〉を突き抜ける? 『毎日新聞』90年9月10日付夕刊
「女たちのジハード」(朋友)――芝居になった篠田節子さんの作品 『悲劇喜劇』99年12月号
『魔王』その聖と悪 『小説現代』01年10月号
究極の戦争映画 『オール讀物』02年5月号
わたしの映画スタア ジェイムス・メイスン 『文藝春秋』03年11月号
感傷と抒情のデュヴィヴィエ 『にんじん』『オール讀物』08年11月号
アラン島に生きる 『文藝春秋 SPECIAL』09年夏号

第二部には「演劇」「映画」に関するエッセイを集めた。「舞台つ記（いたき）」は『毎日新聞』夕刊に週一回、水曜日に一年間連載されたもの。全四十五回。一回わずか原稿用紙二枚の連載だが、非常に読みごたえがあり、なんとか単行本にしたいと思っていた。ようやく『随筆精華』シリーズに収録出来てうれしい。

「新鮮なスターの出現だった」は石原裕次郎追悼特集に寄せられたもの。『悲劇喜劇』は早川書房の演劇専門誌。「究極の戦争映画」は「女流作家の〝究極〟の映画」コーナーに掲載。小説を書くのに性別は関係ないので「女流作家」というのはおかしな言葉だと思うが、二十年前には、まだ普通に使われていたようだ。

「感傷と抒情のデュヴィヴィエ『にんじん』」は「私が泣いた映画」コーナーに掲載。「アラン島に生きる」が載った『文藝春秋SPECIAL』は、「映画が人生を教えてくれた」と題した映画特集号。皆川さんのエッセイは「私の人生を変えた映画」コーナーに掲載された。

第三部　アリスのお茶会

J・グリーンの『閉ざされた庭』『推理小説研究』14号　78年5月
血糊（ちのり）の挑発『絵金（えきん）　鮮血の異端絵師』講談社　87年7月
凄艶の美――絵金　土佐が生んだ「血赤」の絵師『旅』88年4月号
童女変相『月刊美術』89年9月号

少し、ずれたところで　『オール讀物』98年12月号
ありがとう、フミさん　『清流』99年8月号
奔放に、そして緻密に　『伝奇Mモンストルム』第1号　01年7月
生きるのはつらい　子供でも　『読売新聞』01年12月16日付朝刊
嗚呼、少年　『図書』02年2月号
「夏」から「冬」へ　『新刊ニュース』02年6月号
風太郎ミステリの魅力　世田谷文学館『追悼　山田風太郎展』図録　02年4月
風や吹けかし　『文藝春秋　特別版』03年3月臨時増刊号
人間の歳月が刻む痕　『「蟬しぐれ」と藤沢周平の世界』文藝春秋　05年9月
幻影城の時代　『幻影城の時代　回顧編』エディション・プヒプヒ　06年12月
酔いどれ船──東京・三軒茶屋　ある古本屋　『小説すばる』07年7月号
清冽な真水　『定本　久生十蘭全集2』月報　国書刊行会　09年1月
時のない時間　ギャラリーオキュルス「村上芳正の世界展」パンフレット　10年11月
日本ミステリー文学大賞受賞の言葉　『小説宝石』12年12月号
こういうのが読みたかった　『文藝別冊　泡坂妻夫』15年2月号
わたしの好きな泡坂作品ベスト3　『文藝別冊　泡坂妻夫』15年2月号
空想書店　偏愛する幻想文学限定　『読売新聞』17年6月11日付朝刊
日本推理作家協会70周年記念エッセイ　『推理作家謎友録』角川文庫　17年8月

アリスのお茶会　『新本格ミステリはどのようにして生まれてきたのか？　編集者宇山日出臣（ひでお）追悼文集』星海社　22年3月

第三部には「小説」「絵画」に関するエッセイを集めた。「J・グリーンの『閉ざされた庭』」の掲載誌『推理小説研究』は日本推理作家協会の機関誌。ここでタイトルが挙げられている童話『小太郎と小百合』は楠山正雄の作品で、一九三三（昭和八）年に大日本雄弁会講談社から刊行された。現在、元版を入手するのは不可能に近いが、作品自体は、ほるぷ出版『日本児童文学大系11　楠山正雄・沖野岩三郎・宮原晃一郎集』（78年11月）に収録されているし、国会図書館オンラインのデジタルデータで全文が公開されているので、容易に読むことが出来る。

日本交通公社の旅行雑誌『旅』は松本清張の出世作『点と線』が連載されたことで有名である。『月刊美術』は実業之日本社の美術雑誌。智内兄助（ちないきょうすけ）氏の絵は、皆川作品では『乱世玉響（らんせいたまゆら）』（91年1月／読売新聞社）、『巫子』（94年12月／学習研究社）などの表紙を飾っている。「少し、ずれたところで」は『オール讀物』八百号記念特集の「『オール讀物』と私」コーナーに寄せられたもの。『清流』は清流出版の中高年女性向け月刊誌。「ありがとう、フミさん」は「ありがとうを伝えたい」コーナーに掲載された。

『伝奇Mモンストルム』は学習研究社の伝奇小説専門誌。不定期刊で二号までしか出なかった。「奔放に、そして緻密に」は、菊地秀行、夢枕獏の両氏と選考委員を務めたムー伝奇ノベル大賞の応募者に向けて書かれたエッセイである。

「生きるのはつらい、子供でも」は「時の栞」欄に掲載。『図書』は岩波書店のPR誌。「嗚呼、少年」は「読む人・書く人・作る人」欄に掲載された。『新刊ニュース』はトーハンの出版情報誌。「「夏」から「冬」へ」は「私のデビュー作」欄に掲載。同コーナーを単行本化した『そして、作家になった。作家デビュー物語2』（03年9月／メディアパル）にも収録されている。

「風太郎ミステリの魅力」は世田谷文学館の「追悼　山田風太郎展」の図録に掲載され、河出書房新社『文藝別冊　我らの山田風太郎』（21年1月）に再録された。「風や吹けかし」は『文藝春秋　特別版』の「桜　日本人の心の花」に掲載。「人間の歳月が刻む痕」は長篇『蟬しぐれ』の映画化に合わせて刊行されたムック『「蟬しぐれ」と藤沢周平の世界』の「私が愛する藤沢周平」コーナーに掲載され、没後二十周年記念ムック『藤沢周平のこころ』（16年12月／文藝春秋）およびその文春文庫版（18年10月）にも再録された。

「幻影城の時代」は泡坂妻夫、連城三紀彦、栗本薫、田中芳樹、竹本健治らを輩出したことで知られる探偵小説専門誌『幻影城』（75〜79年）についての資料を多数集めた「幻影城の時代」の会編の豪華同人誌『幻影城の時代　回顧編』に寄せられたアンケート回答。同誌を単行本化した本多正一編の『幻影城の時代　完全版』（08年12月／講談社）にも収録。アンケートをまとめた『『幻影城』へのオマージュ』コーナーに掲載され、特にタイトルは付されていなかったので、今回、便宜的に「幻影城の時代」として収録した。

『小説すばる』は集英社の文芸誌。「酔いどれ船――東京・三軒茶屋　ある古本屋」は「私たちの思い出の本屋さん」コーナーに掲載された。

角川文庫『推理作家謎友録』は日本推理作家協会の七十周年を記念した書下しエッセイ集。掲載時は無題だったが、本書では「日本推理作家協会70周年記念エッセイ」とした。『新本格ミステリはどのようにして生まれてきたのか？　編集者宇山日出臣追悼文集』は講談社の名物編集者だった宇山さんの業績を総括する追悼文集。皆川さんは直接の担当編集者ではなかった、と書かれているが、八〇年代前半に宇山さんが編集長を務めていた『ショートショートランド』に幻想小説集『愛と髑髏と』（現在は角川文庫）の巻頭を飾った傑作「風」（83年11月号）を発表しているから、仕事上のつながりがなかった訳ではない。八七年からは綾辻行人、法月綸太郎、我孫子武丸、歌野晶午（しょうご）の各氏をデビューさせて「新本格ミステリ」をプロデュースし、『別冊小説現代』を『小説現代メフィスト』としてリニューアルするなど、現代のエンターテインメントにおいて宇山さんが果たした功績は、あまりにも大きい。本来、編集者は裏方のはずだが、東京創元社の戸川安宣氏とともに二〇〇四年度の第四回本格ミステリ大賞特別賞を贈られているのも納得である。

第四部　ビールが飲みたい

自慢じゃないけど、まるで自慢　『婦人公論』89年9月号
入院とワープロ　『オール讀物』89年11月号
眠りから、はじまる　『オール讀物』93年5月号
ドイツびいき　『現代』96年4月号
ビールが飲みたい　『小説宝石』96年10月号
音楽　『週刊新潮』98年3月26日号
週間日記　『読売新聞』99年3月6日付夕刊〜3月27日付夕刊
よむサラダ　『読売新聞』99年12月5日付朝刊〜12月26日付朝刊
プロムナード　『日本経済新聞』00年7月3日付夕刊〜12月25日付夕刊
あれを切り抜けたんだから　『PHPスペシャル』14年6月号
折焚骨記（おりたくほねのき）　『オール讀物』18年10月号

第四部には、いわゆる「身辺雑記」に相当するエッセイを集めた。『望星』は東海教育研究所の月刊誌。「親はあっても……」は「わが家の教育」欄に掲載された。「マイ・ヘルス」は医者だった父の健康法がメインの内容なので、第一部に配置するか迷ったが、回想というには軽いタッチのため、こちらに収めた。

「入院とワープロ」は「人生の転機」欄、「眠りから、はじまる」は「執筆儀式」欄に、それぞれ掲載。「ドイツびいき」の掲載誌『現代』は講談社の月刊誌。冒頭で触れられている『世界大

衆文学全集』は文庫版ハードカバーで改造社から出ていたシリーズのことだろう。「音楽」は「ＴＥＭＰＯ」欄に掲載。「週間日記」「よむサラダ」「プロムナード」は、各紙の連続コラム。それぞれ四回、四回、二十四回。「あれを切り抜けたんだから」は「いい言葉。」特集の「わたしの大切な言葉」欄、「折焚骨記」は「おしまいのページで」欄に、それぞれ掲載された。

この『皆川博子随筆精華』も、読者の皆さまの応援のおかげで当初の目標だった三冊に達し、集めたコピーの七割以上を本にすることが出来た。宝島社『このミステリーがすごい！』の近況欄、各賞の選評、日本放送出版協会『放送文化』の長篇エッセイ「川」など、未練の残る積み残しも多いが、これらに関しては次の機会を待ちたい。

皆川さんは常々「エッセイは苦手なのよ〜」とおっしゃるが、私にとっては山田風太郎さんから「乱歩さんにおだてられて十年ほど書いてみたけど、ぼくは探偵小説には向いてなかったね」と聞いた時と並ぶ二大衝撃発言である。「またまた、お戯れを……」としか言いようがない。現に、今回、新たにいただいた「あとがき」を読んでみてほしい。これ自体が、ひとつのメチャクチャ面白いエッセイではないか。

苦手だと言いながら刊行のお許しをくださった皆川博子さん、凄まじい発掘力で大量のエッセイのコピーを揃えてくださった河出書房新社の岩﨑奈菜さん、そして皆川さんの作品と人柄を愛する読者の皆さんに感謝を述べて、ひとまず編者としてのご挨拶とさせていただきます。ありがとうございました。

（くさか・さんぞう　ミステリ評論家）

皆川博子（みながわ・ひろこ）

一九三〇年生まれ。七二年『海と十字架』でデビュー。七三年「アルカディアの夏」で小説現代新人賞を受賞後、ミステリ、幻想小説、時代小説、歴史小説等、幅広いジャンルで創作を続ける。八五年『壁――旅芝居殺人事件』で日本推理作家協会賞、八六年『恋紅』で直木賞、九〇年『薔薇忌』で柴田錬三郎賞、九八年『死の泉』で吉川英治文学賞、二〇一二年『開かせていただき光栄です』で本格ミステリ大賞、一二年日本ミステリー文学大賞、二二年『インタヴュー・ウィズ・ザ・プリズナー』で毎日芸術賞を受賞。一五年文化功労者。

皆川博子随筆精華Ⅲ
書物の森の思い出

二〇二三年一〇月二〇日 初版印刷
二〇二三年一〇月三〇日 初版発行

著　者　皆川博子
編　者　日下三蔵
発行者　小野寺優
発行所　株式会社河出書房新社
〒一五一－〇〇五一 東京都渋谷区千駄ヶ谷二－三二－二
電話 〇三－三四〇四－一二〇一（営業）
〇三－三四〇四－八六一一（編集）
https://www.kawade.co.jp/

本文組版　株式会社創都
印刷・製本　三松堂株式会社

Printed in Japan
ISBN 978-4-309-03065-4

【好評既刊】

皆川博子

日下三蔵 編

河出書房新社

皆川博子随筆精華
書物の森を旅して

*

小説の女王の
偏愛と美学に満ちた、
とっておきのエッセイ集
単行本未収録94篇を精選

皆川博子随筆精華II
書物の森への招待

*

単行本や文庫の解説・
書評・推薦文など74篇を集成
小説の女王が読み解いた
書物を一望できる、
至高のブックガイド